KB163206

방패 용사 성공담 ⑬

아네코 유사기
Aneko Yusagi

「의복류가 마련돼 있었으니까, 그걸로 갈아입자.」

목차

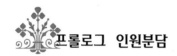

프롤로그 인원분담

"준비 다 됐어?"

"네."

"나 참…… 별 성가신 곳에서 다 찾아오는군."

나는 지금, 모종의 사정 때문에 어떤 나라로 출발하기 위한 준비를 하고 있다.

사건의 발단은…… 언제라고 해야 할까.

내가 이 세계에서 라프타리아에게 무녀복을 입힌 것이 발단인 것 같기도 하고, 그보다 훨씬 전부터였던 것 같기도 하다.

어쨌거나, 내 탓은 아니라고 책임회피를 해 두자.

우선은 상황 정리부터 시작해 볼까.

내 이름은 이와타니 나오후미. 원래는 일본에 사는 대학생이었지만, 사정이 있어서 이세계의 방패 용사로 소환되었다.

이곳은 게임처럼 레벨이 존재하고, 마물을 물리쳐 경험치를 얻으면 레벨이 오르는, 노력의 성과가 훤히 보이는 구조로 움직이는 세계인 모양이다.

그리고 내가 소환된 목적은, '파도'라 불리는, 세계를 멸망시키는 현상과의 싸움을 떠맡기 위해서였다.

꿈으로 가득했던 이세계 소환이었지만, 소환된 장소가 너무 나빴던 탓에 갖가지 음모에 휘말렸고…… 내 입으로 얘기하기 좀 그렇지만, 성격이 뒤틀릴 대로 뒤틀려 버렸다.

……굳이 되새기려니까 어째 슬퍼지는군.

"어쩔 수 없는 일이었어, 메르로마르크의 세이아엣트령은 떠돌이 아인종들을 관대하게 받아들이던 곳이니까-."

"제 출생에 얽힌 문제라니……."

방금 사디나가 한 말에 한탄하듯이 뇌까린 건 라프타리아.

내가 이세계에 소환되고 나서 처음으로 동료가 되어 준 소녀다.

처음에는 공격할 수단이 없던 나 대신 공격을 맡을 노예로 구입한 거였지만, 이런저런 일들을 겪은 끝에, 지금은 믿음직한 내 파트너 겸, 부모와 자식 같은 사이다.

돌이켜 보면 참 멀리도 왔다 싶다.

처음 소환됐을 당시에는 이런 미래 같은 건 상상도 할 수 없었다.

어느 정도 생략해서 경위를 얘기하자면, 나를 소환한 나라인 메르로마르크의 음모를 간신히 분쇄한 우리에게 다음으로 덮쳐든 것은, 파도 너머에 있는 세계로부터 나타난 적이었다.

용사가 소환된 원인인 파도는 사실 세계 간의 융합에 따른 현상으로, 그 파도에 패하면 융합한 세계들이 허용 범위를 초과해서 파열, 멸망해 버린다는 모양이다.

어쨌거나 파도 너머에서 나타난 적인 글래스와 라르크 일당과 화해하고, 이 세계를 수호하는 사령(四靈) 가운데 하나인 영귀를 조종하려고 했던 적을 해치워서 죗값을 치르게 해 주었다.

그리고 영귀의 힘 덕분에, 현재 이 세계는 한동안 파도가 일어나지 않는 상태가 되었다.

그 틈을 타서 나는 라프타리아를 위해, 파도에 멸망했던 라프타리아의 고향 마을을 재건하기로 마음먹었다.

그러기 위해서, 노예로 잡혀가서 마을을 떠나 있던 사람들을 매입, 마을로 데려오기도 했다.

물론, 파도가 발생했을 때 필요한 전력을 육성하기 위해서라는 이유도 있었다.

용사의 손을 탄 노예나 마물은 일반적인 노예나 마물보다 강해지니까.

그다음에는…… 파도에 대항할 수 있도록, 나와 같이 사성무기 용사라 불리는 자들을 하나씩 확보해 나갔다.

이세계에 소환되어, 게임을 즐기는 감각으로 싸우던 녀석들이 간신히 현실을 깨닫고 갱생했다……. 결론만 적자면 대충 이런 식이다.

"우리는 어쩌지? 동행하는 게 좋겠지?"

"잠깐 기다려 봐."

지금 내게 말을 건 것은, 검의 용사인 아마키 렌.

처음에는 쿨한 척하던 녀석이었다. 그러다 좌절을 경험하고 맛이 가 있던 상황에서, 나를 속이고 강간 누명을 씌웠던 윗치라는 망할 여자를 믿었다가 배신당해서 재차 절망했지만, 그 후로 이런저런 경위를 거쳐서 현재는 내 마을에서 보호하고 있다.

지금은 소환된 사성용사들 중에서 제일 멀쩡한 용사 같은 성격으로 갱생했다.

나이는…… 열여섯 살이었지.

솔직히 말해 내 성격은 완전히 뒤틀린 상태여서, 이따금씩 렌의 순수한 사고방식을 접하고 대미지를 받을 때가 있다.

렌은 그럭저럭 강하지만, 마을에 오기 전에 여러 싸움을 벌이면서 받은 저주에 침식되어 약해진 상태다. 현재는 수련을 하면서 저주가 풀리기를 기다리고 있다.

뭐, 나도 저주받은 무기인 라스 실드의 힘을 빌려서 간신히 궁지를 벗어난 적이 여러 번 있었고, 그 때문에 약화돼서, 방어력을 제외한 다른 능력은 일반인보다 약간 좋은 수준에 불과한 상태이지만.

다만, 렌은 나와 무기 강화방법을 제대로 공유한 만큼, 내 마을에 오기 전보다 훨씬 더 강해져 있는 건 사실이다.

아까도 얘기했지만, 렌과 나는 윗치라는 한 여자에게 속아 넘어간 사이다.

지금은 두 사람의 공통된 적이 생겼다는 의미에서, 동료 의식 같은 게 싹트기도 했다.

아무리 이런저런 우여곡절을 겪은 끝에 성실해진 렌이지만, 윗치만큼은 용서할 수 없는 모양이다.

"이츠키는 어디 있지?"

"여기……."

내가 찾으니, 리시아와 함께 있던 이츠키가 손을 들었다.

활의 용사인 이츠키, 풀네임은 카와스미 이츠키. 최근에 이 마을에 왔다.

렌과 마찬가지로 내가 있던 일본과는 다른 일본에서 소환된 활의 용사로, 원래는 투철한 정의감의 소유자였다.

하지만 렌과 마찬가지로 저주의 무기에 물드는 바람에 성격이 오염돼서, 정의감은 고사하고 주체성까지 잃어버렸다.

용병과 상인의 나라인 제르토블의 콜로세움에서 『퍼펙트 하이드 저스티스』라는, 중2병 환자도 맨발로 도망칠 법한 닉네임으로 활동하다가 윗치에게 속아서 가진 돈을 모조리 빼앗기고, 그것도 모자라 거액의 빚까지 떠안게 되었다.

일단 내가 빚을 대충 갚아 주긴 했지만, 빚을 탕감해 줄 거라는 기대는 하지 말라고.

리시아는 이츠키의 정의감 덕분에 위기를 벗어나 이츠키의 동료가 됐지만, 이츠키의 독선 때문에 버려졌다.

그 후에는 내 밑에서 수련한 끝에 이츠키를 상대로 싸웠고, 싸우면서 정의의 의미를 이츠키에게 설파해서 승리할 수 있을 정도로 성장했다. 원래는 몰락 귀족의 딸이라고 한다.

지금은 이츠키의 갱생을 위한 길잡이 역할을 하고 있다. 손에는 정체불명의 반투명 무기를 갖고 있으며, 현재도 쑥쑥 강해지고 있다.

"거기 있었군……. 어쨌든, 문제가 한둘이 아냐."

"무슨 문제지? 나오후미, 방금 사디나와 하던 얘기, 우리도 알아들을 수 있게 설명해."

사건의 발단은, 이곳이 아닌 다른 이세계의 용사에 해당하는…… 권속기 소지자, 라르크가 라프타리아에게 무녀복을 입힌 것이었다.

너무나도 잘 어울리는 그 차림을 본 내가 원래 세계로 돌아온 후에도 입혀 보려고 여러모로 획책한 끝에 이쪽 세계에서 제작을 의뢰한 무녀복을 입혔다가, 성가신 문제에 휘말리게 되었다.

얘기에 따르면, 라프타리아는 어느 한 아인 국가…… 쿠텐로라는 나라의 왕족 혈통인데, 그 왕족 여성의 의상은 무녀복과 쏙 빼닮았다고 한다.

원래 라프타리아의 부모님은 왕위를 계승할 뜻이 없어서

나라를 떠났지만, 라프타리아는 그 나라로부터 감시를 받고 있었다. 내가 그런 사정을 모른 채 무녀복을 입히는 바람에, '아인의 신에 해당하는 방패 용사 곁에서 무녀복을 입고 있는 것=자신이 그 나라의 왕임을 주장하는 것'으로 받아들여져, 목숨을 위협받는 신세가 되었다.

그뿐만 아니라, 라프타리아를 감시하던 녀석들이 내 영지에서 난리를 피웠다.

게다가 앞으로도 계속 자객을 보낼 것이라고 한다.

상종 못할 놈들이다.

계속 라프타리아를 감시해 왔다는 건, 파도가 이 마을을 덮쳤을 때도, 라프타리아가 노예사냥꾼에게 잡혔을 때도, 노예가 되어 끔찍한 대우를 받았을 때도, 내 노예가 되어서 고생하고 있을 때도, 전부 다 지켜보고 있었다는 얘기가 된다.

게다가 그 모든 상황에서, 그것들은 라프타리아를 구하는 데 필요한 능력을 충분히 갖고 있었을 터였다.

급기야 자기들에게 불리한 상황이 되자 라프타리아를 죽이려 들기까지 하는 지경이다.

기필코 상응하는 죗값을 치르게 해 주고 말겠다!

그 생각에, 나는 이 사건의 원흉, 쿠텐로라는 나라에 쳐들어가기로 결심한 것이다.

그래서 쿠텐로가 어디에 있는지를 사디나에게 물어봐서…… 아, 아직 사디나의 설명이 안 끝났었군.

"사디나, 나도 아직 간단한 설명밖에 못 들었는데. 실트벨트를 거치지 않고는 갈 수 없다고 그랬던가? 자세히 좀 가르쳐 줘."

"네—에. 이 누나가 사정을 설명해 줄게—."

사디나는 라프타리아를 비롯한 노예들의 맏언니 노릇을 하는 녀석이다.

범고래 수인(獸人)으로 변신할 수 있는 아인이다.

용사도 아닌데 이상하리만치 강하다.

라프타리아 못지않게 가지런한 이목구비를 갖고 있고, 나에게 노골적인 성희롱을 하곤 한다.

자기보다 술을 잘 마시는 남자에게 시집가겠다고 공언하면서, 아무리 마셔도 취하지 않는 나에게 들이대는, 그야말로 성가신 녀석이다.

라프타리아의 부모님과 같은 나라 출신이며, 한마디로 말하자면 호위 담당으로 함께 있다고 한다.

"확인해 보고 싶은데, 쿠텐로에 가는 방법은 실트벨트를 거치는 길밖에 없는 거야?"

우리가 가기로 한 쿠텐로라는 나라는, 실트벨트보다 더 동쪽…… 바다를 건너야 갈 수 있는 나라로, 쇄국정책을 펼치고 있다고 한다.

"쿠텐로는 실트벨트보다 동쪽에 있는 나라인데, 들어가기가 보통 까다로운 게 아냐."

"어떤 식으로 까다롭지?"

내 질문에, 사디나는 추억에 잠긴 것 같은 표정으로 대답한다.

"우선 배가 없으면 갈 수 없는 해역이 있어. 거기에도 이런저런 소국들이 있지만, 일단 그 나라들 얘기는 넘어가기로 하고, 그 너머에 있는 게 쿠텐로야. 해류가 복잡해서 들어가는 것부터가 불가능에 가까워."

"흠."

"그 바다가 보통 성가신 게 아니거든. 바다의 드래곤인 수룡님이 엄중하게 결계를 쳐서 수호하고 있는 곳이라서, 이 누나도 못 들어갈 정도야."

"그럼 그 수룡을 처치하면 되는 거 아냐?"

마물이 수호하고 있다면, 그 방법도 안 될 건 없으리라.

"쿠텐로의 심해에 숨어 있는 수룡님을 무슨 수로 처치하겠다는 건지, 오히려 이 누나가 묻고 싶을 정도인걸."

으음…… 그건 유성방패를 친 나를 무슨 수로 직접 공격할 수 있는가 하는 질문과 다를 게 없다는 건가?

방어는 내 전문분야인 만큼, 그게 어려운 일이라는 건 충분히 이해할 수 있다. 물리적으로 깨부술 수 있다면 편하겠지만, 그런 건 아닌 모양이다.

"나라 밖이 아닌 안쪽에, 그것도 심해에 숨어서 결계를 유지하고 있다는 거야?"

내 물음에 사디나가 고개를 끄덕인다.

그러고 보니 너, 전에는 수룡의 무녀 노릇을 하고 있었다고 했었지. 그래서 잘 아는 건가?

"결계가 있으니까, 하늘로 침입하는 것도 불가능해. 유일한 입국 방법은 실트벨트의 교역선으로 가는 것밖에 없다나봐. 그건 그 나라에서 지내던 시절부터 알고 있었어."

뭐랄까, 쿠텐로라는 나라가 옛날 일본처럼 느껴지기 시작했다.

쇄국정책을 펴고 있고, 교역 창구가 한정되어 있다니 말이다.

실트벨트는 포르투갈이나 네덜란드쯤 되려나?

"그럼 항구를 통해서 밀입국하는 건……."

"라프타리아 문제도 있어서 경계가 강할 테니까, 실트벨트 측에서 많이 도와주지 않으면 입국하기도 힘들지 않을까?"

사디나의 말에, 나는 깊은 한숨을 지었다.

상당히 어려울 거라는 얘긴가.

비밀리에 입국하는 건 힘든 상황…… 이 정도면 강제적으로 개국이라도 시켜야 한다는 건가.

애초에 라프타리아를 위해서 나라 하나쯤 멸망시킬 각오를 하라고 했었으니까.

할 수 없다. 실트벨트로 가서 부탁해 보는 정도의 수고는 필요하다는 건가.

"알았어. 실트벨트로 가서 배편을 알아봐 달라고 부탁하는 수밖에."

며칠을 허비하게 될지 모르지만, 가 보는 수밖에 없다.

그렇게 설명했더니, 렌, 그리고 이츠키……는 이해 못하는 것 같았지만, 리시아가 대충 감을 잡은 모양이다.

"다들 사정은 알았지? 렌과 이츠키를 실트벨트로 데려갔다가는, 일이 꼬일 가능성이 있어. 아니, 그 정도를 넘어 위험한 수준이 아닐까 싶어서."

실트벨트는 현재 우리가 거점으로 삼고 있는 메르로마르크와 오랜 악연이 있어서, 사이가 나쁜 나라다.

뭐, 내가 누명을 뒤집어쓰고 온갖 고생을 다 하게 된 원인도 그 점으로 집약되지만.

이 세계에는, 세계를 구해낼 구세주로서 네 명의 성무기 소유자…… 사성용사라 불리는 용사들이 소환되어 있다.

그러다 보니 이 세계 사람들 중에는 용사를 숭배하는 신앙도 있는데, 원래 메르로마르크는 방패 이외의 성무기 용사를 신봉하는 삼용교를 국교로 삼고 있었다.

삼용교의 정의에 따르면, 방패 용사는 악마다.

삼용교는 사교(邪敎)의 본모습을 드러내고 멋대로 설쳐댄 끝에, 최종적으로는 우리 손으로 쫓아내는 데 성공했지만 말이지.

한편, 실트벨트는 메르로마르크와는 반대로 방패 용사를 숭배하는 종교가 국교……라는 모양이다.

그 이상은 굳이 말할 것도 없지 않겠는가?

메르로마르크에서 일어난 것과 같은 문제가 실트벨트에서 일어나지 않는다는 보장이 있는가? 하는 것이다.

나 이외의 용사들은 메르로마르크에서는 편하게 활동할 수 있었다고 했지만, 실트벨트에서는 정반대의 상황이 펼쳐질 가능성이 높다.

물론, 나와 같이 있으면 괜찮을 거라고 믿고 싶지만, 나도 성가신 일에 휘말릴지도 모르는 상황인 것이다. 렌이나 이츠키가 오면 괜히 일이 악화될 것 같다.

"그럼 어떻게 하면 되지?"

"쿠텐로라는 나라에는 용사 신앙이 없다고 했었지?"

"일단은 없다고 해야 하려나? 이 누나도 좁은 바닥에서만 일했었으니까, 자세한 건 잘 모른단 말이지ー."

도움이 안 되는 녀석이네……하는 생각도 들지만 어쩔 수 없다.

"일단은 포털을 이용해서 정기적으로 마을에 돌아올 테니까, 렌이랑 이츠키는 마을에서 습격에 대비해 주기만 하면 돼. 여유가 생기면 카르밀라 섬으로 가서 저주 해제에 전념해."

"알았어. 무슨 일 생기면 언제든 불러."

"알았어요."

"후에에에에…… 뭔가 터무니없는 사태에 휘말려든 것 같아요오."

그러게 말이다. 리시아의 말이 맞다.

"그렇다면 이제부터 실트벨트로 출발할까 하는데, 필로 는……."

필로는 내가 이세계에 소환된 후 두 번째로 동료가 된, 원래는 필로리알이라는 마물의 소녀다. 마차 끄는 걸 세상에서 가장 좋아하는 조류형 마물로, 용사의 손에서 자라면 인간화할 수 있는 필로리알 퀸으로 변한다는 모양이다.

필로리알일 때의 모습은 연분홍색 새, 인간화하면 금발벽안의 어린 소녀가 된다.

천진난만한 성격으로, 마을 사람들의 아이돌 같은 포지션에 있었는데, 얼마 전에 벌어진 사건 때문에 레벨이 대폭 저하돼서, 친구이자 메르로마르크의 왕녀인 메르티, 그리고 내 소중한 사역마인 라프짱과 함께 레벨업 여행을 떠난 상태다.

마물문을 통해서 명령하면 돌아오려나?

"지금쯤 어디에 있을까요?"

"방향은 알고 있고, 명령하면 돌아오긴 하겠지만……."

억지로 불러오는 것도 시간이 걸릴 것 같다.

지금 나는 엄청나게 기분이 더러운 상태다.

그런 성가신 짓을 하는 것보다는 다른 방법을 생각하는 게 좋을 것 같았기에, 필로를 불러들이는 방안을 기각한다.

모처럼 레벨업 중인 녀석을 방해하는 것도 미안하고.

그때 한 마리의 붉은 용이 손을 들었다.

"뀨아!"

이름은 가엘리온이라고 하는 녀석인데, 요전에 사건을 일으킨 장본인이다.

얼마 전…… 실트벨트에서 온 것으로 보이는 원조용 선물을 받았었는데, 그 상자 중에 드래곤의 알이 섞여 있었다.

나는 마을에서 연구해 보고 싶은 생각에, 이 세계에서 가장 큰 나라인 포브레이에서 온 연금술사 라트에게 부탁해서 드래곤을 키워 보기로 했다.

뭐, 육성 자체는 마을 녀석들…… 특히 계곡녀라는 닉네임을 붙이려 했으나 거부한 윈디아가 대표로 맡았지만.

어쨌거나 가엘리온은 쑥쑥 성장하긴 했지만, 난감하게도 나와 놀고 싶다는 이유로 벨튀 행각을 저지르고 말았다.

그런 녀석을 꾸짖고 나서 이제 충분히 놀아 주기로 했는데, 놀고 있는 와중에 뭘 흥분한 건지 내가 갑옷에 썼던 핵석을 제멋대로 삼켜 버렸다. 그 핵은 렌이 물리친 드래곤의 시체와 싸웠을 때 얻은 드래곤 좀비의 핵을, 이세계에 갔을 때 사용했던 용제의 핵과 접합시킨 것이었는데, 가엘리온은 그것을 삼키자마자 날뛰기 시작하더니, 폭주해서 도망쳐 버렸다.

그리고 녀석은 드래곤 좀비가 생전에 살고 있던 산으로 도망쳤기에, 우리는 가엘리온을 구하고자 그곳으로 향했다.

거기까지는 좋았는데, 이세계에서 손에 넣은, 이 세계의 사성용사가 아닌 다른 세계의 사성용사── 다시 말해 이츠키 일당이 물리친 용제의 핵이 가엘리온의 지배권을 빼앗아 마룡으로 부활하고 말았다.

드래곤 좀비의 핵을 삼킨 상태였던 필로는 그 때문에 경험치를 빼앗겼을 뿐만 아니라, 마룡 속에 간히기까지 하는 사태가 벌어졌다.

우리가 마룡과 싸우고 있는 와중에 가엘리온이 지배권을 되찾아서, 필로와 함께 마룡의 속박으로부터 탈출, 마룡을 약화시킨 덕분에 격파에 성공할 수 있었다.

현재 가엘리온 안에는, 예전에 렌이 처치했던 드래곤── 윈디아의 양아버지이자, 가엘리온의 아버지가 들어와 있다. 하나의 몸에 두 개의 마음이 들어있는 상태인 모양이다.

"뭐지?"

"저기…… 가엘리온이 태워주겠대."

가엘리온을 키우고 있는 윈디아가 가엘리온의 말을 통역한다.

윈디아는 강아지 같은 귀를 가진 아인 소녀인데, 드래곤 밑에서 자란 과거가 있다.

그런 출신 배경 때문인지 마물을 좋아해서, 마을에서 마물들을 돌보는 일을 맡고 있다.

"윈디아도 따라갈 거야?"

렌이 걱정스러운 얼굴로 윈디아에게 다가간다.

"가엘리온이 간다면 당연히 나도 쫓아가야 하는 거 아니겠어?"

"그, 그럼……."

그때 윈디아가 렌의 정강이를 걷어찼다.

그래 봤자 렌은 상당히 강화돼 있는 상태라 별 효과는 없었던 것 같지만.

"보호자라도 되는 것처럼 굴지 마."

결과적으로 렌은 윈디아의 부모를 죽인 원수에 해당하는 셈이고, 렌은 그 점에 대해서 책임을 지려고 들었지만, 정작 윈디아는 렌을 성가시게 여기고 있다.

그래도 렌은 포기하지 않고, 책임을 질 수 있는 방법을 모색하고 있는 모양이다.

"갸우갸우!"

가엘리온은 몸속에 윈디아의 아버지가 있기 때문인지 렌을 싫어하므로, 자기 등에 렌을 태우는 건 죽어도 싫겠지. 쫓아가려다가 거절당하는 모양새다.

"그래서? 어떻게 할 거야, 방패 용사?"

윈디아의 말에, 생각에 잠긴다.

"뭐, 필로가 없으니 어쩔 수 없지. 찾아보면 필로리알도 더 있을 것 같긴 하지만."

목장, 아니 마물 우리 쪽으로 눈길을 돌린다.

거기에는 뭔가 울분에 찬 얼굴로 이쪽을 쳐다보고 있는 연보라색 필로리알이 있다.

필로의 부하 1호인 필로리알이다.

필로리알은 기본적으로 하늘을 못 난다.

아니, 어쩌면 필로가 수행을 떠난 것은 하늘을 날 수 있는 가엘리온에게 맞서기 위해서인지도 모른다.

"으–응――."

뒤이어 손을 드는 봉제인형 하나.

"주인님께서 하시고 싶은 말씀이 있답니다."

"뭐지?"

나는 그 사역마의 주인, 세인에게 시선을 돌린다.

세인은 이 세계도 키즈나의 세계도 아닌 세계…… 듣자니 파도의 싸움 때문에 멸망한 세계의 권속기 소지자라고 한다.

처음 만나게 된 곳은 제르토블의 불법 콜로세움에서 우리와 싸웠을 때였고, 그때는 머더 삐에로라는 링네임을 쓰고 있었다.

하지만 우여곡절을 거치고, 지금은 내 영지에서 생활하고 있다.

무슨 목적이 있는 건지는 잘 모르겠지만, 듣자니 적이 이 세계에 침입해서 사성용사의 목숨을 노리고 있으니까, 그 녀석들을 물리쳐서 사성용사를 보호하고 싶다는 모양이다.

원래 살던 세계가 멸망한 탓인지 권속기의 번역 기능이 파손되었고, 잡음 때문에 말을 알아듣기가 힘들다. 그래서 봉제인형을 사역마로 부려서, 그 녀석의 통역을 거치는 식으로 간신히 의사소통을 하고 있는 실정이다.

렌을 포획할 때쯤에 출현한 적…… 한 번 죽어도 다시 부활하는, 말도 안 되는 능력을 가진 녀석들을 해치울 때 협조해 주었다.

그 녀석들을 해치울 방법을 지금까지 줄곧 모색해 왔다는 모양이다.

"주인님이 말씀하시길, 중간까지 데려다 줄 수 있을지도 모르니 지도를 보이라 하십니다."

"아, 알았어."

나는 세인에게 세계지도를 보여준다.

"아─…… 제르토블의 교역선 짐 안에 전송용 바늘을 심어 두었으니까, 중간 지점까지는 보낼 수 있을 것 같다고 하십니다."

"그래? 그거 잘됐군."

세인은, 일단 한 대상에 바늘을 꽂아 두면, 그 대상이 있는 곳으로 전이할 수 있는 스킬을 보유하고 있다.

바늘이 꽂힌 곳 주위를 감시하는 기능도 갖고 있다.

내가 위기에 몰릴 때면 언제든지 나타날 수 있는 것도, 내 갑옷에 바늘을 꽂아 두었기 때문이다.

아무리 발이 빠른 필로를 타고 간다 해도, 실트벨트까지 가자면 꽤 시간이 걸린다.

나와 렌, 이츠키가 갖고 있는 전이 스킬은, 한 번이라도 그 장소에 가서 기억해 둬야만 쓸 수 있다.

라프타리아도 이세계에 속한 도의 권속기를 갖고 있지만, 이쪽의 전이 스킬은 파도의 시작을 알리거나 레벨 한계돌파에 해당하는 클래스업 때 사용하는, 용각의 모래시계라는 시설을 경유하는 타운포털이다.

게다가 한 번이라도 간 적이 있는 용각의 모래시계가 아니면 쓸 수 없다.

그에 비해 세인의 기술은, 바늘만 꽂아 두면 대상이 이동하더라도 해당 지점으로 전이할 수 있다.

참 편리하다니까.

"그럼 세인의 도움을 받기로 하고…… 동행은 라프타리아와 사디나, 가엘리온과 윈디아, 이렇게 결정된 것 맞지?"

"네!"

……나 참, 왜 이 녀석이 손을 드는 거야. 귀찮아 죽겠네.

나는 넌덜머리를 내면서, 손을 드는 녀석…… 아트라에게 시선을 보냈다.

"아트라?"

아트라는 아인들 가운데 다섯 손가락 안에 꼽힐 만큼 강한 종족인 하코쿠 종으로, 한계 레벨도 높다.

원래는 제르토블에서 오빠인 포울을 살 때 덤으로 구입한 노예였지만…… 지금은 그 오빠보다도 더 강해진 것처럼 느껴진다.

뭐랄까…… 처음 만났던 당시에는 병약한, 당장에라도 죽을 것 같은 녀석이었는데 말이지.

난치병 때문에 쇠약해져서 잘 걷지도 못하는 아이였는데, 내가 약을 복용시켰더니 눈 깜짝할 사이에…… 과도하게 기운이 넘치는 노예로 변모했다.

"저도 같이 가고 싶어요."

"무슨 소릴 하는 거야, 아트라!"

오빠로서의 체면이 점점 깎여 나가고 있는 포울이 아트라에게 주의를 준다.

포울은 요즘 들어 레벨 상승과 함께 성장기에 접어들었는지, 키가 제법 자랐다.

"오라버니, 나오후미 님의 신하로서, 언제 어디서나 행동을 함께하는 건 당연한 일이에요."

"하지만!"

"오라버니? 요즘 제 활약을 몰라서 그러시는 거예요?"

"큭……."

나와 렌, 이츠키가 습득하려고 애쓰고 있는 변환무쌍류라는 무술의 진수를 별다른 교육 없이도 이해할 수 있을 정도의 재능을 갖고 있는 건 사실이다.

그걸 이용해서 지난번에 벌어진 마룡과의 싸움에서도 승리에 공헌했고, 그 숨겨진 스펙만 따지자면 각성한 리시아의 위력에 필적할 정도다.

그 정도면 마을 노예들 중에서도 성장 속도가 압도적이라고 봐도 좋을 것이다.

원래 제일 강한 건 사디나지만 말이지.

지금의 아트라는 리시아의 싸움을 보는 것…… 아니지, 아트라는 눈이 안 보였으니까, 리시아의 움직임을 느끼는 것만으로도 비슷한 움직임을 구사할 수 있게 되었다고 하니, 레벨 면의 불안이 있을지언정, 전력 면에서는 부족할 게 없다.

반면, 포울 쪽은 그다지 특출한 활약은 보여주지 못했다는 인상이 강하다.

"데려가는 건 상관없지만…… 포울과 아트라는 하쿠코 종이잖아?"

하쿠코 종은 실트벨트에서 왕족에 해당하는 종족이기도 하다고 한다.

오래전에 실트벨트의 우두머리로서 전쟁을 일으켰다가 패배의 책임을 떠안고 몰락한 일족이라고 들었다.

"오라버니, 실트벨트라면 어느 정도 인맥이 있지 않나요? 이럴 때 힘이 되는 것이 신하된 자의 도리예요. 자, 자, 오라버니, 인맥을 동원하세요."

어째 아트라가 포울의 팔에 매달려서 유혹하듯이 재촉한다.

……좀 거친 표현 같기는 하지만, 아트라는 이기기 위해서라면 무슨 짓이든 할 녀석 같다.

오빠가 장해물이 될 때면 서슴없이 기습해서 때려눕히곤 할 정도니까.

무인 집안 출신이라고 하지만, 굳이 따지자면 야만족 쪽에 가까울지도 모르겠다.

"우…… 없는 건 아니지만, 워낙 오래전 일이라서, 도움이 될지 어떨지는 몰라."

"흐음……."

몰락한 상태라고는 해도, 뭔가 쓸 만한 연줄이 있는 건지도 모르겠군.

"세인, 어디까지 데려다 줄 수 있지?"

"바늘을 꽂은 짐이 지금쯤 이 항구에 있을 테니까……."

세인의 사역마, 수인 형태의 키르를 본떠 만든 인형옷이 지도의 한 지점을 가리킨다.

키르가 누구냐고? 페르시안 허스키 같은 수인으로 변신할 수 있는, 이 마을 출신의 노예다.

자세한 설명은 생략한다.

실드프리덴 인근에 있는 항구도시 쪽이군……. 여기부터는 가엘리온을 타고 이동해야 하나?

그나저나 실드프리덴에도 들러야 하나? 괜히 소동만 일어날 것 같은데.

"사디나."

"왜?"

"실드프리덴은 어떤 곳이지?"

"그쪽은 역사가 얼마 안 된 나라인 데다, 쿠텐로와 교역도 안 하는 곳이야. 굳이 갈 필요는 없을걸? 그리고 내가 아는 건, 실트벨트로 가는 배편이 있다는 것 정도야."

현지에서 실트벨트로 가는 직통 마차나 배가 있으면 편하긴 한데…….

"알았어. 일단은, 어쨌거나 가능하면 포털을 써서 돌아올거야."

"물론이에요."

"그럼 슬슬 출발하지. 세인, 부탁할게."

세인은 내 말에 꾸벅 고개를 끄덕였고, 파티를 구성한 후무기를 들고 뭔가를 뇌까렸다.

그러자 훅 하고…… 포털로 이동할 때와 같은 요령으로, 우리는 전이했다.

화 선불

"여기는……."

주위를 둘러보니, 그곳은 항구의 창고 같은 곳이었다.

근처에는 커다란 나무 상자가 있다. 여기에 전이용 바늘이 꽂혀 있었다는 건가.

"흐음…… 이거 꽤 편리한 스킬인데. 이러면 아예 가엘리온에 바늘을 꽂고 이동시키는 편이 더 효과적일……."

그렇게 말하려 했을 때, 세인이 무기를 확인했다.

"상당——."

"상당히 위험했다고 합니다."

키르 봉제인형이 대답한다.

"왜지?"

"현재 주인님의 무기가 가진 힘으로는 다수를 동반한 전이는 위험하다고 합니다. 자칫 잘못해서 전이에 실패하기라도 했다간 어떻게 됐을지……."

세인은 멸망한 세계의 권속기 소지자라서, 번역 기능에 문제가 발생한 상태다.

더불어 무기의 힘도 조금씩 약해지고 있다고 한다.

"이번에는 간신히 성공하긴 했지만, 다음에는 위험하다

는 건가."

"네, 이와타니 씨가 말씀하신 제안은 모 아니면 도가 되는데, 그래도 하시겠습니까?"

"머릿수를 줄여도 위험성은 그대로인 거지?"

내 질문에 세인이 고개를 끄덕인다.

"할 수 없지. 다음부터 이동할 때는 나와 다른 용사들의 포털을 이용하기로 하지."

전송 사고 같은 건 상상도 하기 싫으니까.

어느 정도 이동 거리를 단축한 결과에 만족하는 게 좋을 것이다.

세인이 미안한 듯 고개를 숙였기에, 나는 신경 쓰지 말라고 머리를 쓰다듬어 주었다.

그러자 세인은 퍼뜩 놀라 고개를 들었다. 그 뺨이 약간 빨갛게 물들어 있다.

"기분 나빴어?"

그러자 세인은 고개를 가로젓고…… 뭔가 얼굴 가득 미소를 지은 채 이쪽을 쳐다봤다.

불쾌하지 않았다는 얘기인 건 알겠는데, 왜 그렇게 웃기까지 하는 거지?

너는 쿨한 노선이었잖아. 캐릭터를 착각하지 말라고.

아니면 혹시 이건 가짜로 얼굴을 붉히는 건가?

아니아니…….

"그래도 상황이 위험해지면 언제든 달려오겠다고 주인님께서 말씀하셨습니다."

"고마워. 그리고 요전처럼 자느라고 몰랐다거나 하는 건 곤란해."

"알았다고 하십니다."

그렇게 세인과 얘기를 매듭지었을 때, 아트라가 귀와 꼬리를 쫑긋쫑긋 움직이고 말했다.

"음. 새로운 적이 나타날 것 같은 예감이 들어요."

"뭐야? 어디서?"

여기는 항구의 창고니까. 경비원 같은 자들이 우리를 도둑으로 착각하고 몰려올 가능성은 충분히 있다.

냉큼 내빼는 게 좋으려나? 머릿수에서 밀릴 것 같기도 하고.

"아뇨, 이건 어디까지나 예감일 뿐이에요."

"헷갈리게 좀 하지 마!"

"아트라 씨, 과민반응은 좋지 않아요."

"……뭐, 됐어. 그럼 출발하자."

그리하여 우리는 가엘리온을 타고 이동을 개시했다.

경과만 따지자면, 배나 마차를 타고 이동하는 것보다 가엘리온을 타고 가는 게 훨씬 빨랐다.

날아가는 거니까, 당연하다면 당연한 일이지만,

"뀨아……."

"가엘리온이 무겁대. 멀리 날아갈 때는 인원을 좀 줄였으면 좋겠대."

윈디아가 가엘리온을 대신해서 하소연한다.

나는 고개를 돌려서, 가엘리온에 타고 있는 인원을 헤아려 본다.

나와 라프타리아, 그리고 사디나에 윈디아, 세인, 아트라, 포울…….

뭐, 솔직히 좀 많은 것 같기도 하다.

가엘리온은 제법 큰 드래곤으로 변신할 수도 있어서 당연하다는 듯이 이렇게 올라타고 있지만, 일곱 명이나 태우면 확실히 무거울지도 모른다. 게다가 속도를 중시해야 하는 상황이기까지 하니까.

"뀨아아아아아……."

열심히 날갯짓을 해 가면서 마력을 날개에 모으고 있는 걸 느낄 수 있었다.

그러고 보니 라트가, 드래곤은 장시간 비행이 어렵다는 얘기를 했었던 것도 같다.

다시 뒤돌아보고 확인.

"나와 윈디아만 이동하는 게 나으려나? 어차피 포털로 데려가면 될 테니까."

"그러는 게 좋을지도 모르겠네요……. 너무 많이 흔들려서 속도 안 좋고요."

라프타리아의 안색이 창백하다.

하긴 처음에는 필로가 끄는 마차만 타도 멀미를 했었으니까, 탈것에 약한 건지도 모른다.

"우욱……."

포울도 그런 건가.

나는 멀미를 해 본 적이 없으니 뭐라 할 말이 없지만, 참 고생이 많군.

"라프타리아 씨도 오라버니도, 수련이 부족하시네요."

아트라는 멀쩡하다.

아니, 저런 포지션은 네가 맡아 줬으면 좋겠는데. 넌 너무 팔팔해서 탈이라고.

"뭐——."

세인 쪽은 딱히 문제가 없어 보이는데…….

"어머나-."

"사디나, 너는 절대로 여기서 수인 모습으로 변신하면 안 돼."

사디나가 여기서 덩치 큰 암컷 범고래 수인으로 변신해 버리면, 가엘리온은 공중에서 힘이 빠져 추락할지도 모른 다.

"뀨, 뀨아……."

"쉬고 싶대."

"할 수 없지……."

이렇게 급할 때 휴식이라니…… 하는 생각도 들었지만, 납득도 간다.

우리는 가엘리온에게 휴식을 주기 위해 중간의 초원에 착지했다.

"좀처럼 경험할 기회가 없는 하늘 여행을 하니까 즐거운걸─."

"즐거운 건 사태 해결에 아무 도움도 안 되는데……."

사디나가 뇌까리는 소리에 내가 태클을 건다.

얼마 후, 가엘리온 쪽에서 '뀨르르륵…….' 소리가 났다.

"뀨아아아……."

"가엘리온이 배고프대."

"밥 먹은 지 얼마 되지도 않았잖아!"

출발 전에 분명히 충분한 먹이를 주었었다. 그런데도 또 배가 고프다니 무슨 소리란 말인가.

"일곱 명이나 태우고 날면 마력 소비도 심할 테고, 피곤할 테니까 배가 고파지는 게 당연한 거잖아."

"……그런 거였군."

날아가면 성가신 지형지물을 무시할 수 있지만, 동시에 소비가 심해지는 모양이다.

응. 윈디아를 제외한 나머지 동료들은 마을에 남겨두는 게 좋겠다.

하지만…… 공중에도 마물이 없는 건 아니다.

실제로 사디나는 하늘의 마물을 번개마법으로 격추하고 있다.

"마을로 돌아가서 밥을 먹일까? 아니면 대충 마물을 사냥해 와서 먹일까?"

가엘리온은 드래곤이잖아?

딱히 조리할 필요가 없다면, 적당한 마물을 해치워서 먹이로 주는 게 효율적일지도 모른다.

일이 잘 풀리면 새로운 방패의 소재를 확보할 수도 있고.

"사냥할까요?"

"그러지."

"그럼 사냥 시간이네요. 오라버니, 나오후미 님의 칭찬을 받을 수 있도록 노력하자구요."

"아, 아트라! 잠깐! 우……."

뭔가 아트라가 혼자서 달려가 버렸잖아. 포울이 그 뒤를 쫓아간다.

"뭐, 마력 회복을 기다리는 동안 마물을 찾아보는 것도 괜찮을 거라고 생각해요."

"그래. 이 누나도 가서 도와주고 올까?"

"할 수 없지……. 마력수를 먹여서 강제로 회복시킬 수도 있지만……."

수행 때문에 마력을 회복시키는 명력수를 만들고는 있지

만, 사용량도 많다. 그래서 재고에 여유가 없다.

은근히 소재도 소모하고, 팔면 돈이 되기도 한다.

이츠키의 빚도 대신 갚아주었으니, 낭비는 최대한 피하고 싶다.

아직 이동을 개시한 지 몇 시간밖에 안 됐으니까. 어느 정도는 관대하게 봐 줘야지.

"그럼 가엘리온과 윈디아. 너희는 앞으로 있을 하늘 여행에 대비해 거기서 쉬고 있어."

"으–웅———."

"세인도 쉬어. 그리고 중량을 고려해서…… 공격력이 필요하니 사디나를 데려가고 싶지만……."

"어머나?"

만약에 사디나가 흥분해서 나를 덮쳤을 경우, 가엘리온과 윈디아의 힘만으로 제압할 수 있을까?

……왜 나는 사디나를 경계하고 있는 거지?

"사디나 언니, 설마 이런 곳에서 나오후미 님을 덮치고 들거나 하지는 않겠죠?"

"그야 당연하잖니–."

라프타리아의 질문에 사디나는 고개를 끄덕이지만…… 통 믿을 수가 없잖아.

뭐, 엉뚱한 장난을 쳤다면 목숨이 위험해질 수도 있으니까, 아무리 사디나라도 그런 짓은 안 할 거라고 믿고 싶다.

솔직히 말해, 하늘 여행이란 건 생각보다 훨씬 더 귀찮네. 멀미 문제도 있고…… 장기간 이동은 성가실 것 같다.

끄응…… 역시 적당한 곳에서 필로를 불러들여서 마차로 이동하는 게 좋으려나?

제르토블에서는 그런 식으로 이동했었으니까.

포털 스킬이 있어도 성가신 문제는 끊이지 않는군.

그런 생각을 하면서, 우리도 마물 사냥을 떠났다.

"음…… 역시 메르로마르크와는 마물의 종류가 다르네."

"그러게 말이에요."

방금 물리친 건 '제니스 블루 니들 래트'라는 쓸데없이 긴 이름을 가진 고슴도치 같은 마물이었는데, 이 녀석들 이외에도 인디고 리저드 등, 메르로마르크에서는 볼 수 없었던 마물이 많다.

뭐, 지금의 우리는 이런저런 강화방법을 실천한 상태인 만큼, 조우한 마물에 고전할 일은 없다. 말하자면 정예 병력이니까.

고전하고 있는 건 오히려 다른 문제다. 주위는 초원, 강력한 마물이 출현하는 지역은 아니다.

다만, 약한 마물이라도…… 은근히 무시하기 힘든 요소 중에 하나가, 새롭게 등장하는 방패의 스테이터스 보정 같은 거란 말이지.

+1 같이 적은 수치라도, 티끌 모아 태산이라고 했다.

세계의 모든 마물들을 소재로 사용해서 능력을 끌어올려야 할 때가 언젠가 찾아올 것이다.

꾸준히 모아야 하려나.

그런 생각을 하면서 방패에 집어넣는다.

"렌이나 이츠키한테도, 이렇게 온 세계를 돌아다니면서 소재를 모아 달라고 부탁하고 싶은데."

용사들끼리는 경험치를 공유할 수 없지만, 소재를 공유하지 못하는 건 아니다.

그런 방향으로 협력해 나가면 된다.

"지금은 쿠텐로 문제를 해결하는 게 먼저 아냐―?"

"응――."

사디나의 말에 세인도 고개를 끄덕인다.

"그야 그렇지. 하지만 작은 일부터 차근차근 처리해 나가지 않으면 언제 어디서 자빠지게 될지 몰라. 시간은 무한하지 않으니까, 낭비해서는 안 되겠지."

어째 내 말에 세인이 박수를 치고 있다.

넌 도대체 누구 편인데?

"용사라는 것도 고생이 많네."

"그러게 말이에요……. 도의 권속기를 쓰다 보면 항상 느끼게 돼요. 글래스 씨가 얘기하셨는데, 강한 힘에는 책임이 뒤따르는 법이래요."

그 녀석이 할 법한 소리로군.

애석하지만 강한 힘은 자기 억지 주장을 밀어붙이는 데 쓰라고 있는 거란 말이다.

하지만 그렇게 말했다가는 라프타리아가 또 황당해할 테니, 일단은 잠자코 있자.

"자, 그럼 가엘리온 씨한테로 가져갈까요?"

"그래. 어찌 됐건 오늘은 가엘리온의 힘을 빌리도록 하지. 가엘리온도 어느 정도 공중전은 가능하고 하니까, 윈디아와 나만 둘이서 타고 갈게."

"네⋯⋯."

라프타리아는 약간 아쉬운 표정이다.

"가능하면 적이 노리고 있는 라프타리아를 보호하고 싶지만⋯⋯."

"나오후미, 라프타리아는 이 누나한테 맡기렴."

사디나가 탁 하고 자기 가슴에 손을 대고 호언장담한다.

그래, 그건 믿어 주도록 하지.

마을에는 렌과 이츠키도 있다. 나 하나밖에 없을 때보다는 훨씬 나을 것이다.

그런 식으로 생각하면서 마물을 가져가 가엘리온에게 먹인 후, 가엘리온이 쉽게 이동할 수 있도록 적은 인원으로 행동을 개시했다.

그 후로 약 이틀이 지난 상황에서, 마을에 대한 습격은 아직 없다.

실트벨트로 가는 여정은 3분의 2 정도까지 도달한 상황이다.

이 정도 속도라면, 내일쯤 실트벨트에 입국할 수 있을 것이다.

원래는 2주가 걸리는 여정을 나흘 만에 주파한 건 쾌거라고 할 수 있겠군.

가엘리온의 이동 속도와 전이 스킬을 병용하니 제법 효율이 뛰어나다.

뭐, 실트벨트에 입국한다고 끝이 아니라, 그 후로도 가야 할 길이 머니까 아직 여정이 끝난 건 아니지만……

"뀨아뀨아─."

윈디아의 얘기에 따르면, 요즘 들어 나와 함께 있는 시간이 많아서인지, 가엘리온은 엄청나게 기분이 좋은 상태라고 한다.

"자, 오늘은 이쯤 해 두고 마을로 돌아──."

그때, 후방에서 뭔가가 흙먼지를 일으키며 우리 쪽으로 돌격해 온다.

"뭐지?"

"갸우우우우우!"

가엘리온이 경계태세를 취한다.

나는 흙먼지의 발생지로 눈길을 돌렸다. 상황에 따라서는 포털을 타고 도망쳐야겠다고 생각하고 있으려니…….

"아, 역시 주인님이다-. 야호-!"

필로리알 퀸 형태의 필로가 손을 흔들며 달려오고 있었다.

"라프-."

라프짱도 여전히 필로의 머리 위에 올라타고 있군.

어쩐지 훈훈하게 느껴지는걸.

그렇게 생각하고 있으려니──

『힘의 근원인 내가 명한다. 다시금 이치를 깨우쳐, 내 앞에 있는 증오의 대상을 쓸어 버려라!』

"드라이파 아쿠아블래스트!"

필로의 등 언저리에서 마법이 날아왔다.

그래서 거의 조건반사에 가깝게 방패를 들어서── 야구의 타자와 같은 요령으로 상대방을 향해 받아친다.

"왓!"

마법을 쏜 상대는 내가 반사한 마법을 종이 한 장 차이로 회피한다.

뭐, 누가 쏜 마법인지는 목소리를 들어서 알고 있지만.

"무슨 짓이야!"

"그건 내가 할 소리라고, 메르티."

"마법을 맞을 이유가 없다고 생각하는 거야?"

"없어. 특히 너한테는."

"뭐가 어째?!"

필로와 함께 레벨업 여행을 떠났던 메르로마르크 차기 여왕 메르티가, 왠지 나를 째려보면서 재잘재잘 떠들고 있다.

그나저나…… 반사적으로 한 거긴 한데, 마법을 방패로 맞받아칠 수도 있는 거였구나.

막기만 하는 건 억울하니까, 언제든 쓸 수 있도록 연습해 둘까?

"여기서 뭐 하고 있는 거야?"

"으-응?"

레벨업 여행을 떠났다가 이런 곳까지 달려온 건가?

엄청나게 멀리까지 여행을 왔군.

"있잖아, 필로는 원래 다른 곳에서 레벨업을 하고 있었는데 말야~ 피트리아가 와서~ 이런저런 사정이 있어서 이쪽으로 와 달라고 부탁해서 있지~."

"이런저런 사정이라는 게 뭐지?"

뭔가 엄청나게 성가신 일에 휘말리게 될 것 같은 예감이 든다.

일단 개요를 들어 보고, 내용에 따라서는 거절해야겠다.

"라프!"

"라프도 말야- 이쪽으로 오면 주인님이 있을 거라고 그랬어-."

"그랬었군. 라프짱은 멀리 있어도 무슨 일이 일어났는지 알고 있다는 거지?"

"라프-."

내 물음에 라프짱이 고개를 끄덕인다.

그래서 나와 만날 수 있도록 필로와 메르티를 이쪽으로 안내했다거나 하는 식이겠지.

"그래서 말야, 주인님-. 피트리아가 뭔가 부탁할 게 있다나 봐-."

"그 얘기는 나중에 하지. 지금은 우선 해결해야 할 성가신 안건이 있으니까."

"하, 하지만 나오후미, 피트리아 씨가 보수는 선불로 주겠다면서 이것저것 해 줬는데……."

"바쁘니까 나중에 해. 그리고 누구 멋대로 선불이라는 거야? 나는 아무것도 못 받았다고. 메르티, 네가 해."

내 대답에 메르티가 뭔가 황당해하는 표정을 짓는다.

"일단 얘기나 해 봐. 무슨 일이 있었던 건지 조금 정도는 들어줄게."

"왜 나오후미가 그렇게 거만하게 구는 건지 모르겠지만, 일단 그냥 넘어갈게. 우선 내가 필로와 라프짱과 같이 레벨 업 여행을 떠난 후의 일인데……."

메르티는 지금까지 있었던 일들의 경위를 내게 설명해 주었다.

메르티는 필로와 라프짱과 함께 레벨업 여행을 떠났는데, 여행을 떠난 지 얼마 안 돼서…… 시간으로 따지자면, 마을이 습격을 받은 직후쯤에 메르티가 레벨의 한계치인 40에 도달해 일단 마을로 돌아가기로 했다.

그리고 그날 밤이었다.

피트리아가 필로를 불러 세워서 합류했다고 한다.

오랜만의 재회에 메르티도 한껏 들떴다.

"오랜만이야."

"네, 메르로마르크에서 영귀의 발을 묶어 주셔서 고맙습니다."

"그건 됐어. 원래 피트리아도 해야 할 일이었으니까."

피트리아의 관대한 태도와 주위의 필로리알들 덕분에, 메르티는 더없이 즐거운 기분이었다.

"……."

"라프-."

그런데 피트리아는 어째선지 필로의 머리 위에 있는 라프짱을 한동안 노려보았다.

"으음……."

"라프라프."

뭔가 라프짱이 타이르는 것 같은 말투로 울어대던 게 인상적이었다는 모양이다.

라프짱이 무슨 얘기를 하는 거냐고 필로에게 물어보니,

"괜히 성가신 책략을 써서 유도하는 것보다는 직접 부탁하러 오는 게 도리. 용사님을 유도하려던 힘은 우리 쪽에서 유익하게 이용해야 하니까 못 돌려줘."라고 피트리아에게 얘기했다는 것이다.

뭐지? 필로를 이용해서 나를 유도하려고 했다는 건가?

라프짱에게 설득당한 건지 어떤지는 모르지만, 피트리아는 한숨을 푹 쉬고 얘기를 꺼냈다.

"알았어. 도리에 맞지 않는 짓을 한 건 내 잘못이니까. 솔직하게 얘기하자면, 부탁하고 싶어서 이렇게 온 거야."

"저, 무슨 부탁인지요?"

"으―응?"

라트리아는 필로, 메르티, 라프짱에게 부탁하고자 하는 내용을 알렸다.

"그래서 나한테 온 거야?"

"응. 나오후미의 도움을 받고 싶대."

"그렇군. 용건은 알았어. 나중에 처리하지."

"얘기를 듣고도 그렇게 나오기야?"

"당연한 거 아냐? 세상일에는 우선순위라는 게 있어. 피트리아도 해결 못하는 성가신 문제를 나한테 가져오지 마."

자기 힘으로 해결이 안 되니까 나한테 온 거겠지만, 그런 요망에 부응해 줄 생각은 없다.

그 이전에, 그렇게 강한 피트리아조차도 해결하지 못하는 문제를 내가 해결할 수 있을 것 같지도 않고.

"애초에, 지금은 사성용사들끼리 친하게 지내라는 피트리아의 요망을 들어주려고 애쓰는 중이잖아."

렌도, 이츠키도…… 문제는 없지 않지만, 어쨌거나 화해는 했다.

모토야스? 녀석도 결과적으로는 문제없을 거다. 아니, 아예 얽히고 싶지도 않다.

"이쪽의 성가신 안건이 끝나고 나서 처리해 줄게. 그때까지 기다려."

"어? 응. 어느 정도 걸리는지 물어보래."

필로가 뭔가를 수신했는지, 내게 질문한다.

"글쎄다. 최대한 빨리 해결할 생각이긴 하지만, 언제가 될지는 몰라."

"그건 좀 곤란하대ㅡ."

"곤란하건 말건 알 게 뭐야."

"저기, 나오후미. 얘기를 좀 끝까지 들으라구."

"의뢰 내용까지 들을 생각은 없어. 들었다가는 성가신 일에 휘말릴 것 같으니까."

내 대꾸에, 메르티는 땅이 꺼질 듯 한숨을 지었다.

"그나저나, 보수는 선불로 받았다고 그랬지? 돈이냐?"

"나오후미는 너무 속물적이라니까. 그런 게 아니라, 우리…… 나와 필로한테 이런저런 능력을 부여해 줬어."

"부여?"

내가 고개를 갸웃거리며 그렇게 묻자, 필로와 메르티가 고개를 끄덕인다.

"뭐, 나오후미는 필로의 능력을 볼 수 있잖아? 확인해 보면 될 거 아냐?"

나는 메르티의 말대로 필로의 능력을 살펴보았다가, 말문이 막힌다.

스테이터스가 두 배 이상 뛰어올라 있었던 것이다.

이건…… 내가 영귀와 싸웠을 때보다 약간 낮은 정도잖아.

"뭔가 나랑 필로의 레벨을 내리는 대신 자질을 상승시켜 주겠다면서 이렇게 해 준 거야. 그리고 내 클래스업도 알선해 줬어."

"어때? 주인님−. 필로, 이제 가엘리온한테 안 진다구−."

"갸우갸우갸우!"

가엘리온이 필로를 위협하기 시작한다.

하−…… 이것 참, 엄청나게 성장해서 돌아왔잖아.

성장이라기보다는 피트리아의 선불 보상이지만.

하지만 의뢰 내용에 비해서 보상이 너무 거창한 것 같은 느낌이 든다.

"미안하지만, 멋대로 이런 거창한 보상을 선불로 받았다고 내가 고분고분 받아들일 거라고 생각했던 거냐, 이 멍청아! 기각이야, 기각! 선불은 반환할 거라고!"

"왜 나오후미가 피트리아 씨에게 까칠하게 구는 건지 이해가 잘 안 되는데……."

"에―……."

"갸우갸우갸우!"

가엘리온도 무시하듯이 웃고 있잖아.

이렇게 거창한 보수를 선불로 주는 안건이라면 보나마나 성가신 일일 게 분명하지 않은가.

"어찌 됐건 나중에 해, 나중에! 필로, 너도 세상에는 우선순위가 있다는 것 정도는 알고 있겠지?"

"응. 하는 순서는 주인님이 정해."

"그래. 잘 알고 있군. 기특한 것."

"에헤헤― 알았어―."

"알고 있는 거야? 거절하면 어떻게 될지 정말 알고 하는 소리야?"

메르티는 안절부절못하고 있지만, 내 알 바 아니다.

"하기는 할 거지만, 나중에 할 거야. 내 쪽에도 사정이 있다고. 끼어들기는 용납 못해."

지금은 라프타리아 문제를 우선시하는 게 당연한 것 아니겠는가.

"정 그렇게 급하다면 마을에 있는 렌이나 이츠키를 알선해 줄게. 그러면 해결할 수 있겠어?"

"응? 으-음, 주인님이랑 필로가 아니면 안 된대."

그것 보라고. 렌이나 이츠키한테는 부탁하지 못하는 걸 보면, 개인적인 사정일 게 뻔하다.

방어력이 중요한 안건인지도 모르지만, 렌이나 이츠키라면 어지간한 일도 공격력으로 해결할 수 있을 터.

아니면 전투능력이 필요 없는 안건일 경우도 있다.

"알았지? 나중에 해 줄 테니까 기다려. 이상!"

은근슬쩍 말도 안 되는 억지를 써 대는 조류 여왕의 강압적인 수단에 끌려가다가는, 괜히 이용만 당하기 십상이다. 어느 정도는 뜸을 들이는 방향으로 되갚아줘야겠다.

"뭐야, 왜 그러지? 피트리아, 넌 이 정도 일로 사성용사를 죽이기라도 할 거야?"

어쩐지 멀리서 분통에 차서 발을 동동 구르는 소리가 들려오는 것 같은 기분이다.

근본적인 성격은 필로와 별로 다를 게 없는지도 모르겠다.

"아마 피트리아는 참기로 한 것 같아."

"그래, 그래."

"나중에 후회해도 자기는 모른다나 봐-."

어떻게 후회한다는 거지? 나는 그딴 도발에 안 걸려든다.

그리고 후회할 때 하더라도, 라프타리아의 문제를 해결하고 나서 후회하는 게 몇 배는 낫다.

"라프-."

"그래, 착하지."

오랜만에 라프짱을 쓰다듬으면서 감촉을 즐긴다.

"그런데, 피트리아 씨의 의뢰를 뒷전으로 미루면서까지, 나오후미는 여기서 뭘 하고 있는 건데?"

메르티가 라프짱을 쓰다듬는 나에게 물었다.

"그거 말인데, 우리는 쿠텐로라는 나라로 가야 하거든."

나는 필로 일행에게 라프타리아의 출생 문제에 대해서 얘기했다.

이대로 가다가는 마을 개척에 지장이 생길지도 모르지만.

"그래서 할 수 없이 이동하고 있는 중이야."

"그건 주인님이 라프타리아 언니한테 그 옷을 입히는 바람에——."

"필로, 더 이상 말하면 가엘리온을 쓰다듬을 건데, 그래도 되겠어?"

"뀨아!"

"싫어-!"

필로의 입을 틀어막자, 메르티가 뭔가 황당하다는 듯 손으로 이마를 짚고 있다.

"필로 괴롭히는 데 가엘리온을 이용하지 마!"

윈디아가 시끄럽게 군다.

"어머니께 보고는 한 거야?"

"아니?"

그러고 보니까 보고하러 안 갔었네.

국가 간의 문제도 있으니까, 일단 얘기해 둘까.

"그럼 메르티, 마을로 데려다줄 테니까 여왕에게 전해. 그리고 마침 타이밍도 적절하니까, 마을로 돌아가자."

"잠깐! 문제를 나한테 떠넘기지 말라구!"

화내는 메르티를 무시하고, 나는 필로 일행과 함께 마을로 귀환하기로 했다.

2화 방문 전달

"우리 왔어-!"

"아, 필로!"

마을로 돌아오자, 마을의 노예들이 필로를 맞이한다.

"어라? 방패 형이랑 같이 온 거야?"

"응, 도중에 만났어-."

"그랬구나-."

"어서 오세요, 나오후미 님. 어째 필로랑 같이 오셨네요?"

"아아, 돌아오려던 참에 나타나서 말야. 겸사겸사 해서 데려왔어."

"하아……."

"엄청 강해져서 돌아온 것 같은데."

나는 아까 있었던 일들을 라프타리아에게 설명했다.

"그건 그렇고…… 내일은 실트벨트에 입국할 텐데…….
사디나를 불러다 줘. 입국 과정에서 발생할 수 있는 문제에
대해 생각해 두고 싶으니까. 필로가 끄는 마차를 타고 가면
여럿이서도 입국할 수 있겠지."

"뀨아뀨아뀨아!"

가엘리온이 떠들어댔다.

아마, 필로를 데려가는 것에 이의를 제기하는 것이리라.

"가엘리온, 너는 적은 사람을 태웠을 때는 하늘을 날 수
있어서 편리하지만, 인원이 많을 때는 마차를 끌 수 있는 필
로 쪽이 더 나아. 이번엔 참아."

"뀨아뀨아!"

"저기, 가엘리온도 마차 정도는 끌 수 있어! 라나 봐."

"뿌─! 마차는 필로가 끌 거야─!"

"최근 이틀 동안은 네 등에 타고 이동했으니까, 다음에는
네가 양보해."

"뀨아아아……."

그런 눈으로 봐도 난 안 물러난다고.

참는 것도 중요한 거다. 애초에 난 너희가 일으켰던 문제
를 아직 용서한 게 아니라고.

뭐, 그렇기는 해도, 열심히 노력한 점만큼은 높이 평가하

고 있다.

"어찌 됐건 순서는 지켜. 필로, 포털로 마차를 가져갈 수는 없으니까, 현지의 싸구려 마차를 끌어야 하는데, 그래도 괜찮겠어?"

"응!"

"실트벨트 주위에 들어서면 나쁜 의미로 환영받는 일이 생길지도 모르니까, 인원은 많으면 많을수록 좋겠지."

가엘리온의 등에 타고 이동하는 것도 나쁘지 않겠지만, 국가 규모를 상대하자면 머릿수가 많을수록 좋다.

실트벨트를 경계하는 의미도 있다.

실트벨트…… 방패 용사를 신봉하는 나라.

메르로마르크 같은 과격한 경향이 없을 거라고 보장할 수 없다. 경계를 게을리할 수는 없다.

"있잖아, 주인님-. 메르도 같이 가-?"

"메르티는 빠지는 편이 좋을 거야. 왕녀라고는 믿기지 않을 만큼 선머슴같은 녀석이지만, 일단은 메르로마르크의 왕족이잖아?"

"뭐가 어째?!"

"가고 싶어?"

"……."

여왕이 외교 목적으로 간다고 해도 안전을 보장할 수 없는 나라다.

어찌 됐건 확인해 보는 게 먼저고, 사실 실트벨트 자체에 용건이 있는 건 아니다.

"그럼 내키지는 않지만 어머니께 연락을 취해 볼게. 필로, 가자."

"응!"

메르티는 필로리알로 변신한 필로의 등에 타고 달려갔다.

뭐 저렇게 정신없는 녀석들이 다 있담. 그나저나 필로는 정말 메르티와 사이가 좋네.

"나오후미 니-임!"

아트라가 포울을 데리고 나타났다.

"어서 오세요."

"아아, 내일이나 모레쯤에 실트벨트에 입국할 거야. 필로가 돌아온 덕분에, 다 같이 이동할 수 있게 됐어."

나는 포울 쪽으로 눈길을 돌린다.

"그래서? 포울, 실트벨트 쪽에 인맥이 있다고 했었지?"

"원래 우리를 돌봐주던 자들 중에 그쪽으로 돌아간 녀석들이 있는 게 전부야. 찾아보기 전에는 알 수 없어."

"믿을 만한 녀석들이야?"

내 질문에, 포울은 팔짱을 끼고 생각에 잠긴다.

"솔직히 말하면 나도 잘 몰라. 워낙 어린 시절 얘기고, 어머니는 고사하고 조부모님에 대한 얘기도 제대로 안 가르쳐 줬으니까."

"그랬군."

하쿠코는 과거에 쓰레기와 싸웠던 적이 있는, 혈기왕성한 종족일 터였다.

최종적으로 쓰레기에게 밀려서 세력이 감퇴했다고 들었으니까.

실제로 데려가는 건 위험할지도 모른다.

하지만 그렇다 해도……

"자기가 태어난 고향 집 정도는 아트라에게 보여주고 싶은데……"

포울이 우두커니 뇌까린다.

"실트벨트에 있어?"

"아니."

포울은 지도를 펼쳐 달라고 나에게 부탁하고, 고향의 위치를 찾기 시작한다.

실트벨트 인근의…… 바로 오늘 밤 우리가 들렀던 지역 근처를 가리키고 있다.

들렀다 가도 시간 소모는 없을 법한 거리다.

"그나저나 궁금한 게 있는데, 포울."

"뭐지?"

"너, 실트벨트 말은 할 줄 알아?"

나나 라프타리아, 렌이나 이츠키라면 각자의 무기가 번역해 주겠지만, 다른 녀석들은 다른 나라 말은 안 통한다. 리시아는 며칠 만에 외국어를 익힐 정도의 수재이긴 하지만, 모든 사람들이 리시아처럼 우수한 건 아니다.

"그야…… 제르토블까지 흘러드는 동안에 몇몇 나라의 말은 말할 수 있을 정도까지는 익혔는데……."

"저도 그래요. 그럴 수밖에 없는 게, 병에 걸렸을 때는 얘기하는 것 말고는 즐길 게 없었으니까요. 오라버니에게 이런저런 언어들을 배웠어요."

"호오……."

뜻밖의 능력이다.

다시 말해 실트벨트뿐만이 아니라, 그 인근 국가의 언어도 쓸 수 있다는 건가.

장사 루트를 확장할 때 활용할 수 있을지도 모르겠군.

"포울은 메르로마르크 공용어가 아직 좀 서투른 구석이 있지?"

"……그래."

내가 사디나의 말에 고개를 끄덕이자, 포울은 어리둥절한 얼굴로 나를 쳐다본다.

"그래? 네 귀에는, 내가 하는 얘기가, 어떤 언어로 들리지?"

포울이 애매하게 자주 말을 끊어 가며 내게 묻는다.

아마 여러 가지 언어를 섞어 가면서 얘기하고 있는 것이리라.

"오라버니, 여러 나라 말을 섞어 써서 나오후미 님을 농락하려고 드는 짓은 그만두세요."

아트라에게 등을 찔리고, 포울이 고통에 신음했다.

여전히 이 여동생의 손놀림은 재빠르군.

"큭…… 아트라, 이 녀석에게 좀 확인해 본 것뿐이잖아! 특히 내가 마지막에 한 말을 번역해 봐."

포울은 '네 귀에는(실트벨트어) 내가 하는 얘기가(메르로마르크어) 어떤 언어로 들리지(뭔가 다른 언어인 듯, 억양이 독특한 언어)?' 라는 식으로 물어본 모양이다.

마지막 부분은 아트라도 모르는 언어였던 모양이다.

" '어떤 언어로 들리지?' 라고 한 것 맞죠? 나오후미 님."

라프타리아의 말에 내가 고개를 끄덕인다.

"용사 무기의 영향 덕분에 대화는 자동으로 번역돼. 아무리 소수민족의 언어라도 다 번역될걸?"

마물의 언어는 번역되지 않는다는 게 문제점이라면 문제점이고, 다행이라면 다행이리라.

만약에 마물의 언어까지 번역된다면 성가시기 짝이 없을 테니까.

그런 건 필로나 라트, 윈디아 같은 녀석들에게 맡기면 그만이다.

"편리한 힘을 쓰고 있군."

"참고로 마지막 건 어디 말이지?"

"옛날 부하한테 배웠던, 실트벨트 변경에서 쓰이는 방언이야."

방언까지 완벽하게…… 근사하군.

용사라는 입장만 아니었다면, 통역사 일을 해서 돈을 버는 방법도 있지 않았을까?

"세이아엣트령도 방언 정도는 있다구."

"그럴지도 모르지. 어쨌든 포울이나 아트라가 다국어를 할 줄 아는 건 유리한 일이야."

키르를 비롯한 르롤로나 마을 출신 노예들은 기본적으로 메르로마르크 공용어밖에 사용하지 않는다.

라프타리아의 부모님은 어땠을까.

"사디나, 쿠텐로라는 나라는 어떤 말을 쓰지?"

"다소 차이는 있지만, 기본적으로는 실트벨트와 같은 언어야. 어느 정도 사투리가 있지만, 실드프리덴도 마찬가지고."

아인 공용어 같은 건가 보군.

"나오후미는 모를 것 같으니까 가르쳐 주자면, 제르토블은 어느 쪽 언어나 다 통하는, 참 편리한 나라란다-."

"어느 쪽 언어를 쓰는 가게도 다 있다는 거겠지."

제르토블은 이것저것 잡다하게 섞여 있는 것 같은 느낌이던데.

너무 잡다해서 인종차별 같은 걸 할 필요도 없을 정도로.

"참고로 포브레이 공용어라는 것도 있단다. 그쪽이 제일 많이 쓰이지."

"그랬었군."

그곳은 용사의 나라라고 하니, 고귀한 신분…… 그러니까 귀족이 좋아하는 언어 같은 거겠지.

옛날 영국에서는 구사하는 언어를 통해서 계급을 알 수 있었다는 얘기도 있으니, 포브레이도 그런 문화가 존재할지 모르겠다.

어찌 됐건, 그건 알 바 아니다.

언젠가 포브레이에도 가야 할 날이 오겠지만, 지금은 실트벨트 쪽이 먼저다.

"그런데 나오후미 님, 포울 군과 아트라 씨를 위해서 그 고향이라는 곳에 들르실 건가요?"

"가는 김에 잠깐 들르는 것 정도는, 딱히 못 할 것도 없는데……."

동기 부여에 도움이 된다면, 들르지 않을 이유가 없다.

나 역시 고향에 돌아가고 싶어도 돌아갈 수 없는 처지이기에, 고향에 돌아가고 싶다는 그 기분은 뼈저리게 이해가 간다.

"가능하면 들러 줬으면 해. 아트라한테도 집을 보여주고 싶어."

"관심 없어요. 애초에 저는 눈이 안 보이는걸요."

돌아다니는 것만 보면 두 눈 다 멀쩡한 사람처럼 보이는데.

본인 말로는, 기를 느낄 수 있다는 모양이지만.

"……."

이 남매는 도대체 왜 이렇게 온도차가 있는 걸까. 포울이 불쌍하게 느껴졌다.

"돌아오는 길에 시간이 나면 한번 들르지."

약간 풀이 죽은 포울의 모습이 불쌍해서 못 봐 주겠으니, 나중에 가 주자.

"어머나―."

"나오후미 님의 얼굴에 동정의 표정이 보였어요."

"오라버니! 나오후미 님의 동정을 사다니 비겁해요!"

아트라에게까지 이런 소리를 듣다니…… 점점 더 불쌍하게 느껴지잖아.

"닥쳐닥쳐! 나를 그런 눈으로 쳐다보지 마!"

그렇게 절규하는 포울……. 뭔가 좋은 일이라도 있으면 좋겠군.

이렇게까지 과거를 돌아보지 않는 아트라가 더 이상할 지경이다.

"뭐, 폐가가 돼 있다면 집을 한번 뒤져 볼 수도 있고."

"우리 집에 무슨 짓을 하려는 거냐!"

"좋은 물건이 있을지도 모르잖아?"

원래 하쿠코 종은 왕족 가문……. 그럼 이 녀석들의 집이라는 건 별장 같은 건가? 어쩌면 가보 같은 게 묻혀 있을지도 모르겠군.

"뭐, 누군가 다른 녀석이 살고 있을 가능성이 놓겠지만."

어떤 곳인지 관심이 간다는 건 거짓말이 아니니…… 일단은 한번 들러 보자.

"그래. 뭔가 용사에게 도움이 될 만한 것이 있었을지도 몰라."

포울은 뭔가 그렇게 중얼거리며 고개를 끄덕이고 있다.

그리하여 이튿날.

출발 전에 메르티와 에클레르가 살고 있는 도시의 저택에 들른다.

아직 아침이건만, 저택 정원에 있던 에클레르가 피곤해 보이는 건 내 기분 탓일까?

그리고 에클레르는 렌과 검 휘두르기 훈련을 시작했다.

"아아…… 검을 휘두르고 있을 때가 제일 마음이 편하다니까……."

"편하다고? 이런 게 기사도라는 건가?

에클레르는 렌과 훈련할 때가 가장 빛나 보이는군.

렌도 이쯤 되니 이상하게 느껴졌는지 고개를 갸웃거린다. 이거 꽤 초현실적인 광경이군.

"그럼 같이 갈 녀석들은 기다리고 있어. 라프타리아, 부탁해."

"아, 네……. 그럼, 나오후미 님이 오실 때까지 시간이 있으니까, 에클레르 씨와 함께 검 휘두르기 훈련을 하고 있을게요."

"그 기분은 이해하지만, 좀 더 고도의 훈련을 하셔야 할 때라고 생각해요. 모의전을 제안할게요."

"가벼운 아침 운동이니까, 그렇게까지 하면 체력이 못 버텨요."

"라프타리아 씨는 이래서 탈이라니까요……. 그러니까 여기 분들이 깨우치고 있는 유파의 본질을 아직 이해 못하는 거예요."

"아트라 씨…… 당신은 정말……."

뭔가 라프타리아와 아트라가 입씨름을 벌이기 시작했지만, 못 들은 걸로 치자.

그리고 나는 저택으로 들어가서 메르티를 찾는다.

메르티는 아침 댓바람부터 종이 더미로 가득한 방에서 서류를 정리하고 있는 중이었다.

"아, 나오후미네."

"필로랑 같이 있다고 들었거든. 필로를 데리러 왔어."

"아아, 그래서 온 거였구나."

피곤했는지, 메르티도 의자에 앉아서 축 늘어져 있다.

그것과는 딴판으로, 필로는 팔팔하게 주위를 두리번거리고 있군.

"어땠어? 메르티, 여왕이랑 얘기는 해 봤어?"

"그래, 어머니와 얘기하고 왔어."

여왕과 얘기한 결과, 괜히 소동이 커지지 않도록 메르티는 여기서 기다리게 되었다고 한다.

영주 대리 임무를 맡은 에클레르에 대한 보좌……가 아니라, 감시자로서 업무를 지켜볼 생각이라고 한다.

그래서 서류는 건드리지 않고 있다.

"아아, 타당한 선택이군."

"어쩔 수 없지 뭐. 아무리 그래도 내가 동행하는 건 어렵겠지. 그래서 말인데, 현지에서 마차를 조달할 거지?"

"그래."

"정보는 실트벨트 쪽에 제공해 뒀으니까, 사자가 현지에 와서 마차를 마련해 줄 거라는 얘기를 어머니께 들었어."

"오오, 그건 다행이군."

현지에서 마차를 사든 빌리든, 돈이 드는 건 피할 수 없으리라 생각하던 참이었다.

그렇다고 새로 만들 수도 없는 노릇이었으니, 마침 잘된 셈이다.

"다만…… 나오후미가 실트벨트에 가는 건 상당히 큰 외교적 문제가 될 수도 있으니까 조심해야 해."

"나도 알아. 그렇다고 해서 나 말고 다른 용사들을 보내서 일이 수월하게 풀리지는 않을 거 아냐?"

"……하긴, 그건 어려울 거야. 오히려 나오후미 말고 다른 용사들이 갔다가는, 실트벨트 쪽에서 귀도 기울여주지 않을 테니까."

그렇겠지……. 한마디로 방패 용사의 홈그라운드 같은 곳인 동시에, 성가신 국가적 문제를 떠안게 될 수도 있다.

지금까지는 라프타리아의 고향 재건 등을 구실로 삼아서 가는 걸 피해 왔지만, 이제 그럴 수도 없는 상황에 빠지고 말았다.

될 수 있으면 세계를 완전히 구하기 전에는 가고 싶지 않았지만, 이제 단념하고 가는 수밖에 없다.

도망만 치면 아무것도 못 한다. 라프타리아를 위해서는 성가신 말썽거리도 돌파해야만 하는 것이다.

"뭐…… 메르로마르크의 문제는 나와 어머니, 국가의 중진들이 대강 처리했으니까, 딱히 크게 문제가 될 만한 일은…… 현재로서는 없어."

"네 언니와 탈주한 삼용교도 이외에는 말이지."

내 대꾸에 메르티도 고개를 끄덕인다.

"언니께서는 도대체 왜 그렇게 어리석으신 건지……. 이렇게 민폐나 끼치고……."

"그러게 말이다."

게다가 이츠키의 동료들까지 같이 종적을 감춘 상태다.

그뿐만 아니라, 듣자니 이츠키의 동료였던 요란한 갑옷

남자는 메르로마르크의 귀족이라고 한다.

어떤 꿍꿍이를 꾸미고 있는지는 모르지만, 현재로서는 별 문제가 없는 상황이라고…… 믿고 싶다.

내가 마을을 비운 사이에 모종의 공격을 해 온다 해도 이상할 게 없으니까.

"떠난다고 해도, 정기적으로 돌아올 예정이잖아?"

"그래. 메르티도 상황을 봐서 습격자에 대비해 줘."

녀석들이 마을만을 노릴 거라는 보장은 없다.

입으로는 말다툼도 자주 하는 사이지만, 나는 메르티가 꽤 마음에 든다.

언니와는 달리 개념인인 데다, 의리도 있다.

나한테만 약간 까칠하게 구는 구석도 있지만, 메르티의 나이를 고려하면 그 정도는 자연스러운 일이다.

오히려 싫은 점을 찾는 게 더 어려울 정도다.

그러니 우리 문제 때문에 메르티가 상처를 입는 일만은 최대한 피하고 싶다.

"말 안 해도 알아."

"그쪽 스케줄 관리는 네가 알아서 해. 그리고 렌이나 이츠키는 빨리 카르밀라 섬으로 보내서 저주를 치료해야 해."

"알았어."

"……생각해 봤는데, 에클레르를 좌천시키고 네가 이 도시 영주가 되는 게 어때?"

"무슨 소릴 하는 거야?"

"아니, 그 녀석은 전투에서는 도움이 될지도 모르지만, 아직 기사 수준을 못 벗어나고 있으니까. 녀석의 성장을 기다려 줄 만한 여유가 없는 이상, 현재 일을 맡고 있는 녀석…… 다시 말해 메르티, 너한테 맡기는 편이 더 마음이 놓인다고."

"그, 그래?"

사실을 얘기했을 뿐인데도 쑥스러워하는 메르티.

그 여왕의 딸인 데다 언니가 워낙 개차반인 만큼 엄한 교육을 받았을 테니, 어쩌면 칭찬을 받아 본 경험이 별로 없었던 건지도 모른다.

생각해 보면, 지금까지는 비슷한 또래처럼 친근하게 지내 왔지만, 사실 메르티는 아직 어린애니까. 어느 정도는 칭찬해 줘야 의욕도 생길 것이다.

"아아. 내가 판단하기에, 적어도 너 정도면 그 여왕의 뒤를 잇게 되더라도, 그럭저럭 잘 해낼 수 있을 거라고 생각해."

"그래, 나오후미는 나를 그런 식으로 보고 있었구나."

조금 기분이 좋아진 것 같은 메르티.

역시 메르티는 칭찬을 먹고 자라는 타입인 모양이군.

……뭐, 메르티는 꾸중을 들어도 성장할 것 같은 느낌도 들지만, 그건 메르티가 무슨 일에도 굴하지 않는 성격인 것

뿐이다.

동기 부여를 위해서도 사사건건 칭찬을 해 두는 게 좋을 것 같다.

쉽게 우쭐대는 녀석도 아니니까.

"그러니 내가 없는 동안 여기 일을 부탁하지."

"알았어!"

아까와는 전혀 다르게 의욕을 보이는 메르티.

어제 나한테 다짜고짜 마법을 퍼부었던 녀석이라고는 믿기 힘들 정도군.

어쨌거나, 이제 영지 쪽 문제는 그럭저럭 해결될 것 같다.

적어도 아직 영주로서 이렇다 할 성과를 보여주지 못한 에클레르에게 맡기는 것보다는 훨씬 낫다.

······훗날에 에클레르에게 따가운 눈총을 받았다는 건 굳이 얘기할 것 없겠지.

"그럼 이제 슬슬 출발해 볼까. 마차는 현지에 준비돼 있다고 했지?"

"일단 그렇게 얘기했긴 하지만, 아직 하루밖에 안 됐으니까. 실제로 준비돼 있을지 어떨지는 직접 가서 확인해 봐야 해."

"알았어. 그럼 필로, 출발하자."

"네—에!"

필로가 힘차게 고개를 끄덕인다.

최고 컨디션인 필로가 끄는 마차라……. 라프타리아는 적응이 된 상태지만, 다른 녀석들은 불안하겠지.

"그럼 필로, 이동할 곳에 적당한 마차가 마련돼 있으니까, 내가 지정하는 곳으로 모두를 싣고 이동하면 돼."

"응! 마차-."

아아, 그러고 보니 약속했었지. 싸구려라도 기분 좋게 끌어 주는 녀석이라 다행이라니까.

필로가 움찔 움직임을 멈추고 나를 올려다본다.

"……혹시 이게 전에 약속했던 마차?"

여기서 고개를 끄덕였다가는 필로가 토라질 것 같지만, 알 게 뭐야.

"그래. 싸구려라도 참아."

"우우-! 더 좋은 걸 끌고 싶어-. 전보다 더 좋은 걸 끌고 싶어-. 만들어 줘-!"

하긴, 모토야스의 습격을 받은 후로, 필로는 좋은 마차를 끌어 본 적이 없으니까.

"좀 참아. 열심히 하면 좋은 마차를 알아봐 줄 테니까."

"우-……. 열심히 할게-!"

뭐, 요즘 불운한 일들의 연속인 필로한테는 뭔가 좋은 일을 해 줘야겠다고 생각하던 참이기도 하니, 이번 문제가 해결되면 마련해 줘야겠다.

그런 생각을 하면서 라프타리아 일행에게로 돌아가 보

니······.

"어깨 너머로 배운 변환무쌍류 오의·1형식, 양(陽)이에
요-!"

"아, 나오후미 님."

뭔가 아트라와 치열한 싸움을 벌이고 있었던 것 같은 라
프타리아가 우리에게 말을 걸었다.

에클레르와 렌, 포울과 어느 틈엔가 와 있던 리시아가 파
랗게 질린 얼굴로 두 사람의 싸움을 지켜보고 있다.

"후에에······. 어떻게 아트라 씨가 저걸 쓰실 수 있는 거
예요······."

"재능이 있다고 할망구가 얘기했었잖아."

"우······우리는 필사적으로 수련하고 있는데, 가까이 있
는 것만으로도 습득하다니······."

억울해하지 말라고. 그냥 어깨너머로 배운 거라서 어딘가
잘못 배웠을 가능성이 높으니까.

실제로 모든 공격이 라프타리아에게 저지당하고 있고 말
이지.

뭐, 라프타리아도 계속 아트라를 상대해 오면서 실력이
향상된 거겠지만.

나도 이제 기인지 뭔지 하는 걸 볼 수 있도록 눈을 뜨고
싶은데 말이지.

"어머나-."

사디나도 어느 틈엔가 나타나 있었다.

"이렇게 하는 거니? 좀 어려워 보이네. 이 언니가 비슷하게 따라 하려면, 마법의 힘을 빌려야겠는걸."

……그러고 보니, 사디나는 셀프 부스트 마법을 갖고 있었지.

드라이파 라이트닝 스피드라고 했던가?

그 외에도 뇌신강림 같은 것도 있고…… 만화에 나오는 전기술사들을 떠올려 보면, 몸의 전기를 조작하는 식으로 기를 다룰 수도 있을 것 같다. 그럼 기를 습득하는 속도도 빠르겠는데…….

"훈련은 그쯤 해 두고 출발하자."

"알았어요! 자, 라프타리아 씨, 도대체 언제까지 훈련만 하고 계시려는 거죠?"

"당신이 할 소리예요?! 실전 뺨치는 훈련까지 끌고 간 주제에!"

라프타리아도 고생이 많네……. 뭐, 아트라 관리는 포울이 맡아 주면 좋겠지만.

"포울, 동생이 폭주하거든 좀 말려. 괜히 라프타리아가 애를 먹잖아."

"큭……."

아니, 신음할 타이밍이 아니잖아.

"뭔가 문제가 생기면 라프타리아랑 같이 아트라를 막아.

아무리 아트라라도 둘이서 말리면 막을 수 있을 거 아냐?"

"어떤 장애가 있더라도 극복해 내고 말겠어요."

굳이 극복 안 해도 된다고 내가 얘기한 후의 잡다한 일들은 생략하기로 하자.

"어쨌거나, 실트벨트에서는 아인이 같이 다니는 게 좋겠지. 라프타리아는 당연하고, 사디나…… 물론 필로도 같이 가야겠지."

나머지는 누굴 데려갈까.

"일단 아트라와 포울은 데려가도록 하지. 다만, 외교 관계로 뭔가 문제가 생기면 곧바로 설명해야 해."

뭔가 도움이 될 거라고 생각했기에 같이 데려가려는 거다.

"당연하죠. 안 그래요, 오라버니?"

"그래. 의뢰인을 불리하게 만드는 건, 돈을 받고 일하는 용병으로서 절대로 해서는 안 될 일 중에 하나니까. 다만, 그것도 의뢰인의 행동에 달렸지만…… 지금은 거절할 이유가 없어."

이러니저러니 해도, 포울도 일단 그 점에 대해서는 이해하고 있는 모양이군.

어쩌면 평소에는 여동생 때문에 냉정하게 굴지 못하는 것뿐인가…….

"너무 줄줄이 달고 다니는 것도 좀 이상할 테니까, 이 인원으로 가도록 할까."

"라프?"

"물론, 라프짱은 데려갈 테지만."

"우우……."

어째선지 아트라가 라프짱을 째려본다.

"너는 라프짱한테까지 질투하는 거냐. 미안하지만 그건 용납 못해."

라프짱한테 폭력을 휘두르는 건 용서 못한다.

라프타리아를 상대하는 건 수련 파트너라서 봐 주는 거고.

"전보다 힘의 밀도가 높아졌네요……. 강해졌어요."

"라-프-."

"그런가?"

필로의 머리 위에 올라타서 뭔가 하고 있는 모양인데……
변이성을 높인 영향이 나타나기 시작한 건지도 모른다.

스테이터스를 확인한다.

"오? 레벨 아이콘이 생겼잖아."

"라프-."

보아하니, 변이한 덕분에 지금까지는 없었던 레벨 시스템이 도입된 모양이다.

근사하군. 필로보다 레벨을 더 많이 올려서 전력으로 삼고 싶다.

"나오후미 님?"

"뭐, 어쨌든 여기서 얘기만 해도 소용없어. 오늘 중으로 실트벨트에 입국할 테니까 다들 충분히 주의를 기울여 줘."

"알았어요!"

아트라의 활기찬 대답이 인상적이었다.

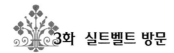 3화 실트벨트 방문

그리하여 포털을 타고 이동하니, 이동한 곳 근처의 마을에서 요란한 복장을 한 수인들이 포장마차 앞에서 두리번거리고 있었다.

혹시 저 녀석들인가? 일 처리 하나는 시원시원하군.

"아, 오랜만입니다."

녀석들 중 하나가 나를 보고 꾸벅 고개를 숙이지만, 나는 고개를 갸웃거릴 뿐이다.

오랜만이라니, 난 네가 누군지 모른다고.

누군가 하고 어리둥절해하며 쳐다보고 있으려니, 그 눈치를 알아챘는지 눈앞의 수인이 내 환심을 사려는 듯 자세를 낮추고 대답한다.

"기억하고 계실는지 모르겠습니다만, 방패 용사님께서 이 세계에 오신 지 며칠 뒤에 모시러 갔던 사람입니다만."

"아……."

그 시절에는 가까이 있는 사람들은 모두 나를 속이려는 적이라고만 생각했었기에, 제대로 확인하지 않았었단 말이지.

보아하니 그때 나를 데려오려 했던 녀석인 모양이다.

……아마 그때 나는 욕하면서 거절했었던 것 같다.

"메르로마르크에서 온 소식을 듣고…… 마차를 원한다고 하시기에, 우리 나라에서 서둘러 준비했습니다. 죄송합니다, 혹시 정보에 착오가 있었습니까?"

"착오는 없어. 오히려 일 처리가 너무 빨라서 놀라울 정도이니까."

"그러시다면 다행입니다."

엄청난 일 처리 속도다. 단 하루 만에 이렇게 준비하다니.

"가시는 길을 호위해 드릴까요?"

"경로는 내 쪽에서 정할 테니까, 따라오고 싶으면 마음대로 해."

"분부 받들겠습니다."

뭐랄까. 어째 절대적 충성이라도 맹세하는 것 같아서, 기분이 영 불편하다.

"그럼 필로, 이 마차를 끌어."

"네─에."

필로가 제법 밝은 표정으로 마차를 끌러 앞으로 나선다.

"다른 녀석들은 냉큼 마차에 타. 먼저 앞길에 함정이 없는지 조사해야겠지만."

"만전을 기해야 한다는 말씀이군요. 역시 나오후미 님이세요. 상대방이 아무리 우호적으로 접근하더라도 경계를 잊지 않으시다니!"

뭘까. 요즘에 아트라한테 이런 얘기를 들으면 그 말과 반대로 행동하고 싶어진다.

내가 하고 있는 행동이 사실은 잘못된 것 아닐까? 하는 생각이 들기 시작했다.

"뭐…… 경계하는 건 중요한 일이긴 하죠."

라프타리아가 동의한다.

좋아. 나는 틀리지 않았어.

"그럼 이 누나도 조사해 볼게—."

"이건 제가 할 일이에요. 사디나 씨는 물러나 계셨으면 좋겠네요."

"어머나—."

뭐…… 이 두 사람은 기나 초음파로 물건을 확인할 수 있어서, 있으면 편리하다니까.

그런 대화를 건성으로 흘려들으면서 마차 안을 확인한다.

응, 딱히 이렇다 할 것은 없다. 쓸데없는 물건이 있으면 내가 싫어할 거라고 생각했다나 뭐라나.

장치에도 별다른 장치는 없는 것 같다.

이제 마법적인 장치나 바닥 틈새 같은 곳을 확인해 보기만 하면 되겠군.

그렇게 확인해 나가다 보니, 아트라와 사디나가 내게 말을 걸었다.

"특별한 장치 같은 건 안 보이는걸."

"저도 마찬가지예요."

"흐음…… 그럼 다들 타. 일찌감치 출발해서 용건을 해치우자고."

여럿이서 함께 이동할 수 있으니, 마차는 참 편리하군.

가엘리온도 끌 수 있다고 주장했지만, 이럴 때는 필로를 우대해 줘야겠지.

적어도 이틀 동안은.

모두 줄줄이 마차에 올라탄다.

실트벨트의 사자는 포울과 아트라를 보고 뭔가 눈썹을 치켜 올렸지만, 굳이 신경 쓸 필요는 없으리라.

"그럼 출발이다!"

"오-케이-! 발진-!"

필로는 힘차게 고개를 끄덕이고 마차를 끌기 시작했다.

속도가 제법 괜찮게 나오는데.

"으-응."

필로가 마차 손잡이를 움켜쥐고 끙끙거린다.

"왜 그러지?"

필로만이 알 수 있는 무언가라도 있는 걸까?

함정이라면 경계해 둬야 한다.

"뭔가 마차에 쓰인 나무가 달라-."

"생태계의 차이 같은 거 아냐? 이 부근의 나무로 만든 걸 테니까."

"아마 그런 것 같아-."

"메르로마르크 쪽이 더 좋아?"

"으-응? 둘 다 그게 그거니까 괜찮아."

"그렇군."

마차는 이동을 개시했다. 그리고 중간까지는 별문제가 없었지만, 실트벨트에 가까워질수록 점점 마차 주위에 사람들이 늘어나서 무슨 높으신 분의 행차 같은 꼴이 되었다.

설마 이게 호위라는 건가? 도망 못 치게 사람들로 에워싼 것처럼 보이는데.

포털을 타고 가면 도망치는 것쯤은 식은 죽 먹기겠지만.

그리고 실트벨트 국경은 쉽게 넘을 수 있었다……. 그렇다, 사람이 너무 워낙 많다 보니 습격 같은 건 없었다.

만약에 용사의 목숨을 노리는, 세인의 숙적 같은 녀석이 튀어나온다면, 이렇게 많은 사람들을 다 지켜줄 수는 없다고.

……오히려 머릿수의 위력으로 되받아쳐 줄 수도 있을 것 같지만.

게다가 실트벨트의 군대까지 나타나서 엄청나게 엄중한 태세로 우리를 맞이해 주었다.

"주인님- 뭔가 걷기 힘들어-."

"그러게……. 점점 더 대규모 행렬로 변하는 것 같은데."

"어이, 열렬히 환영한다고 적혀 있어."

길거리에 있는 주민들이 들고 있는 깃발에 적힌 글자를 포울이 읽어 주었다.

으윽…… 솔직히 이렇게까지 성대하게 환영을 받으니 오히려 기분이 찜찜하다.

소환된 직후에 여기에 왔더라면 신이 나서 즐겼을지도 모르지만, 이세계의 거센 파도에 시달려 온 탓인지, 소름이 돋아서 견딜 수가 없다.

"역시 실트벨트네요. 나오후미 님을 숭배하는 이 자세, 근사한 나라에요."

"……여기에도 신자가 있었군."

"당연한 행동이에요."

포울이 아트라를 보며 엄청나게 떨떠름한 표정을 짓고 있다. 아마 나도 같은 표정일 것이다.

양산형 아트라가 우글대는 나라에 오고 만 걸까?

"사디나 언니, 정말 꼭 여기를 지나가야 하는 건가요?"

"이 언니도 이 정도일 줄은 몰랐는걸……. 나오후미는 역시 용사였구나."

나 자신도 놀라고 있다.

용사의 위광이라는 게 얼마나 대단한지를 두 눈으로 목격했으니 말이지.

문득…… 여왕이 했던 말이 떠오른다.

『우선, 이와타니 님에게 공주, 귀족 영애, 다양한 종족의 아인 여성들이 성관계를 요구해서, 하렘이 형성되겠지요』

이 열광적인 환영 인파를 보면 틀림없이 그렇게 될 것 같다……. 으, 상상만 해도 구역질이 난다.

애초에 메르로마르크 내에서도, 나한테 시비를 걸었던 모험가며 기사단장 등이 살해당했다는 얘기를 전에 들은 적이 있었다.

그리고 종마와도 같이 이용당한 뒤에는…….

『원인불명의 병에 걸리셔서, 이와타니 님께서는 안타깝게도…….』

이건 가급적 피하고 싶다.

나는 실트벨트에서 딱히 뭔가 할 생각 같은 건 없다고 확실히 얘기해 놓고, 해야 할 일만 처리하고 냉큼 빠져나가자. 응, 그게 좋겠다.

"최대한 빨리, 이 나라를 빠져나갈 수 있도록 노력해야겠어."

녀석들의 꿍꿍이에 대해 대처하는 걸 비롯해서, 일단 지금은 할 수 있는 일을 해 나가는 수밖에.

그리하여 우리는 필로가 끄는 마차를 타고 이동, 이튿날에는 실트벨트의 성에 도착했다.

얼핏 보기에 성의 외관은…… 중국풍 속에 서양의 석조 건축을 도입한 것 같은 느낌이다.

쓸데없이 대비되어 보인다고나 할까?

성의 크기만으로 따지자면 메르로마르크와 큰 차이가 없다.

다만, 뭐랄까…… 아인과 수인의 덩치를 기준으로 만들어서 그런지, 메르로마르크에 비하면 문이나 다리, 깃발 등의 사이즈가 커 보인다.

게다가 덩굴에 뒤덮여 있고…… 야성적인 인상이라고나 할까?

말 그대로, 판타지 세계에서 아인이나 수인들이 거점으로 삼는 성 같은 야만스러운 분위기다.

마차 안에서 후방을 확인한다.

실트벨트 성의 도시는 메르로마르크와 비슷한 느낌의 구조였지만, 해자 밖에는 숲이나 정글 같은 곳이 있었다.

건물 자체도 약간 조잡하고, 바닥에는 포석도 깔려 있지 않고, 곳에 따라 흙이며 풀이로 덮여 있을 뿐이다.

종족적인 문제인가?

메르로마르크에 익숙해서 있어서 그런지, 문명 수준이 약간 떨어져 보인다.

다만, 팔고 있는 무기나 식료품의 물건 수, 노점의 분위기는 막상막하인 것 같다.

그리고 성 밑 도시의 광장에 접한 곳에 커다란 야외 스테이지…… 저건 교회인가?

거기에 커다란 방패 심벌이 걸려 있었다.

"이쪽입니다, 방패 용사님!"

"아, 아아……."

"마차는 어떡할 거야–?"

"대충 여기쯤에 방치해 두면 누군가가 적절한 곳에 주차해 주겠지."

저희에게 맡겨 주십시오, 라는 듯 한 수인이 필로에게서 마차 손잡이를 넘겨받는다.

생김새는 소 계열…… 미노타우로스 같아 보이는 근육질 수인이다.

하긴 저 정도 몸집이면 마차 끌기 쯤 식은 죽 먹기이겠군.

"알았어–."

우리는 마차에서 내려서 꿀꺽 마른침을 삼키고 실트벨트의 성을 올려다본다.

본래는 나를 숭상하는 나라의 성……일 터이련만, 어째선지 음침한 마왕의 성처럼 보인다.

아마 나 자신이 이곳의 분위기에 압도되어 그런 거겠지.

될 수 있는 한 신경 쓰지 말아야겠다.

그래, 메르로마르크의 성에 들어갈 때처럼 성큼성큼 들어가는 거다.

"가자."

"아, 네."

"성에 들어간 경험은 거의 없지만…… 어쩐 영 찜찜한데."

"오라버니, 그러지 말고 지금은 땐 가슴을 쫙 펴고 가셔야죠. 여기는 나오후미 님의 나라나 마찬가지니까요."

내 나라는 무슨!

그렇게 생각했지만, 방패 용사를 숭배하는 나라라면 아트라의 말도 일리가 있긴 하니, 부정도 할 수 없다.

하지만 여기는 방패 용사의 나라지, 내 나라는 아니라고.

뭐…… 이곳 국민들도 내가 개척 중인 마을 녀석들과 비슷한 녀석들이라고 생각하면 안심할 수 있을지도 모르지만.

성에 들어가니 안내원 같은 녀석이 말을 걸었고, 곧바로 옥좌가 있는 방으로 안내해 준다.

"어서 오십시오, 방패 용사님. 먼 길 오시느라 수고가 많으셨습니다."

옥좌의 방으로 들어서니, 뭔가 요란한 빨간색 깃털 같은 게 팔이며 어깨에 돋아난 남자가 맞이해 주었다.

천사 같은 필로의 느낌과는 달리, 팔다리가 어쩐지 새 같은 인상을 준다.

조류 계열 아인, 혹은 수인일 것 같다.

나이는…… 20대 정도일까? 화장 같은 걸로 젊게 보이게 한 걸지도 모르지만.

"저는 슈사크 종의 대표를 맡고 있는 바르나르라고 합니다. 기억해 주시길."

"슈사크 종……?"

슈사크라면, 혹시 주작에서 따 온 이름인가? 포울 남매가 하쿠코니까, 그렇다고 봐도 이상할 건 없다.

그렇다면 현무는 쿠로무 정도로 읽으려나? 광석 같은 종족일 것 같기도 하다.

틀렸을지도 모르지만, 아마 대충 그런 식이겠지.

어찌 됐건 사성수를 인간화시킨 것 같은 종족이라는 걸 알고 나니 상상하기가 쉽군.

"방패 용사인 나오후미야. 동료들을 차례대로 소개하자면 라프타리아, 사역마인 라프짱, 필로리알인 필로, 사디나, 아트라, 포울이야."

자세한 소개는 귀찮으니 생략하도록 하자.

"잘 부탁드려요."

가볍게 인사한 바르나르라는 녀석의 시선이, 잠시 아트라와 포울에게로 향한다.

외교적인 문제가 생길지도 모르니, 사전에 확실하게 얘기해 둬야겠군.

"이 두 사람은 제르토블에서 노예로 전락해 있던 걸 산 거야. 순종 하쿠코는 아니라더군. 권력 문제에 대해서는 참견할 생각이 없다고 알고 있는데, 문제가 있어?"

못을 박아 둔 게 효과가 있었는지, 바르나르는 퍼뜩 시선을 되돌리고 고개를 숙였다.

"그러셨군요! 알겠습니다."

효과가 있었던 건지 어떤 건지는 잘 모르겠지만.

"으-응…… 있잖아, 주인님. 여기서 얘기할 거야?"

"그래. 심심할 테지만 좀 참아."

"네-에."

어쨌든, 필로가 재촉해 준 덕분에 얘기를 매끄럽게 진행시킬 수 있을 것 같다.

필로도 예상치 못한 곳에서 도움이 되는군.

"그럼 단도직입적으로 용건부터 얘기하지"

"넵!"

바르나르가 등을 꼿꼿이 펴고, 경례라도 하듯이 직립부동 자세로 나를 본다.

노려보는 것과는 다르다. 오로지 명령을 따르기만 할 뿐이라는 태도가 거슬리는군.

"나는 딱히 실트벨트를 지배하거나 하려는 생각은 없어. 어디까지나 목적을 위해서 잠깐 들른 것에 불과해. 너희 나라의 상층부가 곤란해할 짓은 절대로 안 하겠다고 약속하지. 그러니까 쿠텐로로 가는 교역선을 마련해 줘. 일찌감치 나라를 떠날 생각이야."

여왕이 얘기했었던, 내가 실트벨트에 가는 바람에 실트벨트 상층부가 곤경에 처할 가능성을 미리 차단해 둔다.

그러자 바르나르는, 네? 하고 어안이 벙벙한 표정으로 고개를 갸웃거렸다.

"그렇군요. 방패 용사님께서는 뭔가 오해하고 계신 모양이군요."

"뭐라고?"

"우선 긴 여정의 여독을 푸시고, 오늘 밤의 연회에 참가하고 나신 후에 얘기를 들어 주실 수 있겠습니까?"

"지금 갈 길이 급한데……."

솔직히 쿠텐로의 자객들을 잠재우는 게 우선사항이란 말이다. 실트벨트에서 우왕좌왕하고 있을 생각은 털끝만큼도 없다.

"애초에 너희 상층부는 내가 있으면 곤란하잖아?"

"그 말씀대로, 용사님이 계시면 곤란해지는 자들이 없다고 할 수는 없겠죠. 하지만, 그런 고름을 짜내는 것도 다 필요한 일이라는 게 제 생각입니다."

하지만, 하고 바르나르는 강조해서 말을 잇는다.

"그보다 먼저 해야 할 일은, 방패 용사님께 대한 충성을 표현하는 일입니다. 이건 통과의례라고 생각해 주십시오."

아, 귀찮아!

뭐랄까, 완곡하게 나를 자기 곁에 묶어 두려는 꿍꿍이의 냄새가 풀풀 풍긴다.

은근슬쩍 말장난에 휘말려들 것 같은 기분도 들지만……
상대방도 우리가 거절하면 협조할 수 없다는 생각으로 이러
는 거겠지.

사디나에게 시선을 보내니, 어쩔 수 없는 거 아냐? 라는
태도로 어깨를 으쓱하고 있다.

"……근사해요. 나오후미 님에게 충성을 표하다니……."

대략 한 명, 분위기 파악 못한 채 감동하고 있는 녀석이
있지만 무시하기로 하자.

"자, 자, 걱정 마시고 푹 쉬십시오. 얘기는 그 후에 해도
늦지 않으니까요."

전혀 물러날 기색을 보이지 않는 태도에 벌써부터 넌덜머
리가 난다.

대화를 하는 것 같으면서도 실은 대화가 성립되지 않는
이 분위기에 울화가 치민다.

최근의 모토야스나 예전의 렌과 이츠키를 연상케 한다.

"알았어. 다만, 내 말을 무시하면 어떻게 될지는 알고 있
겠지?"

여기는 방패 용사를 숭배하는 나라라고 들었다. 포털을
타고 성 밖으로 빠져나가서 큰 소리로 나라에 대한 악담을
떠들고 다니면 어떻게 되려나? 엉뚱한 짓 할 꿍꿍이는 접어
두라고.

그렇게 시선으로 위협한다.

"여부가 있겠습니까."

공손하게 고개를 숙인다.

"그럼 방패 용사님과 동행자 여러분을 각각 내빈용 객실로 안내해 드리겠습니다. 마음 편히 푹 쉬십시오."

"각방은 곤란한데……."

나 혼자 행동하는 건 피하고 싶다.

뭐, 지금의 내가 가진 힘 정도면, 제아무리 술수를 부리더라도 내 행동을 저지할 수 있는 녀석은 없겠지만…… 혹시 모르니까.

"방패 용사님과 다른 분들을 동일선상에서 대접할 수는 없습니다. 저희의 신앙을 모독하는 일이 되니까요."

끄―응……. 일단 이해가 안 되는 소리는 아니다.

사장과 평사원을 같은 대우로 접대하라는 얘기나 다름없으니, 그럴 수는 없다는 거겠지.

무리인 줄은 알지만, 사장의 명령이니 유연하게 좀 대처하라고 얘기하고 싶은 심정이다.

"나오후미 님 방의 옆방을 준비해 주실 수는 없나요?"

아트라가 한 발짝 앞으로 나서서 묻는다.

바르나르는 내 얼굴을 보며 한동안 생각에 잠긴다.

이 조건도 못 받아들이겠다면 교섭의 여지가 없다고.

내 생각을 읽은 건지, 바르나르는 고개를 끄덕인다.

"알겠습니다. 바로 준비하도록 하죠."

흐음……. 아트라의 파인플레이가 빛을 발했군.

녀석들의 논리라면 나는 스위트룸에서 묵고, 라프타리아를 비롯한 다른 동료들은 스탠다드 룸…… 아니, 어쩌면 나 모르게 성 밖으로 쫓겨나고 말았을지도 모른다.

이 멤버들을 상대로 그런 짓을 하는 게 쉽지는 않겠지만.

바르나르의 안내에 따라, 우리는 성의 객실에서 휴식을 취하게 되었다.

……그런데.

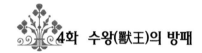

4화 수왕(獸王)의 방패

"여기는 객실이 아니라 왕족의 침실 같은 곳 아냐?"

성의 최상층, 전망 좋은 테라스까지 딸린 커다란 방에 나혼자만 배정받았다.

그리고 왕족의 지시에 따라, 라프타리아를 비롯한 동료들은 언제든지 달려올 수 있는 심부름꾼 대기실을 배정받았다.

침대밖에 없는, 그야말로 잠시 눈을 붙이는 용도로만 쓰이는 것 같은 방이라 한다.

일단 다른 방도 있기는 있다지만, 약간 떨어져 있다.

"그러게 말이에요……."

라프타리아가 실내를 조사해 보면서 중얼거린다.

"이 정도 방이면 여럿이서 자도 될 것 같은데."

"그건 곤란합니다. 방패 용사님의 동료 여러분…… 부디 이해해 주시길."

한결같은 저자세에, 다들 어찌 대처해야 할지 몰라서 곤란해하고 있다.

"알았어요……."

"옆방에서 대기할 수 있다면 문제없어요."

"아트라!"

"침대도 푹신푹신-. 응? 올라가면 안 돼-?"

필로가 침대 위에 올라가려다가, 메이드 같은 녀석에게 제지당하고 있다.

뭔가 마음에 안 드는 공기가 충만해 있군.

역시 실트벨트는 성가신 곳인 것 같다.

"그럼 동료 여러분, 방으로 안내해 드리겠습니다. 저를 따라오십시오."

나도 동료들의 방에 따라가려 했지만 제지당한다.

"방패 용사님께서는 방에서 쉬고 계십시오. 곧 국가 중진 들과의 알현, 그 후에 만찬회, 목욕…… 취침 일정이 기다 리고 있습니다."

"아…… 내 자유시간은 언제지?"

"항상 자유행동 시간입니다."

"그럼 알현은 나중에 해. 동료들과 할 얘기가 있어."

"그건 곤란합니다. 참아 주십시오."

그게 뭐가 자유행동이라는 거냐!

발끈해 있으려니 라프타리아가 허둥대는 얼굴로 말린다.

"나오후미 님, 조금만 참으세요. 여기서 화를 내 봤자 해결되지 않을 테니까요."

"아뇨, 나오후미 님의 심기를 거슬렀으면 마땅히 벌을 받아야 해요!"

아트라의 극단적인 주장 덕분에 분노가 약간 걷힌다.

그나저나…… 그거 완전 폭군이잖아. 나는 독재자라는 자각은 있지만, 아직 폭군은 아니라고.

진정하자……. 어쨌거나, 원활한 교섭을 위해서는 어느 정도 교섭해 둬야 하는 것도 사실이다.

"알았어. 오늘만이야. 다만."

나는 라프짱을 향해서 손짓한다.

"라프-?"

다가온 라프짱을 안아 들고 말한다.

"라프짱만은 같이 있을 수 있도록 허가해 줘. 내가 아끼는 애완동물이니까."

"아, 알겠습니다."

애완동물이라면 괜찮다고, 실트벨트의 메이드 같은 자들이 타협했다.

나는 마지못해 침대 쪽으로 걸어가서, 라프타리아와 동료들에게 손을 흔든다.

"라-프-."

"무슨 일 생기면 알려주셔야 돼요, 라프짱."

"라프! 라프라프!"

라프짱은 자기만 믿으라는 듯 일어서서 가슴을 두드린다.

오- 귀엽잖아.

뭐, 라프짱은 나와 마찬가지로 라프타리아와 마력적인 무언가로 이어져 있어서, 신호 같은 걸 보낼 수 있다고 한다. 여차하면 경보 대용으로도 쓸 수 있을 것이다.

"그럼……."

"저는 옆방에서 대기할 거예요."

"그 기분은 이해하지만, 우선은 객실로 안내하겠대요."

"자, 가자 아트라! 저 녀석은 우리와는 격이 다른 구름 위의 존재라고."

"아아, 나오후미 님!"

포울은 노골적으로 비꼬듯이 말하면서 아트라를 끌고 갔다.

포울…… 한때는 너를 동정했지만, 역시 그건 취소해야겠어.

"그럼 나오후미-. 나중에 만나러 올게-."

"그래."

약간 불안하긴 하지만, 나는 라프타리아와 동료들을 배웅했다.

"라프-."

라프짱이 방 안을 탐색하는 광경을 훈훈하게 보며, 테라스 쪽을 통해 실트벨트의 성 밑 도시를 바라본다.

해가 약간 기울어 있지만 저녁노을이라고 할 정도는 아니다.

실트벨트의 거리…… 메르로마르크와 비교하면 야성미가 넘치는 건 여기까지 마차를 타고 오면서 봐서 알고 있었지만…… 위에서 내려다보니까 한층 더 역력하게 느껴지는군.

아인들은 크기에 통일감이 없어서, 큰 녀석이 있는가 하면 작은 녀석도 있다.

멀리서 보면 재미있어 보이기는 한다.

아인, 수인…… 마을 사람들도 개성적인 녀석이 많다. 수많은 종족이 있으리라.

건물도 뭐랄까…… 원시시대 같은 디자인의 건물도 있고, 목조 건물도 있다.

중국풍 요소도 있는 등, 정말이지, 메르로마르크보다…… 잡다한 나라군.

"라프-?"

"응? 왜 그래, 라프짱?"

라프짱이 난로 위에 장식되어 있는 방패를 응시하고 있다.

제식용 방패…… 맞지?

호화로운 느낌에, 단지 곳곳에 흠집이 있고…… 뭔가 이런저런 가죽을 무두질해서 발라 놓은 게 보이는데?

일단 복제할 수 있을지 시험해 볼까? 난로 위에서 떼어내서 손에 들어 본다.

웨폰 카피가 발동하였습니다.

수왕 방패의 조건이 해방되었습니다.

수왕 방패 0/80 C

능력 미해방……장비 보너스, 「수인의 능력 상승(대)」

「아인의 능력 상승(대)」

스킬 「수화(獸化) 보조」 「영지의 개혁」

전용 효과 「충성의 힘」

우와, 그럴싸하잖아!

짐승의 왕이라.

방패 용사=백수의 왕인가?

어째 필로리알과 드래곤, 그리고 라프짱의 모습이 뇌리에 떠오른다.

뭔가 좀 심란하다.

"라프-?"

떨떠름한 표정의 나를, 라프짱이 걱정 어린 얼굴로 고개를 갸웃거리며 올려다본다.

걱정 말라고 웃어 보이고, 다시 방패를 확인.

"수화 보조……?"

시험 삼아 사용해 보려고 했지만, 사용불가라는 문자가 나타났다.

뭔가 조건 같은 게 있는 걸까?

능력 상승은 대충 알 것 같고, 아인의 능력 상승이라는 것도 마찬가지다.

스테이터스는……?

뭐야 이거? 숫자가 불안정하다. 볼 때마다 달라지잖아.

높은 것 같기도 하고…… 낮은 것 같기도 하고. 특이한 방패네.

일단 해방시켜 두는 게 좋을 것 같다.

……방패 용사를 숭배하는 나라니까, 무기상에 가면 내가 모르는 방패 같은 게 진열돼 있을지도 모르겠군.

능력 향상을 위해서라도 나중에 한번 들러 봐야겠다.

"영지 개혁이라는 건 뭐지?"

시험 삼아 사용해 보려고 했지만, 시야에 지도가 나오는 게 전부라서 뭐가 뭔지 알 수 없었다.

뭔가 내 영지 주위가 빛나고 있었지만, 사용하려고 하니 범위 밖이라는 표시만 나온다.

마을로 돌아갔을 때 한 번 사용해 볼까.

"내가 성안을 탐색하는 건 허락해 주려나?"

내빈으로 취급하는 것 같은데, 혹시 함부로 보면 곤란한 게 있는 걸까?

그야 메르로마르크에도 그런 곳이 있었으니, 나도 성안을 마구잡이로 뒤지고 다닐 만큼 눈치가 없지는 않다.

다만, RPG에 나오는 보물 같은 게 있지 않을까 하는 호기심이 생기는 게 당연하지 않은가?

내 것으로 만들 수는 없다고 해도, 귀한 방패 같은 게 있다면 도움이 된다.

복제하면 강해질 수 있을 테니까.

그러고 보면, 렌이나 이츠키를 숭배하는 나라도 있을지도 모른다.

나중에 여유가 생기면 렌이나 이츠키도 타국에…… 검이나 활만을 숭배하는 나라에 잠입시켜 볼까?

나만 이득을 보는 건 불공평하니까.

"방패 용사님, 국가의 중진들이 모였으니 알현을 부탁드립니다.

"그래, 알았어."

아무래도 내 업무가 시작된 것 같군.

"라프-."

나는 라프짱을 안고, 안내에 따라 방을 나섰다.

안내에 따라서 간 곳은 원탁이 있는 방이었다.

메르로마르크의 회의실보다도 훨씬 더 넓어 보이는데.

그렇게 생각했다가, 나를 기다리고 있던 중진들의 모습을 보고는 납득한다.

아인 정도는 그나마 낫다. 그래도 상당히 대형이지만.

수인 정도가 되면 엄청나게 큰 녀석까지 있다.

생각해 보면 사디나도 수인 형태일 때는 크긴 했지.

"방패 용사님께 경례!"

전원이 일어서서, 내가 들어서는 동시에 경례를 붙인 후, 기도를 올리고 있다.

우…… 완전히 가시방석이다.

"라프-."

라프짱을 안은 손에 저도 모르게 힘이 들어간다.

"이렇게 실트벨트에 귀환해 주신 것, 더없는 기쁨으로 생각합니다."

"귀환이라니……. 내 집은 여기가 아니라고."

"별말씀을요. 방패 용사님은 우리 실트벨트의 용사. 타국에 소환되었다고 해도, 그건 저희 입장에서는 어디까지나 원정일 뿐입니다."

아—……다시 말해 방패 용사는 처음부터 실트벨트에 있었고, 지금은 잠시 타국에 외출해 있는 걸로 여긴다는 건가.

까놓고 말해 귀찮다.

성가신 일들은 모조리 여왕이나 메르티에게 떠맡길 수 있는 환경은 역시 참 좋은 거였구나!

"그럼 우선 자기소개부터 시작하겠습니다. 괜찮으시겠습니까?"

"안 된다고 해도 얘기가 진척될 수 있는 거야?"

내 대꾸에, 사회자 노릇을 하던 중진은 잠시 넋이 나갔다.

"죄, 죄송합니다! 부디 분노를 거두어 주십시오!"

아, 진짜, 내 발언 하나에 인생이 끝장난 것처럼 반응하지 좀 말라니까!

땅이 꺼질 듯 한숨을 짓는다.

"화난 거 아니니까 빨리 계속하기나 해."

"넵!"

또 경례를 붙인다. 답답해서 넌덜머리가 난다.

빨리 라프타리아나 동료들과 얘기하고 싶다. 아니, 도망치고 싶다.

"그럼——."

이렇게 한 명씩 자기소개를 시작한다.

총 열 명인가……? 실제로는 더 있을 것 같군.

여기 있는 건 다른 중진들보다도 더 격이 높은 자들인가?

그렇게 사자 등등 제법 그럴싸해 보이는 수인이며 아인들이 저마다 자기소개를 했다.

매머드 수인 같은 녀석도 있다……. 하긴, 이 정도 덩치가 있으면 방을 크게 만들 필요가 있는 것도 이해가 가는군.

내가 응시하고 있으려니, 다들 뭔가 민망해하며 시선을 외면한다.

뭔가 착각하고 있는 거 아냐?

"그래서? 알현한 것까지는 좋은데, 무슨 얘기를 할 거지? 나는 목적이 있어서 이 나라에 온 거니까, 그걸 얘기하면 되는 건가?"

"아뇨, 그 말씀은 차후에 듣도록 하겠습니다. 먼저 방패 용사님께, 지금까지 계셨던 메르로마르크에서의 활약을 직접 듣고 싶습니다."

그런 게 뭐가 중요하다는 거냐. 그냥 소문으로 들으면 될 거 아냐!

그렇게 생각했지만, 직접 듣는다는 것에 의미가 있다…… 그런 식이겠지.

"그런 다음, 우리나라 병사들의 실력을 보시고, 국가의 역사, 현 상황, 그리고 미래에 대해 알려드리고자 합니다."

"아니아니, 그딴 건 내 알 바가 아니라고."

"하지만 앞으로 다가올 파도에 대비해야 하는 상황입니다. 방패 용사님께도 그 정도 지식은 가르쳐 주셔야 합니다."

"아—……."

원래는 여기도 내가 관할해야 할 지역이었으나, 여왕의 지시로 지금은 메르로마르크 부근만 담당하고 있는 것이고, 현재는 영귀 사건 때문에 한동안 파도가 오지 않고 있는 것뿐이다.

하지만 실트벨트에도 용사…… 칠성용사가 있을 텐데?

"그러고 보니까 이 나라를 관할하고 있는 용사는 어디 있는 거지?"

내 질문에 중진들이 시선을 회피한다.

왜 눈을 돌리는 건데?

칠성용사에게는 메르로마르크에 오도록 지시해 둔 상태란 말이다.

게다가 여왕을 통해서, 용사의 목숨을 노리는 세력이 있다는 얘기도 분명 전달했을 텐데.

"그게, 우리나라를 지키는 칠성용사님은 단련에 매진하고 계신 분이라, 필요한 때 외에는 어지간해서는 사람들 앞에 나타나지 않으셔서……."

"그거 한마디로 행방불명이라는 거 아냐?"

"소집에는 응하시는 경우가 많습니다만, 아무래도…… 영귀 사건도 있고 하다 보니, 더 강한 힘을 얻기 위해서 수련의 여행을 떠나셨습니다."

용사의 강화방법을 공유하면 눈 깜짝할 사이에 강해질 수 있건만, 그런 귀찮은 짓을 하다니.

하지만 키즈나 쪽 세계처럼 칠성용사들이 정신 나간 녀석이라면 강화방법을 가르쳐 주는 건 자살행위나 마찬가지이니, 믿을 수 있는 녀석인지 어떤지를 확인하기 전에는 가르쳐줄 수 없다. 게다가 용사를 노리는 자객까지 있는 상황이다.

"일단 무슨 수를 써서라도 찾아서 데려와. 앞으로 찾아올 일에 대처하려면 필요할 테니까."

"분부 받들겠습니다."

나 원 참······.

"봉황이 나타나기 전까지 내 앞으로 데려오도록 해."

그럼, 해야 할 얘기는 산더미처럼 쌓여 있는 것 같은 기분이지만, 어쨌든 일단은 당장의 얘기부터 진행시키도록 하자.

"너희는 내가 무슨 일로 이 나라에 온 건지 알고 있겠지?"

"에─······."

"지금 확인하고 있습니다."

"저희 전 국민은 방패 용사님의 귀환을 열렬히 축하드립니다."

일동이 각자 다른 반응을 보인다.

어이, 마지막 놈. 내 얘기 제대로 듣기는 한 거냐?

짝! 하고 사자 같은 수인이 손뼉을 쳐서 사람들의 이목을 끌어 모은다.

"모두들! 방패 용사님의 말씀은 절대적인 것. 그것이 실트벨트에서 그 무엇보다 우선시되어야 할 안건이라는 건 의심의 여지가 없는 것 아닌가?"

""""오오─……."""

흐음, 이 녀석은 그래도 말귀를 좀 알아듣는 것 같군.

"빠른 시일 내에 우리 나라를 떠나서, 세상을 위해 행동하려 하고 계신 거다. 그건 용사로서 세상을 더 좋은 곳으로 만들고자 하는 의지의 표현. 그러기 위해서…… 우리 나라는 이 세상에서 싸움을 없애도록 노력해야 하지 않겠나."

"어이, 무슨 소릴 하는 거야?"

뭔가 곡해하고 있다고!

"누가……."

"그러기 위해서 가장 중요한 일은 군비 확장. 용사님의 힘을 얻어서, 더욱 강력한 힘을 손에 넣고, 무적의 군단을 만드는 것이 당면한 과제 아니겠나! 용사님의 영지에 있는 자들처럼!"

사자 수인은 내 제지를 고성으로 가로막으며 내뱉는다.

모두 찬동해서 박수를 치기 시작했다.

"어이! 내 얘기를 좀……."

"라프─?"

너무나도 시끄러운 소리에 라프짱이 귀를 틀어막는다.

"그럼 용사님! 나중에 용사님의 가호를 우리 백성들에게도 내려 주시기를 부탁드립니다!"

그건 너희를 노예로 만들어 달라는 거냐?

아니면 파티 편성으로 군단 지휘를 시킨다거나…….

"자, 저희는 용사님의 방침을 확고히 실행하기 위해 더 회의를 해야 합니다. 서둘러 다음 회의로 이행해 주십시오!"

"엉? 누가——."

내가 부정하기 전에 사자 수인이 방에서 나가라고 재촉해 댄다.

이런! 이 자식들 내 얘기를 들을 생각이 털끝만큼도 없잖아!

빌어먹을! 내가 순순히 물러날 줄 알고?

"헛! 우리가 어떻게 용사님을 쫓아낸다는 건가. 우리끼리 얘기를 진행시키세! 그럼 실례하겠습니다!"

내가 물러날 생각이 없다는 걸 깨닫자, 전원이 일제히 원탁에서 일어서서 나가 버렸다.

마치 도망이라도 치는 것처럼.

"어이!"

"그럼 또 뵙겠습니다!"

쾅 하고 문을 닫고, 방에는 안내자만이 남았다.

젠장…… 이거 꽤 강압적으로 나를 구속할 작정인 모양이군.

잠자코 도망쳐 버릴까?

하지만, 그런 짓을 했다가는 쿠텐로로 갈 때 도움을 받을 수 없게 된다.

그나저나…… 중진들이 참가하는 회의라면 사성수 같은 녀석들이 참가할 줄 알았는데 아니었군.

그리고 하나같이, 내가 '볼일이 끝나면 당장 나라를 떠나고 싶다.' 라는 말을 꺼낼 틈을 주지 않으려는 듯, 자기들 할 말만 하고 도망치듯이 밖으로 나가 버렸다.

성가시기 짝이 없는 놈들이군.

완전히 무시하고 강압적으로 명령해 버릴까?

하지만 자칫하면, 녀석들이 멋대로 해석해서 메르로마르크와 외교 문제를 일으킬 것 같다.

좋아……. 누구나 다 볼 수 있도록 명령하는 게 좋겠다.

그런 생각을 하는 동안에, 날이 저물어 왔다.

방패 용사의 귀환 축하라는 명목으로 만찬회가 열린다고 했던가?

그때는 라프타리아와 동료들을 만날 수 있으려나?

"그러고 보니까, 라프타리아 쪽은 어떻게 됐지?"

"라프-?"

내 질문에, 라프짱이 제스처를 통해서 내게 뭔가를 전하려 한다.

"으-응……. 방, 훈련? 아니라고? 강의? 나? 책?"

라프짱이 이것저것을 손짓하거나 포즈를 취하거나 하는 모습이 좀 훈훈하다.

"이걸 종합해 보면, 어딘가에 있는 방에서 나와 있었던 일을 얘기하고 있다는 거야?"

"라프!"

라프짱이 기운차게 고개를 끄덕인다.

그렇군. 그러니까 이쪽에는 와 있지 않다는 거다.

"라프－."

"오? 얘기가 끝났다는 거야?"

"라프－."

그 후, 라프짱은 밥을 먹는 포즈를 취한다.

아아, 파티장 쪽으로 이동했다는 건가.

"방패 용사님, 만찬회 준비가 다 갖춰졌으니, 출석을 부탁드립니다."

"그래."

"그 전에 옷을 갈아입혀 드려야 하니, 부디 무례를 용서해 주십시오."

그리고 메이드같은 녀석들이 여럿이서 나를 둘러싸고, 옷을 갈아입히려 손을 뻗어 왔다.

"옷 정도는 나 혼자서도 갈아입을 수 있어! 나는 귀족이 아니라 용사니까 그 정도는 내가 하게 내버려둬!"

"아, 네! 실례했습니다!"

"아아, 딱히 너희한테 화를 내는 것도 아니고, 너희가 마음에 안 들어서 이러는 것도 아니니까 오해하지 마."

나 참…… 하나같이 성가신 짓만 해대고.

메르로마르크에서는 모토야스가 이런 생활을 했으려나?

렌과 이츠키한테도 나중에 물어봐야겠다.

적어도 여왕은 그런 면에 대해서는 좀 엉성하기도 했지만, 그래도 내가 싫어하는 짓은 안 하는, 적절한 우대였던 셈이군.

그리고 갈아입은 옷…… 뭐야 이건? 펑크 패션인가?

옷깃에 모피가 달려 있는…… 돼먹지 못한 록 뮤지션 같은 옷이다.

게다가 육식동물 모양의 쓰개까지 딸려 있다니…….

진짜 이런 걸 입어야 된다는 건가?

"……."

안 입으면 잔소리를 듣겠지……. 하지만, 이 센스는 도저히 받아들일 수가 없다.

"라프-?"

"좋아, 머리 장식은 라프짱으로 대용해야겠군."

"라프으……."

뭔가 라프짱이 부끄러워하고 있지만, 옷을 다 갈아입은 나는 라프짱을 머리에 얹고 방을 나섰다.

"방패 용사님 납시오-!"

팡파르와 짐승의 포효 같은 악기 연주와 함께, 나는 파티장의 무대 같은 곳으로 안내받았다.

뭐 이렇게 많이들 모여든 거야?!

게다가 아인과 수인의 나라이니만큼, 사람들의 크기가 제각각이다.

멀리에는 덩치 큰 수인들도 보이고, 박수소리며 효과음이 성대하게 울려 퍼진다.

"라프-."

"미안해, 라프짱."

너무나도 요란한 소리에, 라프장이 언짢은 기색을 보이고 있다.

"방패 용사님께 기도를……."

……아니, 왜 파티 회장에 있는 거의 모든 녀석들이 나를 향해 손을 모아 기도하고 있는 거야?

메르로마르크에서도 신조의 성인이니 뭐니 하는 이름으로 불린 적이 있었지만, 이렇게까지 하는 녀석들은 없었다고!

"그럼…… 여러분, 방패 용사님에 대한 배알이 끝났으니, 이제 식사를 즐기십시오."

방금, 나한테는 말할 시간을 전혀 안 준 거 맞지?

분명 내가 한마디 하는 시간 정도는 예정에 있었을 텐데.

뭐, 이 자리에서 내가 쿠텐로에 가겠다는 소리를 하면 곤란해질 테니까.

하지만, 호락호락하게 당하고만 있을 수는 없다.

이런 상황에 대처해서, 나는 방패를 보이스 겡어 방패로 변형해서 메가폰 부분에 대고 말한다.

"아— 마이크 테스트. 보아하니 내가 말할 기회를 안 주려고 하는 것 같은데, 메르로마르크에서 여러모로 성장한 나를 이 정도로 억누를 수 있을 거라고 생각했다간 오산이라고."

오? 라프타리아 일행을 발견.

아트라가 뭔가 황홀한 표정으로 손을 모으고 있지만 무시한다.

"미리 말해 두자면, 너희가 하고자 하는 일도 이해 못 하는 건 아냐. 하지만, 지금은 세상을 위해 행동하는 걸 우선시해야 할 때다. 내가 실트벨트 사람들을 소홀히 여겨서 이러는 건 아니라는 걸 알아 달라고."

교섭이라는 건 자신의 요구만 주장한다고 되는 게 아니다.

상대의 요구를 어느 정도 들어 주지 않으면 길이 열리지 않는 것도 사실이다.

"적어도 나는 메르로마르크를 공격하라는 소리를 할 생각은 없어. 두 나라가 화평을 맺은 의의, 아인과의 우호관계를 유지하는 세이아엣트령의 존재 의의를 생각해 줬으면 한다."

짝짝 박수 소리가 인다.

그리고 나는, 바르나르 쪽으로 시선을 돌린다.

이건 협박이다. 하지만 다음에 또 엉뚱한 짓을 하면 협박으로 끝내지 않을 것이다.

"뭐, 이런 얘기만 하고 끝내는 것도 좀 섭섭하잖아? 내 쪽에서도 여흥을 마련해 주지. 모처럼 연회를 가진 거니까."

나는 손짓해 필로를 불렀다.

필로가 손가락으로 자기 자신을 가리켰기에, 고개를 끄덕였다.

아트라, 네가 아니라고. 포울, 라프타리아, 아트라 좀 말려라.

필로가 신이 나서 깡충거리며 달려왔다.

"왜―애?"

"여기서 노래해. 방패 용사의 동료로서 파티 분위기를 끌어올리는 거야."

그 말을 들은 필로는 무대에서 관객 쪽을 돌아보고는 벌벌 떤다.

이 반응…… 키즈나 쪽 세계에서 구경거리 신세가 됐을 때의 기억이 아직 남아있는 건가?

술집에서는 멀쩡하게 노래하더니, 여기서는 못하는 건가?

아니지, 모토야스 때문인가?

"걱정 마. 모토야스가 여기까지는 못 왔을 테고, 이번에는 무슨 일이 생기면 내가 지켜줄 테니까."

"에- 그치만 창 든 사람이 덮쳤을 땐 안 도와줬잖아-."

"그건 네가 멋대로 굴어서 그렇게 된 거였잖아."

이번에도 모토야스가 덮쳐든다면 그건 내 명령 때문이니까 책임 정도는 질 거라고.

"알았어-. 그럼 열심히 노래할게-."

"듣는 사람 귀에 오랫동안 남을 만한 노래를 부르라고."

"네-에."

그렇게 말하고, 필로는 내 방패 메가폰 앞에서 노래하기 시작했다.

여러 술집에서 상당한 인기를 뽐내던 필로의 노랫소리. 그야말로 마성의 노랫소리라 해도 과언이 아닌 이 노랫소리를 듣고, 실트벨트 녀석들이 과연 이성을 유지할 수 있을까?

중독성 있는 필로의 노랫소리를 들려주어서 녀석들의 막무가내식 꿍꿍이를 붕괴시키고, 쿠텐로로 가는 무역선을 마련하라는 부탁을 관철시킨다.

뭐, 효과가 지나치게 강해서 말썽이 일어나거든, 라프타리아와 동료들에게 지시를 내려서 인파를 헤치고 혼란을 틈타 도망치면 된다.

필로가 열창한다.

아예 일종의 환각 상태에 빠져든 건지, 다들 엄청나게 집중하고 있는 걸 알 수 있었다.

"아……아아아………."

청중들 중에 귀가 밝은 몇몇 녀석들이 흐느적거리며 무대 앞에 모여들어서, 노랫소리에 열중하기 시작했다.

분위기가 나쁘지 않은데? 완전 세뇌의 노래군. '매료' 같은 상태이상에 걸린 것 같다.

어디선가 모토야스의 목소리가 들려올 것 같아서 무섭긴 하지만.

이윽고 필로가 노래를 마친다.

그러자 띄엄띄엄 박수소리가 일기 시작했고, 최종적으로는 온 파티장이 갈채 소리에 휩싸였다.

"자, 이 정도면 방패 용사로서 분위기를 띄우는 역할은 다한 셈이겠지. 다들 마음껏 파티를 즐기라고. 다만…… 엉뚱한 꿍꿍이를 꾸몄다가는 그냥 넘어가지 않을 줄 알아. 그럼 이만."

동료들에게 돌아가도록 필로에게 지시한다.

필로가 돌아가자, 그 주위에 인파가 몰려든다.

다들 필로를 칭찬하고 있는 것 같군.

"이상, 방패 용사님의 귀한 말씀이었습니다."

"라프-."

인사라도 하듯 라프짱이 울었다.

괜히 제지했다가는 내 기분이 상할 거라고 생각했는지, 실트벨트 녀석들이 물러선다.

나는 곧바로 무대에서 내려와서 라프타리아와 동료들 쪽으로 향한다.

그러자 나를 한 번이라도 보길 원하는 사람들이 모여들려 했지만, 호위들이 끈으로 울타리를 쳐서 그들을 차단한다.

좋아, 아주 잘했어.

라프타리아와 동료들 곁에 도착했다.

"상황은 좀 어때? 뭐 불편한 거 없어?"

"딱히 없어요. 다만, 무슨 짓을 저지를지 모른다는 게 무섭네요."

"라프짱한테 들었는데, 나와 함께한 모험담에 대해서 물어봤다지?"

"네, 우리의 첫 만남에서 지금까지의 경위에 대한 설명을 요구했어요. 그건 다들 마찬가지일 거예요."

"흐음."

"사디나 언니와 아트라 씨가, 나오후미 님과 육체관계를 맺었다는 얘기를 해서 경계를 산 것 같지만요."

그 두 녀석, 대체 무슨 소리를 지껄인 거냐.

특히 아트라, 넌 외모만 보면 아직 어린애잖아!

뭐…… 애초에 이 나라에는 나를 로리콘으로 여기는 녀석들이 있다는 모양이지만.

"이 녀석들이 우리가 마을로 돌아가는 걸 허락해 줄까?"

"돌아가고 싶으세요?"

솔직히, 지금 당장 돌아가고 싶다.

도대체 어떻게 이 상황에서 느긋하게 푹 쉬라는 건가.

"하지만 이제 오늘은 자는 일만 남았으니까, 내일은 꼭 쿠텐로로 가는 배에 대한 알선을 부탁해야 하니 여기서 묵고 가는 것도 나쁘지 않지만…… 최대한 조심하도록 해."

"네."

자, 이제 어쩐다……라고 생각하며, 나는 주위로 고개를 돌린다.

실트벨트 녀석들이 두려움에 가득 찬 시선으로 내 눈치를 살피고 있군.

내가 함부로 입을 놀리지 말아 주기를 원하는 느낌이다.

그렇다면 냉큼 내 요구를 들어 주고 내쫓아 버리면 될 걸 가지고.

그렇게 생각하면서, 뷔페 형식으로 진열되어 있는 음식들을 먹었다.

내 전용으로 마련된 음식이 있지만 무시해 버렸다.

"실트벨트의 음식이라."

야생미가 넘치는 맛의 음식들이 많군. 누린내가 난다고 표현할 수도 있지만, 그만큼 특이한 맛을 즐길 수 있는 면도 있었다.

"흐음……. 마을 녀석들에게 이걸 만들어주려면 향초를 조절해야겠군. 레시피는……."

먹으면서, 뷔페에 나온 음식들을 분석한다.

여기에서 겪은 일들을 얘기하면 보나 마나 먹고 싶다고 난리를 쳐댈 테니, 어느 정도 재현할 수 있도록 해 두는 편이 좋겠지.

"뭔지 아시겠어요? 이건 무지하게 희귀한 요리인데요?"

돈주머니처럼 생긴 과일 같은 음식을 잘라서 내부를 분석해 본다.

뭔가 생김새가 음란해 보이는 건 내 착각이겠지.

"생김새를 재현하기만 해도 정신이 나가 버릴 것만 같군. 맛 자체는 재료의 영향을 상당히 강하게 받는 것 같은데."

딱히 양념의 맛이 느껴지지 않는 음식들이 많다.

그런 만큼, 재료의 개성이 뚜렷한 것 같지만.

뭐, 마을 녀석들에게는 그냥 대충 비슷하게 만들어서 먹이면 되겠지.

"라따뚜이 같은 것도 있군."

"그건 또 뭐죠?"

"내가 살던 세계에 있는 요리야. 시골 요리였을걸, 아마? 뭐, 싸게 만들 수 있다는 이유로 형무소 같은 곳에서 자주 나오던 요리라 그런지, 구린 밥이라느니 하는 속칭으로 불리기도 하는 요리라고 그러더군."

키르 같은 녀석은 떨떠름한 표정을 지을 것 같다.

그 녀석, 개로 변하게 됐을 즈음부터 냄새에 대해 깐깐하게 구니까.

까놓고 말해, 메르로마르크 풍의 맛에 익숙해진 녀석이라면 냄새가 너무 강해서 못 먹을지도 모르겠다.

"그런 걸 요리라고 할 수 있는 건가요?"

"일단은 요리이긴 해. 좋은 재료를 쓰면 그만큼 맛있는 요리가 되지. 비슷한 요리로 카포나타라는 것도 있어."

"예전부터 느꼈던 건데, 나오후미 님은 요리에 대해 엄청나게 해박하시네요?"

"그런가?"

"마을 아이들이 자랑하던 요리를, 살짝 맛만 보고도 더 맛있게 만들어 버리시곤 하시잖아요."

"아아, 요리 담당의 기를 죽여 버렸던 그 요리 말이군."

이렇게 하면 더 맛있지 않을까? 싶어서 살짝 손을 썼더니 요리 담당 노예의 자존심에 생채기가 나고 말았었다.

그 모습이 나도 내가 좀 지나쳤구나 싶어서, 그 후로는 알아서 요리하게 내버려두고 있다.

그 녀석이 요리하고 싶다고 하면 요리하게 해 주는 게 좋을 것이다.

솔직히, 내가 요리를 하고 있으면 무슨 부모의 원수라도 보는 것처럼 노려본다.

"원래는 내가 요리에 손대지 않는 게 좋겠지만, 요청이 들어오니까 말야. 요리 담당은 아마 평생 나를 증오하겠지."

"증오요?"

"내가 요리할 때면 아주 죽일 듯이 노려본다니까."

"그건 나오후미 님이 요리하는 모습을 하나라도 놓치지 않으려고 눈을 접시만 하게 뜨고 쳐다보는 거라구요!"

"그래? 그렇게까지 해서 흠을 찾아내겠다 이거지?"

"아니에요. 나오후미 님이 요리를 열심히 배워서 참고로 하려는 거예요."

"증오하는 게 아니라고?"

"오히려 존경을 넘어선 감정을 갖고 있다구요!"

라프타리아가 딱 잘라서 말했다.

그런 말을 들으니 기분이 좋기는 하지만, 이건 어디까지나 라프타리아의 주장이니까……

"역시 나오후미 님이세요. 모든 분들의 위장을 휘어잡아서 부려먹고 계신 거군요."

아트라, 그 표현, 영 마음에 안 들어.

마을에서나 이웃 도시에서나 그런 소리를 듣곤 하니까.

내가 중독성 있는 요리를 노예들에게 먹여서 실컷 부려먹고 있다는 소문이 따라다닌단 말이다.

"라프타리아도 예전에 요리를 했었잖아. 다음에 또 만들어 줘."

"……나오후미 님. 자기보다 훨씬 더 뛰어난 요리 실력의 소유자에게 자기가 만든 걸 먹이고 싶다는 마음이 들 것 같아요?"

응? 그 비유를 이 상황에 맞춰서 해석하자면, 내가 뛰어난 요리 실력의 소유자니까, 나한테 요리를 먹이는 게 꺼림칙하게 느껴진다는 건가?

"신경 쓸 것 없잖아. 아니면, 내가 혹시 미식가처럼 평가라도 했던 적이 있었던가?"

"요리에 대해서는 안 그러셨죠."

"요리에 한해서만 평가하는 게 영 찜찜한데……."

카르밀라 섬에서 바가지를 씌우려던 상인의 수작에 딴지를 건 적은 있었지만.

"뭐, 됐어. 나중에 실트벨트의 유명한 요리라도 체크해 두지. 안 그러면 키르 같은 녀석들이 시끄럽게 굴 테니까."

"으─응?"

필로가 무지막지하게 먹어대기 시작했다. 이거, 순식간에 음식이 바닥나겠군.

그런 식으로, 회식은 별 탈 없이 끝났다.

5화 하렘

연회를 마치고 다시 방으로 돌아온다.

"라프-."

실내에서 라프짱이 바깥 광경을 보며 운다.

아인들과 수인들 중에는 야행성인 자들도 많아서인지, 밤이 되었는데도 실트벨트의 성 밑 도시는 불야성을 이루고 있다.

아니…… 박쥐 같은 녀석이 하늘을 날아다니는 모습도 보인다.

"방패 용사님, 목욕 시간입니다. 동행을 부탁합니다."

"아아, 연회 후에는 목욕이라고 그랬었지?"

"라프-?"

라프짱은…… 라프타리아의 머리카락을 바탕으로 만들어진 식신이니까, 여자애라고 해야 하려나?

그렇기는 해도, 여기서 혼자 방이나 보게 하는 것도 미안하니까 데려가야겠군.

라프짱을 안고 안내원을 따라 목욕탕으로 간다.

안내원은 나를 성 1층 계단과 이어진 안뜰로 데려가서…… 뭔가 나무가 나 있는 신전 같은 곳으로 안내한다.

안개처럼 김이 낀 걸로 보아, 저기가 목욕탕이리라.

사실 메르로마르크에도 목욕탕은 있었고, 이쪽 세계에는 유달리 깔끔한 척하는 녀석들이 많다.

생각해 보면, 정기적으로 용사가 소환되고, 그 용사들로부터 일본 문화에 대한 설명을 들었을 테니, 목욕하는 습관이 생길 만도 하다.

참 편리하군.

누명을 뒤집어썼을 때 냇가에서 냇물로 몸을 씻던 일이 떠오른다.

그러고 보면 나도 참 머나먼 길을 왔단 말이지…….

그렇게 생각하면서, 탈의실 같은 곳에서 갑옷과 옷을 벗는다.

안내원이 나를 응시하고 있지만 개의치 않는다.

그게 이 녀석들의 임무일 테니까.

"라프으."

라프짱이 부끄러운 듯 손으로 눈을 가리고 있다.

이런 반응은 참 귀엽다니까.

"그럼 가자, 라프짱."

"라프-."

모처럼 목욕탕에 왔으니 몸을 푹 담그고 쉬어야겠다.

그렇게 생각하며 목욕탕 쪽으로 걸어간다.

김이 엄청나게 올라오네.

욕탕 쪽을 살펴보니 몇몇 사람의 모습이 보이고, 인간이라고 표현하기에는 지나치게 거대한 실루엣도 보인다.

"잘 오셨습니다, 방패 용사님!"

뿌옇게 낀 김 속에서, 뭔가 발육이 좋아 보이는 여자가 뇌쇄적인 포즈를 취하며 나온다.

"저희가 방패 용사님의 몸을 씻어 드리겠사와요."

"얼마든지 마음에 드시는 분을 골라서…… 침소로 데리고…… 가 주세요."

어째 제르토블의 노예시장에서 본 것 같은 녀석까지 섞여 있다.

"어떠세요-."

가슴을 출렁거리며 다가오는 그 모습에, 등골이 얼어붙는 것 같은 감각을 느낀다.

당했다!

여기서 나를 유혹해서, 음란한 짓을 하도록 유도하려는 꿍꿍이가 분명하다.

제아무리 방패 용사라 한들, 어차피 인간은 인간. 여자의 나체를 보면 흥분할 게 분명하다는 생각에 누군가가 꾀를 부린 것이리라.

그건 그렇고…… 수인 형태 사디나에 못지않은 거구의 여자 수인까지 포함시켜서 하렘을 만들다니…… 나를 너무 잡식성으로 보는 거 아냐?

아니, 어쩌면 이런저런 여자들을 모으면 그중에 하나쯤은 취향에 맞는 여자가 있을 거라는 생각에, 이렇게 다 데려다 놓은 건가?

"미안하지만, 거절한다."

욕실에서 나가려 하자, 여자들이 욕조에서 나와 나를 둘러싼다.

"방패 용사님, 제발 부탁이에요."

"처음에는 싫어할지언정, 때가 지나면 헤어나올 수 없는, 끈적끈적한 시간을 함께해 보아요."

으…… 등골이, 오싹하다. 소름이 돋는다.

뭐랄까, 사디나의 징그러운 비유도 상당히 불쾌했는데, 이건 그 수준을 훨씬 뛰어넘었다.

이 녀석들에 비하면 사디나 쪽이 훨씬 낫다.

그렇다, 사디나는 어디까지나 내게 선택권을 준다. 항상 도망칠 구석을 마련해 주기에, 징그러운 비유를 하더라도 어딘가 마음이 놓인다.

설마 그 사실을 깨달을 날이 올 줄은 생각도 못 했었다.

진심으로 나를 노리는, 그것도 나 자신이 아니라 방패 용사라는 내 신분 하나 때문에 나를 유혹하려 드는 속삭임이 이렇게 섬뜩하게 느껴질 줄이야……. 사디나를 다시 봐야겠다는 생각이 조금이나마 들 정도다.

아트라도 마찬가지다.

"자, 자, 용사니-임, 저희를 선택해 주세요-?"

"방패 용사님의 아기를 갖고 싶어요-."

조그마한 아인 여자애까지 그런 소리를 하고 들었다.

유아 수준인 아이에게 이런 소리를 듣게 되다니…… 오한이 인다.

메르티가 유혹하고 드는 것 같은 기분이다.

메르티 본인에게 이런 얘기를 하면 화를 낼 것 같지만, 어림도 없는 짓거리다.

"개수작 집어치워! 당장 꺼져!"

그렇게 얘기했는데도 여자들은 나갈 생각을 하지 않고, 한 발짝, 한 발짝, 내게로 다가든다.

"방패 용사님, 어서요! 매혹적인 행위를 해 보아요!"

와르르 달려드는 여자들을 향해, 나는 냉정하게 스킬을 시전했다.

"유성방패!"

유성방패에 의해 결계가 생성되어, 여자들을 탱 하고 튕겨낸다.

진짜 고마워, 무기상 아저씨. 유성방패가 이렇게까지 고맙게 느껴진 적은 지금껏 없었다고.

"큭……. 방패 용사님! 우리 같이 즐겨요."

"싫어!"

"그렇게 나오신다 이거죠? 여러분, 사랑하는 방패 용사님을 위해, 용사님의 껍질을 깨 드려요."

"""오-!"""

"오-! 는 무슨!"

나는 여자들을 무시하고 성큼성큼 목욕탕을 나가려고 했지만, 점점 더 증원군이 늘어나서 목욕탕 안이 여자들로 넘쳐나는 꼴이 되었다.

켁! 망했다, 도망칠 곳이 점점 더 없어지잖아.

그것도 모자라서, 내 결계를 깨려는 듯, 다 같이 결계를 후려치기 시작했다.

하다못해 그럴싸한 분위기를 낼 생각이라도 하란 말이다.

여자들이 결계에 몰려들어서 방어막을 후려치는 광경이라니, 이건 무시무시한 수준을 넘어섰다고…….

유성방패에 반격효과를 부여하는 액세서리는 키즈나 쪽 세계에서만 작동하고, 아직 대용품을 마련하지 못한 상태란 말이지…….

"하아아아아아아아!"

어이! 거기 코끼리 수인! 체중을 가득 실어서 나한테 보디 프레스를 가하려고 하지마!

아니, 그 이전에, 이 녀석도 나를 노리고 있는 거냐?!

영귀의 일격까지도 약간 견뎌냈던 내 결계에 몰려들어서 파괴하려고 시도하는 여자들.

"후후후후……. 이것만 부수면 방패 용사님은 우리 거야."

"으……."

뭐야 이거. 결계가 부서질 염려는 없을 테지만, 다른 의미로 무섭다.

어떻게든 도망칠 수단을 찾아야 한다.

"포털 실드!"

……사용 불가?!

어디서 포털 저지 방법이 유출된 건가?

아니, 지금은 이 여자들을 뿌리치고 도망치는 게 우선이다!

결계로 튕겨내면 해결할 수 있을지도 모르지만, 끝도 없이 뛰어나오는 여자들을 이끌고 라프타리아와 동료들에게로…… 도망칠 수 있을까?

"라프-!"

라프짱이 내 머리 위에서 운다.

그리고 마법을 영창하듯 의식을 집중하기 시작한다.

……라프짱과도 합창마법 같은 걸 쓸 수 있으려나?

잘만 풀리면 궁지에서 벗어날 수 있을지도 모른다.

나는 라프짱의 울음소리에 의식을 집중한다.

무슨 마법을 영창하는 건지는 잘 모르겠다. 그렇다고 이 상황에서 아무것도 안 하고 구경만 하는 것보다는 낫다.

나는 걸어가면서 라프짱과 함께 마법을 자아낸다.

으음…… 시야 안에 마법의 형태가 어렴풋이 보이기 시작한다.

역시 라프타리아의 머리카락으로 만든 라프짱. 마법의 힘이 라프타리아와 비슷하다.

그렇다면 분명 라프타리아와 함께 사용했던 합창마법도 쓸 수 있을 터.

『두 개의 힘, 적을 현혹하는 환각의 힘을 담아, 패배의 운명을 뒤집어 승리의 미래를 자아내는 힘을……」

『라프라프라프……』

라프짱의 소리를 듣고 있으니 어쩐지 훈훈한 기분이 든다.

그런데, 라프짱은 원래 마력의 결정체 같은 존재라서 그런지, 라프타리아와 함께 합창마법을 쓸 때보다 더 강한 힘의 흐름이 느껴진다.

『용맥이여 우리의 바람을 들으라. 힘의 근원인 내가 기원한다. 다시금 진리를 깨우쳐, 내 적을 현혹하는 환영을 보여라!』

"공즉시색!"

"라프아으으으!"

공즉시색?! 색즉시공이 아니라?

비슷한 뜻의 단어지만, 발동된 마법은 미묘하게 다르다!

팟, 하고 내 주위에 있는 여자들에게 마법이 걸린다.

여자들은 환각에 취해서 비틀거리며 내게서 떨어져서, 엉뚱한 곳에서 우당탕탕 난리를 피우기 시작했다.

"아아, 잠깐만요-! 방패 용사니-임! 아앙! 방패 용사님 너무 거칠어요!"

도대체 어떤 환각에 지배당해 있는 건지, 저마다 신음을 흘리며 쓰러진다.

좋아! 이 틈에 도망치자!

"라프!"

그런데 하필이면 그때, 라프타리아와 동료들이 달려온다.

"라프짱에게서 구원 신호를 받고 왔는데……."

"어머나–."

주위를 둘러보는 라프타리아와 동료들.

"다들 뭔가 재밌어 보이네–. 주인님이랑 뭔가 한 거야–?"

"큭…… 선수를 빼앗겼어요!"

"이렇게 많은 사람들이랑 하다니……."

포울이 은근슬쩍 타격을 날린다.

"하긴 뭘 해! 엉뚱한 오해하지 마! 라프짱이랑 내가 합창마법을 영창해서 환각을 보여준 거라고. 이 틈에 도망치자!"

"그러실 필요 없습니다!"

그때, 바르나르가 나타난다.

"용사님, 무례를 용서해 주시길……. 여기 있는 여자들을 어서 연행하세요."

바르나르의 말에, 꿈에 젖어 있던 여자들이 끌려 나간다.

큭…… 뭔가 이상한 냄새가 풍기는 것 같다.

굳이 표현하자면 여자 냄새다. 최대한 빨리 여기를 떠나고 싶다.

윗치에게 속았던 때의 트라우마가…….

"용사님, 모쪼록 이번의 실수를 용서해 주십시오."

"이런 걸 어떻게 용서하라는 거냐!"

"역대 방패 용사님들께 해 오던 서비스였기에, 용사님도 기뻐하실 거라 생각했습니다만."

"드디어 본색을 드러냈군!"

내 지시에 라프타리아와 동료들이 각각 무기를 꺼내 경계 태세를 취한다.

그러나 바르나르는 여전히 싸울 생각이 없다는 자세를 유지하고 있다.

"이런이런……. 방패 용사님께서 꽤 많이 당황하셨나 보군요."

그때, 사자 수인이 그 자리에 나타났다.

바르나르가 그 사자 수인을 보고 불쾌한 듯 눈썹을 치켜올린다.

"자라리스, 언동을 조심하세요."

바르나르가 지적하자, 자라리스라는 사자 수인이 어쩔 수 없다는 듯이 물러선다.

그런데 그 와중에, 포울과 아트라 쪽으로…… 경멸 어린 시선을 보내는 것이 아닌가.

포울이 그 시선을 알아채고 고개를 갸웃거린다.

뭐, 실트벨트에서는 내 부하라는 이유만으로도 선망 어린 시선을 받게 되는 것 같으니, 그 정도는 좀 참아.

지금은 일단 얘기를 본론으로 되돌리는 게 먼저다.

"여자들이 유혹하면 내가 신나서 설칠 거라고 생각했다는 거냐!"

이세계에 소환된 이후로, 그런 얘기가 나오면 혐오감밖에 안 든단 말이다.

"정말 죄송합니다."

억지로 반성하는 척 하는 거 다 안다고.

이걸 트집 잡아서 내 요구사항을 밀어붙여야겠다. 그게 좋겠다.

"내 용서를 받고 싶거든 당장 쿠텐로로 가는 배를 마련해!"

"그, 그건…… 시간을 요하는 일인지라, 조금만 더 참아주시면……."

"정말 시간을 요하는 일이긴 한 거냐? 거짓말을 했다가는 진짜 가만 안 둘 줄 알아!"

"네……."

그 뒤로도 한동안 바르나르를 다그쳐 봤지만, 녀석도 정치적인 역량으로 이 자리까지 올라온 녀석인 듯, 미꾸라지처럼 피해 나가며 한 발짝도 물러서지 않았다.

"일단은, 전이 스킬로 써서 돌아갈 수 있게나 해 줘."

"그, 그건! 곤란합니다! 제발 유예를 주십시오!"

"왜 그렇게까지 나를 성에 붙들어 놓으려고 드는 건데?"

"방패 용사님이 하루도 머물지 않으시고 돌아가 버리시면, 국가의 위상이 흔들립니다."

아…… 그런 거였군. 이 나라의 상층부는 방패 용사가 국가를 위임했다는 명목으로 국가를 관리하는 권한을 잡고 있는 상태이니, 방패 용사가 화내고 돌아가면 국가의 위신에 문제가 생긴다는 얘기다.

"그렇게 되면 저희가 방패 용사님의 요망을 들어드리기 힘들 수도 있습니다."

일리 있는 말처럼 들리긴 하는데, 한 번 생각해 봐야겠군.

귀찮아 죽겠네.

"정보 통제라도 하면 될 거 아냐! 난 마을로 돌아가려는 것뿐이라고!"

"나오후미 님. 저기…… 마지막 기회를 주시는 건 어떨까요? 안 그러면 양측의 입장이 평행선만 달리게 되고, 저희도 곤란해질 텐데요?"

우리 쪽에서 강경하게 나가기는 힘들다는 걸 알아챈 건지, 바르나르의 표정에 여유가 생긴다.

큭……. 나는 사디나를 노려봤다.

"실트벨트의 협조 없이 쿠텐로로 가도 좋지만, 들어갈 수 있다는 보장은 없어."

젠장, 이런 성가신 문제가 생기다니…….

"알았어."

"그럼 근시일 내로, 회의를 통해 방패 용사님의 요망에 부응할 수 있도록 결의하겠습니다. 최대한 협조할 터이니,

분노를 가라앉혀 주십시오."

근시일? 회의?

"네놈들 나라는 도대체 왜 이렇게 성가신 구조로 돌아가는 거냐?!"

"실트벨트는 용사님들이 자주 언급하는 민주제에 가깝게 운영된다고 들었어. 다양한 종족의 대표들이 모여서 결의를 거쳐야 하는 경우가 있다고 하니까."

민주제?! 도대체 왜 그런 성가신 정치 시스템을 갖추고 있는 건데?

"예전에는 하쿠코 종 같은 상위종들의 발언권이 강했었지만, 과거에 있었던 전쟁 때문에 상위종들이 약해지는 바람에 그렇게 된 거려나?"

여기서도 쓰레기가 내 발목을 붙잡는다는 거냐?

제발 적당히 좀 하란 말이다.

메르로마르크에 돌아가거든 쓰레기를 고문해 달라고 여왕에게 부탁해야겠다.

"어쩜 그렇게 어리석은 생각을 하시는 건지. 우민들이 아무리 모여서 얘기해 봤자 제대로 된 아이디어가 떠오를 리 없건만……."

아트라가 가만히 뇌까렸다.

엄청나게 칭찬해 대던 아까 그 태도는 어디로 간 거냐?

애초에 발언 자체가 위험하다. 너 무슨 독재자라도 되냐?

"알았어. 이번에는 관대하게 봐주지. 하지만, 최대한 빨리 내 요망에 부응해야 돼."

"넵! 방패 용사님의 뜻을 따르겠습니다!"

바르나르는 경례를 남기고 욕실을 떠났다.

그 뒤에는 라프타리아를 비롯한 동료들과 함께 방으로 돌아왔고…… 제도상의 문제로 동료들은 옆방에서 대기한 채로 밤이 깊어 갔다.

참고로 바르나르의 말에 따르자면, 목욕이 끝난 후에 침실에도 여자들을 배치할 계획이었다고 한다.

방으로 돌아가는 길에, 애석한 표정으로 줄줄이 복도를 걸어가는 여자들을 볼 수 있었다.

6화 음모

이튿날 아침, 실트벨트의 아침……솔직히 실트벨트의 성 밑 도시는 잠들지 않는 도시라서, 아침이라도 평소와 별다른 차이 없이 북적거리고 있다.

이 녀석들은 대체 언제 자는 거야?

그런 생각도 들었지만, 워낙 잡다한 아인과 수인들이 사는 나라이니 어쩔 수 없는 건지도 모른다.

그렇게 생각하니, 신기하게도 메르로마르크 쪽이 그나마 조용한 곳이었던 것처럼 느껴진다.

"후우…… 아침 식사는 언제지?"

아침이면 마물들을 돌보고 놀아준 후에 아침 식사를 준비하던 습관이 몸에 배어서 그런지, 일찍 눈을 뜨고 말았다.

내가 아직 잠들어 있을 거라고 생각하고 있는 듯, 주위에는 내 동료들의 기척뿐이다.

섣불리 방에서 나갔다간 경보가 울려댈 것 같다.

어제는 제대로 얘기도 못 했으니까, 이 틈에 동료들을 만나러 가는 것도 나쁘지 않겠군.

일단…… 옆방을 체크해 보자.

참고로 그림자 같이 은밀한 호위대 같은 녀석들은, 사디나와 아트라를 통해 발견해서 쫓아낸 상태다.

이제 그 정도는 라프타리아나 라프짱도 발견할 수 있고, 목욕탕에서의 사건도 있고 해서, 내게 접근하려는 자들은 모조리 쫓아냈다.

"라프-."

항상 라프짱이 감시하고 있으니, 그런 녀석들은 이제 없을 것이다.

그런 녀석이 있으면 찾아내서 분노할 구실로 삼아 줘야겠다.

그 덕분인지, 지금은 조용하군. 보초는 어제 쫓아냈으니까 없고…… 됐어!

몰래 방을 빠져나가서, 옆방 문을 연다.

그러자 옆방에서는 포울과 아트라가 처음 보는, 하쿠코 종으로 보이는 녀석과 얘기를 나누는 중이었다.

라프타리아와 사디나는 교대로 쉬고 있는 건가?

"나오후미 님!"

아트라가 감격에 찬 소리를 내지른다.

"안녕히 주무셨어요? 오늘은 정말 좋은 아침이에요."

"그러냐?"

나는 포울 쪽으로 시선을 옮긴다.

아트라의 태도에 약간 불쾌한 기색을 보이긴 했지만, 큰 소리로 나를 욕하거나 할 생각은 없는 것 같다.

"그 녀석은?"

"오라버니의 옛 부하라는 모양이에요."

"아트라, 그게 아냐. 부모님의 부하라고."

포울이 아트라의 말을 수정해서 대답한다.

그리고 포울 부모님의 부하라는 녀석이 나를 보고 무릎을 꿇는다.

"포울 님과 아트라 님을 보호해 주시고, 게다가 아트라 님의 건강을 되찾아 주시기까지 하다니, 아무리 감사의 말씀을 드려도 부족할 정도입니다."

"그, 그래……? 별로 대단한 건 아냐."

실트벨트에 있는 하쿠코 종을 보는 건 처음인 것 같다.

"역시 방패 용사님……. 이렇게 기적을 실제로 목격하고 나니, 정말이지 황공할 따름입니다."

"……서론은 그만 됐어. 더 이상 재수 없는 칭찬을 늘어 놓으면 화낼 줄 알아."

하쿠코 종은 내 말에 고개를 들었다가, 깊숙이 고개를 숙이고 다시 일어선다.

"그런데, 무슨 얘기를 하고 있었지?"

"여기에 오기 전에 얘기했었잖아. 아는 사람이 있으면 힘을 빌려 보겠다는 얘기."

"아아, 그게 이 녀석이야?"

"그래."

힘을 빌리는 건 좋지만, 현재 이 녀석이 뭘 해줄 수 있을지를 알 수가 있어야 말이지.

"그래서, 뭘 해 준대? 못하겠다면 억지로 부탁할 생각은 없어."

"이것저것 드릴 말씀이 많지만, 용사님께 드릴 얘기 중에 제일 중요한 걸 먼저 말씀드리자면, 실트벨트의 슈사크 파는 사실, 방패 용사님을 나라 밖으로 내보낼 생각이 없습니다."

"네 얘기를 어디까지 신뢰할 수 있을지는 모르겠지만, 어제의 반응을 보니 그런 것 같더군."

어떻게든 나를 붙잡아 두고 여자를 붙여서 짝을 지우겠다는 생각이 엿보였다.

"자기들 입장을 위태롭게 만들 수도 있는 위험한 녀석을 자기들 곁에 붙잡고 있겠다니, 제정신이 아닌 놈들이 분명해 보이는데."

"그건 용사님의 행동에 달렸습니다……."

"뭐라고?"

"그게……."

하긴, 짐작은 가는군.

여기 여자를 나에게 시집보내려는 거겠지.

"그 외에 다른 계획도 있겠지만, 그것도 용사님이 상상하신 범위를 넘지는 않을 것입니다."

"쿠텐로로 가는 배를 내 주겠다는 얘기는?"

"……거기까지는 파악하지 못했습니다."

너무 큰 기대는 하지 않는 게 좋다는 건가?

헛수고의 냄새가 풍기는 것 같은데…….

"한탄스럽네요."

아트라, 네가 할 소리냐?

"현재, 저희 하쿠코 파는 포울 님의 말씀과 방패 용사님의 바람을 성취하기 위해, 최대한 두 분의 요망에 부응할 수 있도록 움직이고 있습니다."

"그래 봤자, 실트벨트 내에서 하쿠코 종의 권력은 장식이나 다름없다고 하니까, 너무 크게 기댈 생각은 하지 마."

포울이 못을 박는다.

나도 그렇게 독한 놈은 아니다. 상대의 형편 정도는 보면서 움직인다고.

그나저나 나는 최대한 빨리 이 나라를 떠나서 쿠텐로에 쳐들어가고 싶은데…….

실트벨트는 민주제니까, 하쿠코 종이 내 요망을 들어주기 위해서 다른 종족들을 설득하고 있다는 건가?

얼마나 많은 파벌이 있는 건지는 모르지만…….

"그건 그렇고 방패 용사님, 포울님, 실트벨트의 인물 중에, 주의를 기울여야 할 만한 인물이 있습니다."

"응? 무슨 소리야?"

"어차피 참고 정도밖에 안 되겠지만, 일단 들어 주지."

"그렇게 대놓고 말하기냐?"

포울이 황당해하며 나를 쳐다봤다가 아트라의 손가락에 찔린다.

"끄윽…….”

"네. 자라리스는 포울 님 남매의 아버님이 돌아가실 때 그 현장에 계셨던 분입니다만…….”

그때 누군가의 발소리가 들려 왔기에, 하쿠코 종의 심부름꾼은 대화를 중단하고 인사와 함께 방을 떠났다.

내가 방에 없는 걸 보고 바로 찾으러 온 건지, 숫사자처럼 생긴 안내원이 찾아왔다.

"방패 용사님, 여기 계셨군요."

"내가 어디 있든, 성안에만 있으면 상관없잖아."

"어떤 자객이 있을지 어찌 알겠습니까. 부디 시간이 될 때까지 방에서 기다려 주십시오."

"그래, 알았어, 알았어."

흐음…… 음모로 가득한 이 실트벨트에서 조심해야 할 인물이라.

자라리스라는 녀석은 사자 수인이었지?

녀석이 어떻게 관여하고 있는 건지는 모르지만, 일단은 최대한 빨리 쿠텐로로 가는 배를 내놓도록 해야 한다.

실트벨트에서의 음모? 알 게 뭐야. 하고 싶거든 마음대로 하라지.

나는 그딴 일에는 관심 없다. 나한테 피해가 오지만 않는다면 말이지.

녀석도 아마 내심 그렇게 바라고 있을 것이다.

대대로 이어져 온 방패 용사 신앙이라는 건, 그 당사자가 멀리 있을 때에야 쉽게 이용할 수 있는 법이고, 지금까지 실트벨트는 나에게 적극적으로 접근하려는 태도를 보이지 않았었다. 이게 정답이다.

"그럼 잘 있어 아트라, 포울. 라프타리아한테도 안부 잘 전해."

"알았어."

"싫어요. 언제 또 나오후미 님을 만나 뵐 수 있는 거죠?"

내가 방으로 돌아가려 하자, 아트라 녀석이 노골적으로 언짢은 기색을 드러내며 안내원을 다그친다.

"아침때는 용사님과 함께 식사할 수 있으니 그때까지 참으시길."

"들었지? 그럼 그때 보자고."

"알았어요."

이렇게 해서 나는 또 그 커다란 방으로 돌아왔고, 식사 시간까지 라프짱과 눈싸움을 하면서 시간을 죽였다.

흐음……. 예기치 못한 사태가 벌어졌을 때 기동성을 확보하기 위해서라도, 필로를 애완동물이라고 우겨서 미리 방에 데려오는 게 좋겠군.

병아리 상태로 변신할 수 있을지 어떨지 모르지만, 라프짱과 같은 애완동물이라고 우겨서 여차하면 도망칠 때 이동수단으로 삼아야겠다. 그게 좋겠다.

다른 동료들은 다른 방법으로 도망치라고 해야겠지.

어쩌면 이건 꽤 묘안일지도 모르겠다.

그리고 아침 식사를 하러…… 뭔가 전망 좋은 테라스 같은 곳으로 안내를 받아서, 수많은 사람들이 줄줄이 모여 앉은 테이블에서 가장 눈에 띄는 자리에 앉았다. 보아하니 여기서 아침 식사를 해야 하는 모양이다.

라프타리아를 비롯한 동료들도 자리에 앉는다.

"상황은 좀 어때?"

"큰 문제는 없어요……. 다만, 이따금 살기가 느껴질 때가 있어요."

"그렇겠지."

그렇게 생각하면서, 테이블에 놓인 음식으로 눈을 돌린다.

"……."

나와 라프타리아의 눈살이 한껏 찌푸려진다.

"으-응?"

필로는 곧바로 눈치챈 모양이군. 역시 필로리알의 본성을 가진 녀석이라니까.

"……."

아트라도 그런 것에 대해서는 민감한 모양이다. 포울은 알아채지 못한 것 같다.

그렇다면 일반적인 아인이나 수인들은 알아채지 못하는 물건이라는 건가.

"어머나-."

사디나도 알아챘다. 아마, 라프타리아와 필로의 반응을 보고 안 거겠지.

내 패거리들은 다들 왜 이렇게 눈치가 빠른 건지.

내가 동료들에게 각각 시선을 보내고, 눈짓으로 신호를 준다.

그러자 전원이 고개를 끄덕였다.

나는 잠자코 상황의 흐름을 지켜보도록 하자.

"그럼 지금부터 식사를 시작하겠습니다."

바르나르가 일어서서 그렇게 말했다.

알고 있느냐 모르고 있느냐에 따라 모든 게 갈라지리라.

그리고 미리 짜기라도 한 듯이 모두가 하나같이 손을 모아 기도하기 시작한다.

"모든 것은 방패 용사님의 뜻에 따라……우리는 이렇게 음식을, 생명을 얻을 수 있었습니다. 세계를 지키는 신의 바람을 대행하는 힘으로……."

""" "힘으로……." """

자칫하면 의자에서 굴러 떨어질 뻔했잖아! 무슨 놈의 기도가 그 모양이냐!

뭐랄까…… 예전에 신조의 성인이라는 이름으로 불린 적도 있었지만, 그때보다도 훨씬 더 민망하다.

대놓고 숭배를 받는 것이 이렇게 소름 끼치는 일이었을 줄이야!

아니, 그건 상관없다.

일단은 그냥 내버려두자.

나는 말없이 스튜를 입안에 머금고, 삼킨 척했다가 냅킨에 뱉는다.

그리고 주위를 둘러본다……. 흐음.

나는 자리에서 일어서서, 내 앞에 놓인 스튜를 가리킨다.

"아…… 다들, 지금 방패 용사인 내게 기도를 올렸으니까, 방패 용사로서 너희 모두에게 명령한다. 여기, 나와 내 동료들 앞에 나온 스튜 같은 음식을, 모두 제일 먼저 먹도록."

"아, 네."

바르나르를 비롯한 실트벨트의 중진들 중 일부는, 지시대로 스튜를 입에 머금는다.

"아트라, 허가한다."

"알았어요!"

재빨리 도약한 아트라가, 스튜를 먹지 않은 중진들의 등 뒤로 이동해서 등을 찔렀다.

"으윽! 무, 무슨 짓이냐!"

"내가 허락한 거야. 그럼 어디……."

방패에서 고도의 해독제를 꺼내서, 스튜를 먹은 중진들에게 던져준다.

"어쩌면 즉효성일지도 모르니까, 섭취해 둬. 그건 그렇고……."

나는 건방지게 테이블 위에 발을 얹고, 스튜를 먹지 않은 중진들을 노려본다.

"무슨 꿍꿍이인지 한번 들어 보실까?"

그렇다. 우리를 위해 마련된 음식에는 독극물이 들어 있었던 것이다.

내 방패와 라프타리아의 도에는, 독극물을 사전에 알아채는 기능이 있다.

독극물 감지라는 기능이다.

독초를 무기에 넣어서 조사하면 시야에 경고가 나타나는 식이다.

이렇게 대놓고 우리를 암살하려 들다니, 그런 괘씸한 놈들을 용서할 생각은 없다.

정치적인 적이라면 봐 줄 수도 있겠지만, 목숨을 노리고 드는 녀석들을 용서한들 무슨 이득이 있겠는가.

"보아하니…… 너는 관여하지 않은 모양이군."

바르나르를 노려보자, 역시 그는 모르고 있었던 듯, 충격에 휩싸여 있었다.

하지만 독 확인 담당은 적과 한패였던 듯, 나를 보며 혀를 차고 있다.

"이게 대체 무슨 짓이냐!"

바르나르가 거칠게 테이블을 후려치며, 내가 적발해 낸 중진들을 꾸짖는다.

"큭……."

"어찌 이런 무시무시한 짓을! 지금 당장 처형하라!"

"그냥 처형하는 건 너무 뜨뜻미지근한데……."

나는 스튜를 먹지 않았던 사자 수인 쪽으로 시선을 던진다.

내가 모르고 있을 줄 아나 본데, 넌 내가 먹는 연기를 했을 때 슬쩍 웃었었지?

그 후로 사태는 급박하게 돌아갔다.

우리는 식사를 중단한 채 옥좌의 방으로 이동해서, 내가 옥좌에 걸터앉은 채로, 독을 탄 녀석들을 꿇어앉힌다.

"당장 관계자들을 모두 취조할 테니 기다려 주십시오."

"미안하지만 나도 더는 못 참아. 작작 좀 하란 말이다!"

내 시선에 바르나르가 경례한다.

이의를 제기할 생각은 없다는 거렸다?

"알겠어? 나는 최대한 빨리 너희의 알선을 받아 쿠텐로라는 나라에 가고 싶단 말이다. 너희가 곤란해할 일을 할 생각도 없고, 권력 투쟁 같은 건 내가 없는 곳에서나 해."

방패 용사의 일행을 암살하려고 획책하는 녀석들과 같이 있을 수는 없는 노릇이다.

이때 사자 수인이 고개를 들고 한 발짝 앞으로 나선다.

"아무리 방패 용사님께서 그렇게 말씀하신다 해도, 일단 한 번 폭주를 시작한 우리 나라의 백성들을 억누를 수 있을지 모르겠습니다."

"모르겠습니다, 라니 웃기는 소리군."

"네. 방패 용사님의 영지에 자객이 들이닥쳤다는 소문을 들은 적이 있는데, 그 자객들 중에 우리 나라의 백성이 섞이게 될 가능성도 부정할 수 없습니다."

"호오…… 그게 무슨 뜻이지?"

"모르시겠습니까? 계속 메르로마르크에만 머물러 있는 방패 용사는 존재 가치가 없다. 녀석은 신을 참칭하는 가짜다……라는 식으로, 정의감에 휩싸여 만행을 저지르는 일파가 나타나도 이상할 게 없다는 겁니다."

일단은 일리가 있게 들리는 면도 있기는 하다.

한마디로, 나 때문에 국내에서 폭주가 시작됐으니, 책임을 지라는 소리를 하려는 거로군.

"이 문제를 해결하자면 방패 용사님의 힘이 필요하다는 건 당연. 실제로 행동하는 건 부하들이라고 해도 말입니다."

"……원하는 게 뭐지?"

"슈사크 종의 대표인 바르나르 님의 소원. 그리고 여기 있는 국가 중진들의 공통된 소원. 실트벨트의 공통된 소원이 뭔지, 방패 용사님도 알고 계실 텐데요."

나는 말없이, 다음 말을 재촉하듯 사자 수인을 응시한다.

"가장 중요한 건, 굳이 말씀드릴 것도 없겠지만, 방패 용사로서 실트벨트 전속으로 활동해 주겠다는 확약입니다."

"전속?"

지금은 영귀 사건 때문에 파도가 일어나지 않는 상태이지만, 파도가 재개되면 당연히 나와 렌, 이츠키와 모토야스는 파도를 잠재우기 위해 세계 각지를 돌아다녀야 할 것이다.

물론, 칠성용사도 마찬가지다.

언제 어디서 파도가 일어날지는 알 수 없지만, 힘을 모아서 파도를 잠재우지 않으면 키즈나 쪽 세계에서 일어난 것 같은 말썽이 벌어질 것이다.

그렇게 되기 전에, 빨리 칠성용사를 만나서 얘기를 해 두고 싶다.

"네. 적국인 메르로마르크가 아닌, 실트벨트의 전속 용사로서 말입니다."

"용사는 전 세계의 파도를 잠재우기 위해서 싸우잖아. 그런데 무슨 불만이 있다는 거지? 여기서 뭔가를 해 달라는 거라면, 요청 내용에 따라서는 들어 줄 수도 있어."

그러자 사자 수인은 도발하듯이 쯧쯧 혀를 차고 대답한다.

"모르시겠습니까? 실트벨트가 방패 용사를 타국에 내보낸다는 것 자체가 언어도단. 허가 없는 외출은 허용할 수 없습니다."

"한마디로 성에 연금당한 채 살라는 거냐?"

……개소리 집어치워.

이마에 혈관이 튀어나오는 것 같은 심정이다.

지금까지 부조리한 일들을 수 없이 겪어 왔지만, 이렇게까지 짜증나는 요구도 오랜만이다.

"더불어 각 부족에서 한 명씩 아내를 들이고, 후계자를 낳으시는 겁니다. 그 작업까지 완료됐을 때에야, 비로소 방패 용사로서 지닌 최소한의 책무를 수행하신 것이 됩니다. 각 부족의 불만이 얼마나 축적되어 있는지 알기는 합니까?"

하렘을 만들어서 애를 만들라고?

"그렇게라도 하지 않으면, 당대 방패 용사님에 대한 불만이 해소될 수 없습니다. 쿠텐로의 자객이 용사님의 영지에 쳐들어올 거라고요? 그건 용사님의 업보…… 그 나라도 방패 용사님을 노리고 하는 짓이겠죠. 그따위 라쿤을 노린다는 건 헛소리나 다를 게 없습니다."

게다가, 무슨 쓰레기라도 쳐다보는 듯 업신여기는 눈길로 라프타리아를 쳐다보기까지 한다.

……살의가 한계를 돌파한 것 같은 느낌이다.

결정했다.

유성방패를 전개한 채 성 밑 도시를 돌아다니면서, 나라의 상층부는 완전히 썩어빠졌으니 지금 당장 해임하라! 내가 혁명의 필두가 돼 주마! 라고 선언해 줘야겠다.

그렇게라도 하지 않으면 쿠텐로로 가는 길을 열 수 없다.

"자라리스! 언동을 자중해! 방패 용사님! 부디 자라리스의 말은 귀담아듣지 말아 주십시오!"

내 분노를 느낀 건지, 바르나르가 용서해 달라고 애원하며 무릎을 꿇는다.

하지만 나는 그런다고 물러날 만큼 만만한 놈이 아니라고.

"그럴 리가요……. 이것이 국가의 총의라는 건 사실입니다. 단, 제 생각은 다르지만요. 방패 용사님, 쿠텐로로 가는 교역선 알선은 제게 맡겨 주십시오."

자라리스는 내 쪽으로 다가오면서, 힘차게 주먹을 치켜들고 바르나르를 탄핵하기 시작한다.

"자라리스…… 네 이놈!"

"저만 믿으십시오, 방패 용사님. 배는 제가 마련하겠습니다. 약속드리죠."

"흐음……."

이 녀석은 나를 바보로 알고 있는 건가?

독을 탄 중진이, 약속이 다르지 않느냐고 따지는 듯한 얼굴로 너를 노려보는 게 한눈에 다 보인다고.

내가 그걸 지적하더라도 빠져나갈 수 있다고 생각하는 모양이지만, 내가 가진 방패 용사로서의 권리가 어느 정도인지…… 너야말로 알고는 있는 거냐?

라프타리아와 동료들이 네놈을 베어 버린다고 해도, 내가 허가했다고 하면 그냥 넘어갈 가능성도 있단 말이다.

"있잖아있잖아있잖아, 주인님-, 저 사람은 왜 사실을 얘기하지 않는 거야?"

그때 필로가 자라리스를 가리키며 말한다.

"내가 거짓말을 하고 있다고? 하하, 무슨 소리를 하는 건지 원."

"에-? 그치만 배를 마련하겠다고 할 때, 거짓말을 하는 사람 같은 눈을 하고 있었는걸. 메르의 언니나, 활 든 사람 밑에 있던 갑옷 입은 사람이랑 똑같아-."

윗치나 갑옷남과 똑같다는 건가.

하긴, 그만큼 의심스러운 놈이라는 건 나도 잘 알겠다.

"그렇게 말씀하시니 애석하군요. 하지만 이건 제 본심입니다."

"에-? 그치만 주인님이 밥을 먹으려고 했을 때 살짝 주먹을 움켜쥐는 걸 필로는 다 봤는걸-."

"나도 봤어. 숨기려면 좀 더 잘 숨겼어야지."

"아, 아닙니다. 그건 우연일 뿐입니다. 주먹을 움켜쥐었다고 해서 범인이 되는 겁니까? 방패 용사님은 누명 씌우기를 좋아하시는지요?"

끄응……. 과거에 내가 피해를 입은 걸 알고 내 마음을 조종하려고 드는 건가.

하지만 나는 그때 네가 살짝 웃는 것도 다 봤다고.

범인이 확실하다.

나를 정치적으로 이용하고 있는 게 분명하다.

자, 요놈을 어떻게 요리한다?

"누명이라……. 의심만 가지고 벌을 줘선 안 된다는 건 동의하지만, 나도 네가 웃는 걸 봐서 말이지. 그건 어떻게 변명할 거지?"

"그건 방패 용사님이 잘못 보신 겁니다."

이런 억지스러운 대답을……. 뭐, 단순히 내 주장일 뿐이니 착각이라고 우기는 거겠지.

"착각이 아냐-. 주인님이 말야-, 밥 먹기 전부터 안절부절못하고 있었는걸-."

하지만 필로는 상대의 거짓말을 꿰뚫어보는 재주가 있단 말이지.

"응-? 왜야왜야-? 왜 사실대로 얘기하지 않는 거야-?"

잘만 이용하면 심문에 도움이 되겠군.

그러고 보면 필로는 메르티를 상대로도 이 전법을 썼었지.

나한테는 안 통하지만.

"그럼, 독 확인 담당에 대한 심문은 필로한테 맡기도록 하지. 모른다고 우긴다면 다음 녀석을 들볶으면 되고. 그리고 마지막은…… 바로 너야. 뭐, 네 혐의를 밝혀내지 못한다고 해도, 의심스러운 점이 워낙 많아서 말야. 난 너를 못 믿어."

"이런이런……."

내가 자라리스를 삿대질하자, 자라리스는 억울하다는 듯 호들갑스러운 제스처를 취한다.

"한탄스러워라……. 더는 못 참아요!"

"엉?"

그때 아트라가 한 발짝 앞으로 나서서 대대적으로 선언했다.

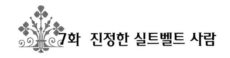

"뭐냐? 네가 더럽혀진 핏줄의 하쿠코라는 건 이미 다 알고 있다. 네놈들 따위에겐 발언권이 없다! 찌그러져 있어!"

"더럽혀진 핏줄? 발언권? 나 참…… 실트벨트 사람들, 특히 당신들은 가장 중요한 걸 잊고 있는 게 아닌가요?"

아직 어린 나이인데도, 아트라는 자라리스가 내뿜은 노기를 슬쩍 받아 넘긴다.

"뭐가 어째?!"

"말조심해!"

"아, 아트라?"

"아뇨, 여기서 물러난다면 제가 저 스스로를 용서하지 못할 거예요. 저의 피, 본능, 그리고 의식이, 당신들이 틀렸다고 단언하고 있는걸요."

그렇게 내뱉는 아트라로부터 살기와는 다른, 호랑이를 닮은 무언가가 분출해서 그 자리에 있던 자들을 질타하는 것 같은 느낌이 들었다.

뭔가 기를 응용한 기술인가?

아트라가 힘껏 발을 앞으로 내딛자, 충격과 함께 바닥에 금이 간다.

그 기세에, 주위에 있던 실트벨트 중진들이 꿀꺽 마른침을 삼켰다.

"너, 너는⋯⋯."

"설마⋯⋯."

뭔가 짐작 가는 거라도 있는 듯 전율하고 있지만, 현재로 써는 알 길이 없다.

아트라가 무슨 얘기를 하려는 건지, 높은 사람답게 거만하게 팔짱이나 끼고 들어 봐야겠군.

"실트벨트의 초심, 탄생이 이떤 것이었는지⋯⋯ 먼저 그 점을 생각해 보세요. 당신들은 말로만 방패 용사님을 숭배한다고 하면서, 실제로는 업신여기고 있잖아요!"

"무, 무슨 소리를 하는 거냐! 우리는 이렇게 방패 용사님을──."

"그렇다면 왜 방패 용사이신 나오후미 님이 저렇게 불쾌하신 거죠? 나오후미 님이 내방하신 이후로 벌어진 수많은 무례한 행동들을 제가 모를 거라고 생각하나요?!"

마치 어머니의 꾸중을 듣는 어린아이들처럼, 실트벨트 녀석들은 어깨를 움찔 떨었다.

"당신들의 신앙심을 존경했던 과거의 제가 경멸스럽네요."

하긴, 근사하다느니 하면서 칭찬을 퍼부어댔었지. 안 그래도 한마디 해 주고 싶던 참이었어.

"그럼 실트벨트 여러분, 실트벨트가 어떻게 건국된 나라인지, 그 의미를 한번 곰곰이 되새겨 보도록 하세요."

"그, 그건…… 모두 방패 용사님을 위해서, 방패 용사님의 힘으로 건국된 나라!"

분위기에 휩쓸린 한 사람이 그렇게 대답한다.

그러자 아트라가 그 녀석을 삿대질하며 말한다.

"바로 그거예요! 건국의 기원은, 나오후미 님이 재건한 그 마을과 같아요. 그런데도 당신들은 그 마을에 자객을 보내겠다느니 하는 뜻을 내비치면서 협박했죠. 다시 말해 자기 나라의 건국에 먹칠을 한 거나 마찬가지예요!"

"우리와 메르로마르크의 마을은 규모가……."

"그럼 당신들의 나라는 처음부터 대국이었나 보죠? 방패 용사님이신 나오후미 님이 재건하시고 있는 마을은 너무 작아서 상대할 가치도 없다?"

아트라의 힐문은 멈출 줄을 모른다. 뭔가 기세가 장난이 아닌데.

"세상은 녹슨 화석이 아닌 새로운 바람을 원했다는 식으로 후세의 역사에 기록되고 싶나요?"

"큭…… 하지만……."

"애초에 우리의 힘이, 발톱이, 이빨이 뭘 위해서 존재하는를 생각해 보세요! 세상을 통치하기 위해서인가요? 아니면 사람들을 지키기 위해서인가요? 아니에요. 모두 다 방패

용사이신 나오후미 님을 위해서 존재하는 거예요.”

아트라의 말에 중진들…… 특히 바르나르가 연신 고개를 끄덕이기 시작했다.

“앞으로 찾아올 그날에 대비해서 오랫동안 이빨을 갈고 닦아 온 것 아니었나요? 아까는 제 피가 더럽다고 욕하셨지만, 이 몸에 흐르는 피가 제게 답을 가르쳐 주었어요! 나오후미 님에 대한 충성의 증거를 보이라고!”

아트라를 중심으로 정체불명의 열기가 생성되고, 중진들이 조금씩 손뼉을 치기 시작한다.

박수냐. 이 녀석들 완전히 광신도 아냐?

“그래요! 시대는 재앙의 파도가 닥쳐오는 때……. 실트벨트는 후세를 구원하실 방패 용사께, 나오후미 님께 힘이 되고자 이빨을 갈고닦아 온 것 아닌가요? 그렇다면 다시 한번 나오후미 님께 충성을 맹세하고, 가신으로서 섬겨야 한다고 생각해요!”

갈채가 최고조에 달한다.

우리는 넋이 나가 있었지만. 라프타리아는 아예 황당해하는 표정이다.

그리고 그 갈채 속에서, 오직 자라리스 일파만이 불쾌한 듯 얼굴을 찡그리고 있었다.

“아, 아트라?”

포울도 경악에 가득 찬 표정으로 아트라를 보고 있다.

"뭐랄까, 그래도 틀린 말을 하고 있는 것처럼 들리지가 않으니 할 말이 없네요."

라프타리아도 대충 동의하는 것 같다.

"그래. 나오후미에 대한 충성의 의미나 싸움에 대한 의지는 틀린 것 같지 않은걸."

"으-응? 주인님이 원하는 대로 파도랑 싸워야 하는 거 아냐?"

당연하다는 듯이 당연한 대답을 하는 동료들의 태도에, 실트벨트 녀석들은 정신을 차린 듯 고개를 끄덕인다.

"이렇게 어린 소녀에게 가르침을 얻을 줄이야……. 그 말이 맞아."

바르나르가 대답한다.

"우리는 방패 용사님을 위해서, 그리고 앞으로 찾아올 재앙의 시기에 세계를 구하기 위해 존재하는 자들이다. 그런데도 용사님을 마치 권력을 위한 종마처럼 대하는 건 언어도단!"

그렇게 내게 고개를 조아리는 세력과, 반대로 아트라와 나를 노려보는 세력…… 자라리스 일파가 대립한다.

"이의 있소! 거기 있는 방패 용사가 우리 실트벨트가 원하는, 진정한 방패 용사가 아니라고 생각하오!"

"자라리스……. 이 자식! 무례한 것도 정도가 있다!"

바르나르가 자라리스를 질책한다.

"무례? 그건 오해야. 나는 실트벨트를 소중히 여기고 있기에, 어리석은 결단을 하지 않도록 냉정하게 의견을 내놓는 거라고."

자라리스가 그렇게 주장했다.

흐음, 약간 과격하기는 하지만 주장 자체는 일리가 있는 것 같기도 하다.

애초에 방패 용사의 말은 절대적! 이라는 사고방식은, 좀 지나치게 맹신적이고 위험한 것이니까.

이런 상황이 아니라면 나쁘지 않은 생각이겠지만, 지금은 성가시다.

자, 이걸 어쩐다?

응? 아직 할 말이 더 남았는지, 아트라가 숨을 크게 들이쉬고,

"나오후미 님은…… 아니, 신은 틀리지 않아요!"

그렇게 큰 소리로 외쳤다.

이 녀석…… 혹시 천재적인 선동가 아닐까?

그나저나 주위 녀석들도 고개 끄덕이지 마. 나도 틀릴 때는 틀린다고.

아트라, 너는 나중에 좀 교육할 필요가 있을 것 같군.

"그게 아니면, 어리석게도 나오후미 님을 가짜 용사라고 주장하려는 건가요?"

"아니, 그런 얘기는 한 적 없습니다. 재앙의 때에 찾아올

용사와는 다른 용사가 아닐까 하는 얘기일 뿐입니다."

빈축을 사지 않도록, 어디까지나 내가 방패 용사라는 점은 인정하면서 이의를 제기한다는 건가.

지극히 정치적인 반응이군.

"전승에 나오는 재앙의 파도가 정말 이 시기인지를 묻고 싶은 겁니다. 너무 서두르다간 일을 그르칠 수도 있는 법. 최근의 파도가 정말로 세상을 멸망시킨다는 예언 속의 파도라면, 왜 방패 용사님은 적국인 메르로마르크에 소환되신 겁니까! 방패 용사님이 적국에 소환되었다는 것이, 지금이 예언 속 멸망의 때가 아니라는 가장 큰 증거!"

하긴 나 혼자 실트벨트에 소환됐더라면 지금과는 다른 미래가 있었을지도 모른다.

……사디나가 얘기했던 것처럼, 하렘에서 주림육림 파티를 벌이고 있었을 수도 있지만, 그건 아니라고 우기고 싶다.

"아뇨, 그 주장은 논파됐어요."

아트라가 고개를 가로젓는다.

뭐지? 뭔가 반박할 말이라도 있나?

"전승 속의 그때이기에, 방패 용사는 다른 세 용사들과 함께 소환된 거예요. 용사의 진정한 힘은 용사들 간에 힘을 공유하는 것에 있어요. 그래서 나오후미 님이 다른 세 용사에게 유리한 메르로마르크에서 함께 소환되신 것…… 이것이 바로, 세계가 위기에 처했다는 증거!"

"궤변은 집어치우십시오!"

"누가 할 소리! 저는 나오후미 님에게 충성을 맹세한 자로서 진언한 거예요!"

아트라가 단언하는 말에, 실트벨트의 중진들은 숨을 죽이며 입을 다문다.

그때, 옥좌의 방 입구에서 목소리가 들려왔다.

"어린아이라고 무시하기에는 의지가 굳세고, 그러면서도 용감하군요. 진정한 실트벨트의 사람이 누구냐고 묻는다면, 누구나 그 소녀 쪽이라고 생각하겠죠."

옥좌의 방에 있던 모두가 그쪽을 돌아보니, 거기에는 거북이 같은…… 수인이 있었다. 그 옆에는 새벽에 만났던, 포울의 지인인 하쿠코 종 녀석도 있다.

꼬리는 뱀인가? 좀 통통해 보이는 건 기분 탓인가?

"넌 또 누구야?"

내가 고개를 갸웃거리자, 놀랐던 바르나르가 차분한 표정으로 돌아와서 대답한다.

"겐무 종입니다. 이분은 실트벨트의 유명한 귀족이시죠. 우리 나라에서 둘째가라면 서러울 정도의 권력을 갖고 계신 분입니다."

겐무…… 현무?

아아, 현무는 겐무 종이었군. 이제 청룡인 아오타츠 종만 나오면 사신이 전부 모이는 셈이다.

"당신이 방패 용사님이셨군요. 활약상은 익히 들어 알고 있습니다. 존안을 뵈어 더없이 영광입니다."

"하아……."

"그런데 그 모습은 뭡니까? 여기는 방패 용사님 앞입니다. 아무리 당신이라 해도, 그건 용납될 수 없어요!"

바르나르가 살기를 뿜으며 겐무 종을 향해 미소 짓는다.

"……이런이런, 저는 항상 이 모습으로 몸을 보호하고 있다 보니, 깜박했지 뭡니까."

현무 종의 사자가…… 아인의 모습으로 변했다.

거북이 같았던 모습이, 퉁퉁한 남성으로 변한다.

60세 전후의 노인…… 지팡이를 짚고 걷는 모습으로 보아 노인임을 알 수 있다.

외모에서 느껴지는 인상은 나쁘지 않다.

"여러분, 우리는 앞으로 찾아올 그날을 대비해 이빨을 갈고닦고, 방패 용사님을 돕고자 국가를 존속해 왔습니다. 그렇건만, 방패 용사님이 안 계시면 나라가 성립할 수 없다느니 하는 소리를 하다니, 어리석기 짝이 없는 소리라고…… 생각하지 않나?"

자라리스 파를 제외한 모든 녀석들이 그 의견에 동의를 표한다.

"더럽혀진 핏줄이 하는 소리에 귀를 기울이겠다는 거요? 진정한 실트벨트의 사람이 할 짓이 아니군!"

그 말에, 아트라가 살기 같은 것을 분출시킨다.

"그렇게 나오신다 이거죠⋯⋯. 끝까지 나오후미 님의 앞길을 방해하시겠다면――."

아트라는 자라리스를 삿대질하며 선언한다.

"나오후미 님의 말씀은 절대적인 것. 당신이 방해하겠다고 하신다면, 물리적으로 제거하겠어요."

오오⋯⋯하고 중진들이 탄성을 터뜨린다.

"흐음⋯⋯. 그렇다면 마침 잘된 것 같군요. 바르나르, 이건 피해서 갈 수 없는 길이라고 생각합니다만?"

"⋯⋯알았습니다. 그럼 실트벨트의 규칙에 따라 결투 개최를 허가하겠습니다!"

두 사람이 그렇게 말한 순간, 중진들이 술렁거리기 시작했다.

"저는 방패 용사님의 부하인 하쿠코 종의 후견인을 맡도록 하죠. 자라리스, 당신들도 스스로의 신앙을 관철하기 위해 결투를 받아들이세요."

"온갖 소리를 다 들었는데 받아들이지 않을 수는 없지. 영감, 후견인이 된 이상, 패했을 때는 책임이 뒤따른다는 것도 알고 있겠지?"

"그럼요."

이 노인장, 뭔가 엄청난 권력을 갖고 있다는 말은 사실인 모양이다.

그나저나 실트벨트의 결투는 어떤 거지?

"우선, 실트벨트 상위 4종의 강대한 발언력을 거둘 것. 다음으로 방패 용사님을 우리 나라의 전속 용사로 거두고, 마지막으로 이 무례한 녀석을 엄벌에 처한다는 조건을 받아들이죠."

"그, 그건……."

바르나르가 끼어들려고 했지만, 겐무 노인에게 제지당하고 만다.

"패배하면 조건을 받아들이겠어요! 나오후미 님!"

"말도 안 되는 조건이야. 저 녀석에게 너무 유리해. 굳이 받아들일 필요가 없다면……."

하지만 아트라는 굳은 의지를 보이고 있다.

나였다면 거절했을 테고, 애초에 나는 이 결투의 상품 같은 취급이다.

헛소리 말라고 따지고 싶은 심정이다.

"우리도 그에 상응하는 조건을 제시할 건데, 그래도 괜찮겠어요?"

"물론."

자라리스가 느긋하게 고개를 끄덕인다.

뭐랄까, 자신감 하나는 충만한 타입인가? 은근히 카리스마가 풍기는, 사자다운 구석이 있어서, 왕에 걸맞은 품격 같은 게 느껴지기도 한다.

개인적으로 받아들일 필요가 없는 조건이지만, 라프타리아의 출생에 얽힌 응어리를 풀고, 괘씸한 놈들에게 죗값을 치르게 한다는 점에서는 의미가 있는 결투다.

"좋다. 네 조건을 받아들이지. 그 대신, 이쪽이 이기면 어떤 명령이라도 다 따라야 돼."

"여부가 있겠습니까. 방패 용사, 님."

정말 사사건건 도발적으로 구는 놈이군.

"그럼 조건을 정리하겠습니다. 자라리스 파가 이길 경우에는 실트벨트 4대 가문의 발언권을 철회, 용사님의 국내 체류, 더럽혀진 하쿠코를 처분할 것. 용사님 측이 승리하실 경우에는 용사님의 지시에 따를 것. 이의 없습니까?"

"없어."

"그럼 결투 방법을 설명하겠습니다. 결투는 결투 당사자들이 싸울 상대를 정하게 됩니다."

"내가 지명할 상대는, 거기 있는――."

자라리스가 아트라와 포울을 가리킨다.

"더럽혀진 하쿠코들이다!"

"엉?"

지명을 받고, 포울이 어안이 벙벙한 듯 뇌까렸다.

그나저나 아트라는 이해가 가지만, 포울까지 지명하기냐?

"더러운 피가 섞인 주제에 건방지게 설쳐대다니! 피의 힘을 **뼈**저리게 느끼게 해 주마!"

"얼마든지 덤벼 보세요! 하지만…… 오라버니는 조금 불안하네요."

"아, 아트라?!"

응. 포울이 불쌍하게 느껴지기 시작하는군.

"가능하면 나오후미 님이 참가하셨으면 좋겠는데요."

"내가 이 싸움에 참가할 순 없는 건가?"

"보상에 해당하는 방패 용사님이 참전? 웃기는 말씀을 다 하시는군요."

자라리스 녀석이 나를 가리키며 도발적인 눈으로 비아냥거린다.

"나중에 징징대지나 말라고. ……그럼 라프타리아나 필로 정도가 좋으려나?"

라프타리아라면 상대를 떡으로 만들어 버릴 수 있겠지.

내 밑에는 강자들이 즐비하게 모여 있으니까.

"이렇게까지 말씀을 드렸는데도, 보아하니 방패 용사님은 그 잡종 하쿠코를 믿고 계시는 모양이군요. 거참 별꼴도 다 있습니다."

이 녀석도 말이 참 많네……. 이기려고 엉뚱한 쪽으로 유도하지 말라고.

"혹시나 싶어서 말씀드리는 겁니다만, 이 결투는 어디까지나 사람 대 사람의 싸움이니, 마물 사용은 금지돼 있습니다."

"으―응?"

"라프-?"

그러자 필로와 라프짱이 고개를 갸우뚱한다.

필로는 인간으로 쳐서 출장시킬 수 있을 줄 알았는데, 안되는 건가.

"썩 신뢰가 안 가기는 하지만…… 흐음."

여기서 결투 출전자를 포울에서 라프타리아로 교체하면 제법 모양이 나긴 할 테지만…….

"그건 걱정하실 필요 없어요, 나오후미 님! 만약에 오라버니가 쓰러지더라도 제가 혼자서 해치울 테니까요."

"아트라?! 나도 싸울 수 있다고!"

오빠를 전력으로 안 치다니…… 포울이 불쌍해 보인다.

"좀 불안하긴 하지만……."

"상대의 지명에 응하고, 그것을 뛰어넘는 것이야말로 강함의 증명. 오라버니가 패한다고 해도 제가 이기고 말겠어요. 나오후미 님! 부디 허가를."

마음 같아선 돌다리도 두드려 보고 건너는 심정으로 임하고 싶지만…… 지금의 이 조건을 끌어낼 수 있었던 건 아트라의 주장 덕분이기도 했으니까.

만약에 패한다고 하더라도 트집을 잡아서 무시하면 되겠지. 애초에 자라리스라는 녀석이 영 마음에 안 든다.

아트라는 얼마 전에 눈부신 활약을 보이기도 했고 말이지.

"알았어. 허가하지."

"고마워요! 자, 나오후미 님의 허가를 얻었어요. 결투를 시작하죠."

아트라의 말에, 그 자리에 있던 자들 중에 혈기왕성한 자들이 고개를 끄덕였다.

그리고 어젯밤에 식사를 했던 연회장으로 이동했다.

보아하니 여기서 결투를 진행할 모양이다.

자라리스 파의 아인과 수인들…… 역전의 용사처럼 보이는 우락부락한 미노타우로스 같은 녀석이 무기를 움켜쥔 채 대결의 순간을 손꼽아 기다리고 있다.

어제 마차를 맡겼던 미노타우로스보다 더 크잖아.

"이럴 수가…… 과거의 대전에서 살아남은 영웅을 소집해 온 건가."

"그래. 소중한 방패 용사님을 건 일전이니, 어디서 굴러온 잡것인지 알 수도 없는 자를 데려올 수는 없지. 물론, 처음부터 전력을 다해 싸우겠다."

"모두…… 실트벨트를 위한 일……."

미노타우로스 같은 수인도 전의에 불타고 있군.

"딸을 방패 용사에게 시집보내고 말겠어."

……싫어. 만에 하나 네놈의 딸이 우락부락한 네놈과는 딴판으로 미소녀라고 해도 거절한다.

나는 기본적으로 여자는 다 싫어하고, 종마 취급은 생각도 하기 싫다고!

"그나저나, 설마……."

바르나르가 불안한 표정으로 나를 본다.

"어머나…… 확실히 어느 정도 실력은 있나 보구나. 사사보다 더 강하려나?"

그건 또 누구야? 라고 태클을 걸까하는 생각도 했지만, 제르토블의 콜로세움에서 싸웠던 녀석이었던가?

"상대가 누가 됐든, 싸울 수밖에 없다면 싸우는 수밖에 없겠죠……. 아트라 씨, 할 수 있겠어요?"

"라프타리아 씨한테 그런 소리를 듣고 싶지는 않네요. 충성의 증거를 보일 수만 있다면, 저는 어떤 사지로든 돌진할 수 있다구요!"

"나는……."

포울이 뭔가 망설이고 있는 것 같은데, 뭐, 큰 기대는 안하는 게 좋겠군.

"그런데 나는 정말 그냥 보고만 있어야 하는 거야?"

"네."

……뭐지. 이거 정말 완전히 상품 취급이잖아.

모토야스의 생트집 때문에 상품으로 내걸리다시피 했던 라프타리아의 심정이 이랬을까?

어쨌거나 지금까지 우리는 계속 승리해 왔다.

고작 이런 곳에서 고꾸라질 수는 없다.

"아트라! 포울! 꼭 이겨야 해."

"그야 물론이죠."

"큭…… 아트라를 위해서, 아버지를 위해서라면 나는 싸울 거다!"

오? 포울도 제법 전의를 보이고 있잖아.

"흥, 잡종 하쿠코 주제에."

"넌 내 아버지의 전우였다고 들었다……. 전장에서 아버지는 어떤 사람이었지?"

그러고 보니 자라리스는 포울 아버지가 죽을 때 현장에 있었다고 그랬던가.

게다가 의혹이 있다고 하니…… 물어보는 게 당연하긴 하겠지.

"흥, 가짜 자식. 정 궁금하다면…… 주먹으로 얘기해 보시지!"

"알았어. 내가 아버지보다 더 강한지…… 여기서 똑똑히 보여주겠어!"

"그럼 여러분…… 결투 준비는 다 되셨습니까?"

사회자의 신호에 따라, 자라리스와 미노타우로스가 각각 전투태세에 들어간다.

아트라는 평정심을 유지하겠다는 듯, 딱히 자세를 잡지도 않은 채 서 있군.

포울도 싸움에 의욕을 드러내기 시작한 걸로 보아, 이 녀석도 어쩌면 싸움을 좋아하는 건지도 모르겠다.

남매들끼리 싸우는 모습밖에 본 적이 없어서 좀 불안하긴 하지만.

데-엥 하는 징소리 같은 소리가 울려 퍼졌다.

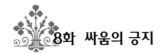

8화 싸움의 긍지

"하아아아아아앗!"

아트라가 자세를 잡자 바람의 흐름이 생겨난다.

대전 상대인 자라리스와 미노타우로스는, 아트라에게 어마어마한 힘이 모여들고 있다는 걸 알아챈 듯, 저도 모르게 마른침을 삼키고 있는…… 것처럼 보이는군.

"흥! 더럽혀진 하쿠코 따위가 우리 같은 순혈의 강자를 당해낼 수 있을 리가 없지! 간다!"

자라리스가 허리에서 너클을 꺼내 끼고 접근한다.

그 후방에서는 미노타우로스가 빈틈을 노리듯 도사리고 있다.

"아트라!"

포울이 앞으로 나서서 아트라를 보호하려 하지만, 애초에 자라리스의 목적은 포울이었던 것 같았고, 그 대신 미노타우로스가 두 사람을 뛰어넘어 아트라에게 거대한 도끼를 휘두른다.

　중량급인 줄 알았는데, 예상 이상으로 빠르잖아!

　거대한 체구만 봐서는 상상도 하기 힘든 속도로 아트라를 향해 비약해서 도끼를 휘두르는 그 모습은, 그야말로 압권이다.

　"어림없어요!"

　아트라는 내리찍는 도끼의 일격을 간발의 차이로 회피하고, 그 충격을 이용해 드높은 고공으로 이동한다.

　"이걸 피하다니, 그 기운…… 재미있어지겠군."

　미노타우로스 쪽은 두뇌까지 근육으로 돼 있는 놈인 듯, 아트라의 움직임을 보며 웃고 있다.

　"그쪽은 자네가 맡아! 이쪽에 있는 더럽혀진 핏줄…… 겉만 번드르르한 놈은 내가 해치우지."

　우와, 포울이 겉만 번드르르하다고?

　약간은 사실인 면도 있으니 웃을 수만은 없겠군.

　"어디 마음대로 지껄여 보시지! 나는 너에게 질 생각이 없어! 빨리 아트라를 지켜줘야 하니까!"

　그렇게 말하며 주먹을 휘두르는 포울을 보며, 자라리스는 웃음을 머금고 있다.

　"홋, 고작 이 정도 주먹밖에 못 내는 녀석에게 내가 질 거라 생각하는 거냐!"

　자라리스는 잔상이 남을 만큼 재빠른 움직임으로 포울의

배에 주먹을 꽂아 넣었다.

"아자아자아자아자아자! 방어가 너무 허술하잖아, 잡종 하쿠코 자식아아아아!"

숨을 쉴 틈도 없을 정도의 펀치 러시가 포울을 향해 퍼부어진다.

"이 정도 피라미가 방패 용사의 부하? 웃기는 소리!"

발차기에 이어서 힘껏 매친 다음, 그에 그치지 않고 정권 찌르기, 뒤이어…… 마법인가?

쿵 하는 충격이 몰아치고, 지면이 뒤흔들린다.

찰나와도 같은 시간에, 이렇게 많은 공격을…… 호전적인 나라라는 얘기가 수긍이 가는 전투능력이군.

포울은 괜찮으려나?

"흥. 이 정도 공격으로는 무슨……. 재미도 없어."

"으랏차아아아아아아!"

그리고 아트라 쪽으로 시선을 보내니, 마침 미노타우로스가 도끼를 옆으로 휘두르는 중이었다.

진공파라도 내뿜는 건지, 후방에 있던 기둥이 절단된다.

"자라리스! 방해하지 마라!"

미노타우로스가 웃음을 머금고 자라리스에게 못을 박는다.

"그럴 수는 없어. 이것도 신성한 결투니까. 내 얼굴에 먹칠을 한 잡종 하쿠코는 그에 상응하는 죗값을 치러야 해."

"어머나? 저 혼자서도 상대할 수도 있지만, 오라버니를

그렇게 말씨름을 벌이고 있지만, 내 의식은 아트라와 미노타우로스의 싸움 쪽을 향하고 있다.

태그매치인데 일대일 구도로 돌아가고 있잖아.

뭐, 어떻게 싸우든 알 바 아니지만.

"갑니다! 하아아앗!"

"음메에에에에에에에에에에!"

미노타우로스가 혼신의 힘을 담아 도끼를 내리쳤다!

하지만 도끼는 기묘한 궤적을 그리며, 아트라 바로 옆의 허공을 찍고 말았다.

"끄응——."

"이 정도 공격으로 절 때리겠다니, 어림 반 푼어치도 없는 생각이네요. 단순한 완력 정도는 얼마든지 흘려보낼 수 있어요."

"그거 재미있군! 그럼 이건 어떠냐!"

미노타우로스는 정면을 향해 양손으로 도끼를 움켜쥐고, 눈을 감는다.

뭐, 뭐지? 도끼가 어렴풋이 빛나고 있잖아.

"힘을 무시하지 마라. 흘려보낼 수 없을 정도의 힘이 있으면, 그런 잔재주는 아무짝에도 쓸모없다."

"——제법이네요. 공격에 모든 것을 다 싣겠다는 그 생각, 감복했어요. 그럼 저도 전력을 다해서 공격을 비껴내 보이겠어요."

"내가 가진 게 힘밖에 없을 거라고 생각하지 마라! 으오오오오오오오오오오오오오오오오오오오오오오오!"

미노타우로스의 몸에 정체불명의 무늬가 불쑥 떠오르고, 근육이 부풀어 오른다.

그나저나…… 저 포효 좀 못 지르게 할 수 없나? 순간적으로 정신이 아득해졌다고.

"이, 이건……."

그때, 라프타리아의 말문이 막혔다.

"무쌍 활성까지는 아니지만, 필로의 쁘띠퀵에 가까운…… 몸에 마력을 순환시켜서 능력을 증가시켰어요."

흐음…… 괜히 역전의 용사가 아니라는 거군.

"어머나, 흥미로운 기술을 갖고 있네요. 재미있는걸요."

그리고 무쌍 활성 흉내를 내고 있던 아트라가 상대의 흉내를 내듯이 뭔가를 시작한다.

용맥법을 습득한 내 눈에는, 그것만으로도 아트라 주위에 뭔가 마력 같은 것이 모여드는 것이 보였다.

"역시 천재로군……. 그럼, 간다!"

"하아아아아아아아아아아아아아아아아아!"

미노타우로스의 고속 이동!

이 거구로 이렇게 빨리 움직이다니, 필로리알 퀸 형태의 필로를 연상케 하는군.

"와— 둘 다 되게 빨라—."

필로가 두 사람의 모습을 눈으로 좇고 있다.

뭐, 그 정도 센스는 필로도 갖고 있으니까 그렇게까지 신기할 건 없지만.

"그 몸으로 느껴 보도록 해라! 크래시블!"

미노타우로스는 힘차게 지면을 딛고, 아트라를 향해 도끼를 휘둘렀다.

"하긴, 이 일격을 얻어맞으면 목숨이 남아나질 않겠네요. 저도 가만히 있지는 않겠어요."

미노타우로스가 경쾌한 스텝을 예측하고 휘두른 도끼 측면에, 아트라가 발차기를 적중시킨다.

뒤이어 물 흐르듯이 팔꿈치, 발뒤꿈치, 그리고 주먹으로 후려친 후에 찍는다.

펑! 미노타우로스의 도끼에서 무언가…… 마력 같은 것이 날아가 버렸다.

"끄응! 설마 이런 식으로 흘려보내다니?!"

"도끼에 담긴 힘을 밖으로 내보내서, 휘두르는 힘을 방해하는 데 이용한다. 제 라이벌의 공격을 흘릴 때 사용하던 수법이에요."

"큭……."

"이렇게 기를 드러내는 건 쳐내 달라고 부탁하는 거나 다를 게 없어요. 그럴 땐 명중하는 순간에 불어넣거나, 상대가 알아챌 수 없을 만큼 응축하지 않으면 맞힐 수 없어요."

나는 말없이 라프타리아에게로 눈길을 돌린다.

"네, 아트라 씨에게 막히지 않으려면 그 정도는 해야 하죠."

다시 말해 아트라 입장에서는, 저 미노타우로스의 필살 공격은 라프타리아를 상대하는 과정에서 이미 대처법을 익힌 상태라는 거라는 거군.

수련 중에 그런 영역에까지 도달했다는 건가?

끄응……. 기가 보이지 않는다는 건 엄청나게 불리한 요소이군.

빨리 습득하고 싶지만, 수련할 기회가 좀처럼 생기지 않는다.

뭐, 어렴풋이 보이기 시작한 것 같은 느낌도 조금씩 들기는 하지만.

"재미있군! 이렇게 말이냐!"

아트라의 조언을 받은 미노타우로스는, 방패를 옆으로 휘두르면서 타격 순간에만 힘을 분출시킨다.

"아직 어림없어요! 그리고 이번에는 제가 공격할 차례예요!"

미노타우로스의 공격을 피하며 몸을 움츠렸던 아트라가, 미노타우로스의 복부, 팔, 그리고 옆구리를 지나 등을 찌른다.

직후, 작렬음이 울려 퍼졌다.

"으, 으흑…… 이런 빈약한 체구로 감히 이런 짓을. 하지만……."

피를 되삼키고, 미노타우로스는 아트라를 향한 투지를 불태운다.

"어머나? 예상했던 것보다 훨씬 더 튼튼하네요."

"이렇게까지 피를 들끓게 만들어 주는 녀석은 오랜만이군. 재미있어. 하쿠코라고는 믿기 힘들 만큼 부드러운 움직임……. 아직 부족하다. 좀 더 나를 즐겁게 해 달라고!"

뭐랄까, 상대는 상당히 싸움을 즐기고 있는 것 같군.

"계속 당신만 상대하고 있을 시간은 없지만, 피가 들끓는다는 건 사실이네요!"

"그럼 간다! 음메에에에에에에에에에에에에에에."

미노타우로스가 마법을 사용한 건지, 머리의 뿔 부분이 날카롭게 뻗어 나온다.

그리고 돌진이라도 하려는 듯 몸을 앞으로 숙이고, 머리를 아트라에게로 겨눈다.

"어머나, 야성적인 공격이네요. 예측해 보자면 돌진 후에, 그 기세를 이용한 도끼 공격…… 액셀 턴이겠죠."

"좋은 예측이군, 맹인 소녀……. 너는 우리 나라 전체를 따져도 손꼽히는 강자라고 내가 보증하마."

"그거 영광이네요. 그럼 저도…… 그 강력한 힘에 대처해 드려야겠죠."

그리고 아트라는 마치 발레리나처럼 발끝으로 서서 상대방을 향해 손을 뻗는다.

으음…… . 포울과 아트라의 싸움을 비교하면 아트라 쪽이 화려한데.

그리고 포울 쪽을 보니, 자라리스와 주먹다짐……은 아니군.

수동적인 아트라의 전법과는 달리, 계속 밀어붙이고 있다.

포울이 아무리 맹렬하게 주먹을 휘둘러도, 자라리스는 스텝만으로 회피하고 있지만.

게다가…… 자라리스 쪽은 두뇌파인 듯, 뭔가 도구를 사용하고 있는 것 같다.

"이거나 받아 보시지."

"또 그거냐!"

자라리스가 연막 같은 도구를 지면에 내던지자, 포울을 중심으로 자욱한 연기가 피어난다.

싸우는 것이 안 보이니까 그것 좀 그만 쓰라고.

하긴, 포울도 대충 상황은 파악한 듯 곧바로 연기 밖으로 나오긴 했지만, 그때 자라리스가 포울을 향해 꼬챙이 같은 것을 내던졌다.

암기(暗器)를 주로 쓰는 놈이었나? 그 외에도 주위에 이런저런 물건들이 굴러다니고 있다.

"맨손으로 싸울 줄 알았는데, 비겁한 자식."

"비겁? 이건 지능적이라고 하는 거다!"

그리고 자라리스는 망토 속에 감추고 있었던, 잘 치장한 검을 꺼내서 포울에게 휘두른다.

"나는 주먹만 갖고 싸우겠다고 한 적 없어. 무슨 일이 있든, 마지막에 전장에 서 있는 자가 승자다."

하긴…… 세세한 규칙까지는 정하지 않았으니까.

아트라의 대전 상대도 도끼를 쓰고 있는 걸 보면, 규칙 면에서는 별문제가 없다.

하지만, 처음에는 아무 무기도 없는 척하다가 나중에 꺼낸다는, 그 사고방식이 영 거슬린다.

내가 이의를 제기하더라도 빠져나갈 수 있다는 자신이 있는 건가?

"이봐, 이봐, 왜 그러고 있는 거냐!"

챙 하고 자라리스가 숨겨 들고 있던 검으로 포울을 베어 낸다.

"윽……."

공격을 받은 포울은 상처를 보고는, 현기증이 이는 듯 머리에 손을 댄다.

"가면 갈수록 비겁한 놈이군."

"내가 분명히 얘기했을 텐데! 이기면 장땡이라고!"

"어리석긴…… 싸움의 긍지도 이해하지 못하는 녀석이, 한층 더 강한 힘을 익힐 수 있을 리가 없다!"

비틀거리던 포울이 끄떡없다는 듯이 자라리스를 노려보았다.

"뭐야?"

"어떤 독을 쓴 건지는 모르지만, 그 정도로 나를 쓰러뜨릴 수는 없다!"

오─…… 엄청나게 튼튼한 녀석이 할 법한 대사군.

시험 삼아 포울의 스테이터스를 확인한다.

독극물 같은 걸 섭취했다면 알아볼 수 있으련만, 이렇다 할 변화는 없다.

이미 무효화했다는 건가.

"하쿠코 종은 역시 명불허전이군요."

겐무 종 노인이 뇌까린다.

포울은 아트라에게 매일같이 단련 받았으니까.

내가 훈련을 통해서 이루어냈어야 할 것을, 포울은 먼저 익혔다는 건가.

"흥! 이제 서 있기도 버거운 주제에 입만 살았군!"

"이제 네 공격도 지긋지긋해졌어!"

자신을 벤 자라리스의 검을 후려쳐서 꺾어 버리고, 포울은 자라리스의 안면에 주먹을 꽂아 넣는다.

"끄악……."

코에서 피를 흘리며, 자라리스는 얼굴에 손을 대고 고통에 신음한다.

"큭……. 네가 감히, 네가 감히 내 얼굴에 흠집을 내다니! 잡종 하쿠코 주제에에에에에에에에에에에에에에!"

……이 녀석, 누군가와 비슷한데. 뭐랄까…… 자존심의 결정체 같은 말투가…….

누구와 비슷한 거지? 별로 접점이 없는 녀석이라는 것만은 알겠는데.

다만…… 자존심이 높고, 예의바른 척하지만 실은 무례하고, 잘 보면 욕망이며 야심이 왕성한 녀석.

생각났다!

이츠키의 동료였던 갑옷남 녀석과 분위기가 비슷하다!

누구와 비슷한 건지 알아내니 속이 다 후련하군.

"저기요? 나오후미 님? 무슨 생각을 하고 계신 거죠? 싸움과 아무 관련도 없는 생각을 하고 계신 것 같은데요?"

"응? 아니, 내가 뭘?"

라프타리아의 의문을 흘려 넘기고, 나는 납득한다.

그렇군. 야심이 왕성하고 용사를 이용할 꿍꿍이를 가진 녀석이라는 공통점이 있었던 건가.

게다가 자존심이 세다!

"그놈의 잡종 타령도 지겨워! 네 비열한 행동은 고귀하다는 거냐?"

"큭…… 끝까지…… 나를 우습게 보다니, 역시 너는 네 아버지를 쏙 **빼닮았구나**!"

"이제야 아버지 얘기가 나왔군. 주먹으로 얘기하라고 떠벌린 놈의 주먹에서 아버지 생각이 하나도 안 나서 황당하던 참이었다고."

"아아…… 부모에게도 이미 의절 당하고, 나라를 떠난 주제에 이상하게 인맥이 넓던 그 자식이 떠올라서 짜증이 치솟는군!"

질투인가? 뭔가 수상한 냄새가 풍기는 것 같은데?

"그래, 그건 아버지를 따르던 하쿠코에게서 오늘 아침에 들었다. 아버지가 최후를 맞이한 싸움에, 너도 참가했다지?"

그 말을 들은 나는 겐무 종 노인 뒤에서 대기하고 있던 하쿠코 종 녀석에게 물어본다.

"어떤 사정이 있는 거지?"

"저 하쿠코의 아버지는, 옛날에 강력한 카리스마로 실트벨트를 지배했던 타이란의 아들이었습니다. 용감하기는 했지만 싸움에는 부정적이라서, 타이란과는 사이가 별로 좋지 않았지만요."

그건 대충 이해가 간다.

하지만 내가 궁금한 건 그 다음 얘기다.

쓰레기의 여동생과 약혼했다고 그랬던가?

"어느 날, 메르로마르크와 평화조약을 맺으려 하던 하쿠코는 메르로마르크 측의 함정에 걸려, 메르로마르크의 화평파 인물들을 죽였다는 누명을 썼다고 나중에 들었습니다."

"호오⋯⋯."

"그 이후로는 소식을 듣지 못했습니다만, 잠복해 있던 나라가 전쟁에 휘말리는 와중에 정체가 발각, 어쩔 수 없이 실트벨트의 동맹국 병사로 참가하게 됐다고 하는데⋯⋯ 아마 거기서 저 자라리스와 인연을 갖게 된 거겠지요."

흐음⋯⋯. 저 사자 녀석의 전투 방식을 보면, 어떤 일이 일어났을지 대충 짐작이 간다.

포울의 아버지는 용감했지만, 자라리스는 비열한 수단을 즐겨 쓴다.

기습 같은 걸 좋아하는 녀석이리라.

"자, 얘기해라! 아버지의 최후를!"

"흥! 어리석게 적에게 돌격했다가 전사했다는 걸, 꼭 말해 줘야 알겠나?! 어차피 중과부적, 한 놈도 못 해치우고 멍청하게 죽어 버렸지!"

"거짓말 마! 아버지가 그렇게 약할 리가 없어! 다정하고, 그러면서도 싸움에 임할 때면 한 발짝도 물러서지 않던 용감한 아버지였단 말이다!"

어떤 아버지였기에 이러지?

"어릴 때는 책 읽는 걸 좋아하는 분이셨죠. 타고난 재능은 아버지보다도 나을 정도였지만, 싸움을 꺼리는 분이셨습니다. 뭐, 한번 싸우기로 마음먹으면 그 아버지에 못지않게 용맹한 모습을 선보였지만요."

"싹싹남 같은?"

내 말에 겐무 종 노인이 고개를 끄덕였다.

싹싹남이라고 하면 알아듣는 거냐.

어쨌거나…… 대충 알겠다. 싸울 때는 싸우지만, 평소에는 온화하게 행동하는 캐릭터였다는 거군.

이거 어째, 애니메이션이나 게임, 만화에나 나올 것 같은 녀석 같잖아.

너무 뻔한 캐릭터다.

"라프짱을 어를 때의 주인님 같은 느낌?"

"그럴지도 모르겠네요. 인정사정없이 적을 대할 때의 모습과 마을 사람들을 돌봐줄 때의 모습을 생각해 보면, 겹치는 부분이 있어요."

"무슨 헛소리야!"

난 폭군이다. 싹싹하지도 않고, 이 세계에 오기 전에는 까놓고 말해 기분파 오타쿠였다!

착각하지 말란 말이다!

우리가 그런 얘기를 하고 있는 동안에도, 포울은 자라리스를 향해 주먹을 퍼붓고 있었다.

자라리스도 지지 않겠다는 듯 허리춤에서 접이식 창을 꺼내서, 포울의 맹공을 피하며 반격을 도모하고 있다.

갑자기 창에서 창날이 사출되어 포울의 안면을 꿰뚫으려 했다. 하지만 포울은 미리 예측하고 있었던 듯, 고개를 기울여서 피한다.

"흥! 그런 공격이 통할 줄 알았나? 제르토블의 용병들은 그것보다 훨씬 더 비열했단 말이다!"

하긴, 제르토블 자체가 비열한 놈들의 집결지 같은 곳이었으니까.

"너와 전우였다고? 그거야말로 모독이군. 진실이 어찌 됐건, 네 입에서 나오는 말은 하나도 못 믿어!"

"뭐가 어째?! 감히 나를 모독하려는 거냐?! 더러운 존재 주제에! 건방진 자시이이이이이이이이이이익!"

"설마……."

뭔가 짐작 가는 거라도 있는 듯 전율하고 있지만, 아직은 뭔지 알 길이 없다.

으르르렁 하고 라이온의 포효가 울려 퍼진다.

사바나의 왕이라고 일컬어지는 사자가 이렇게 비열한 생물이었던가?

뭐, 여기는 이세계이고, 저 녀석은 수인이지만.

이길 수만 있다면 수단과 방법을 가릴 것 없다고 생각하는 걸까?

이 싸움에서는 오히려 포울의 주가만 올라간 것처럼 보이는데 말이지.

내 머릿속 랭킹에서 최하위로 설정돼 있던 녀석인데.

"뭘 우물쭈물하고 있는 거냐! 이 녀석을 먼저 해치워!"

그리고 자라리스는 포울을 먼저 해치우라고 미노타우로스에게 명령했지만, 미노타우로스 쪽은 아트라와의 싸움에 정신이 팔려서 그 목소리 따위는 안중에도 없다.

"그런 회피법이 있었을 줄이야……. 마치 공중에서 하늘거리는 새털을 맞히는 것처럼 어렵군!"

아트라는 미노타우로스의 공격을 모조리…… 손으로 받아 비껴내며 회전하고 있는 것이다.

아무리 정확하게 공격을 적중시켜도 비껴나고 마는 그 궤도에, 미노타우로스가 혀를 내두르고 있다.

뭐랄까, 생긴 것만 봐서는 분노에 이성을 잃고 마구 주먹을 휘둘러댈 것 같은데 말이지.

뇌까지 근육으로 되어 있는 것 같아도 싸울 땐 냉정한 녀석 같다. 음, 강한 녀석이라는 건 잘 알겠다.

"그럼 이건 어떠냐!"

착 하고 도끼가 세로로 갈라져서, 두 개의 한손도끼로 변화한다.

그리고 공격을 비껴낼 수 없도록 양쪽으로부터 포위하듯이 아트라에게 휘두른다.

"이렇게 비껴내면 그만이에요."

양쪽에서 날아드는 도끼의 맹공에, 아트라는 한쪽 도끼에 손을 대고, 다른 한쪽 도끼에 나머지 한 손을 얹어서 춤추듯이 도약한다.

"하아아아아아아앗!"

이에 맞서 미노타우로스가 상하로부터 포위하는 궤도로 도끼를 휘두르자, 한쪽 도끼 끝을 살짝 붙잡고 부드럽게 몸을 뺐다.

"어딜 도망치려고!"

"네, 저도 일부러 유도한 거였어요."

뿔로 일격을 가하려고 몸을 들이댔던 미노타우로스의 미간을 아트라가 가볍게 찔렀다.

"으?!"

"자, 빈틈이 생겼네요. 지금까지 맹공을 퍼부으면서, 스태미나를 얼마나 소모했죠? 저는 그냥 돌면서 당신의 공격을 비껴내기만 했는데 말이에요."

착지한 아트라가 미노타우로스의 근접거리로 고속 접근, 가슴을 연속으로 찌른다.

"으윽…… 끄흐…… 어윽…… 이 정도로는 어림없다아아아아아아!"

미노타우로스는 몸이 휘청이는 와중에도 자세를 가다듬으려 애썼지만, 그만 들고 있던 도끼를 떨어뜨리고 말았다.

"한동안 힘을 줄 수 없을 걸요? 힘이 들어가는 부분을 봉쇄하도록 찔렀으니까요."

"……그래도 나는, 지지 않는다!"

미노타우로스의 온몸에서, 도끼를 휘두를 때와 같은 마력이 왈칵 분출한다.

"역시 역전의 용사……. 어떤 상황에서도 물러나지 않는군요."

"그 제왕과도 같은 여유, 그분의 혈통이 느껴지는군……. 후, 이거 즐거워서 미치겠구나!"

뭔가 묘하게 힘이 들어간 결투를 벌이고 있는 와중이건만, 자라리스는 포울에게 공격을 집중시키라고 명령하고 있는 것이다.

"큭……. 야만스러운 놈들은 이래서 탈이라니까! 작전이라는 걸 이해하지 못하는 거냐!"

"작전? 후…… 별 웃기는 소리를 다 듣겠군."

내가 그 말에 웃자 자라리스가 나를 노려본다.

"네가 하고 있는 건 작전이 아냐. 질 것 같으니까 도와달라고 애원하는 거지. 작전이라고 부르기에는 너무 날림이잖아."

만약에 저 미노타우로스가 이 녀석의 말을 듣는다 해도, 그럼 아트라는 어쩔 셈인데?

포울이 당하는 모습을 아트라가 잠자코 구경만 할 리가 없다.

뭐, 그냥 외면할 가능성도 없지는 않지만…… 어찌 됐건, 피해를 받을 건 확실하다.

"전법이라고는 하나같이 암기를 이용한 기습 일변도에,

심지어 질 것 같으니까 동료에게 기대서 책임을 떠넘기려고 들다니. 안됐지만 그렇게는 안 될걸. 아트라의 대전 상대는, 방패 용사의 권한을 사용해서 내가 보호해 주지."

"큭⋯⋯."

오−⋯⋯ 그 눈빛 마음에 드는데.

절조를 중시하는 척하면서 욕망을 채우기에만 급급한 너 같은 녀석은 솔직히 말해서 마음에 안 들었으니까, 그런 꼴을 보니 속이 다 시원하군.

노예상 같은 녀석과는 다르네. 너는 내심 나를 싫어하는 게 뻔히 보이니까.

차라리 노예상 쪽이 훨씬 더 고수다.

그 녀석은 속으로 무슨 생각을 하는지 전혀 알 수가 없으니까.

"자라리스라고 했던가? 네가 모든 책임을 지는 건 당연한 거 아닌가? 빠져나갈 생각 마."

"저기⋯⋯ 나오후미 님? 왜 그렇게 신이 나신 거예요?"

"응? 아마 저 녀석이 모든 일의 흑막 같아서 말이지. 일이 뜻대로 풀리거든 고문을 하든 약을 쓰든, 무슨 수를 써서라도 자백시킬 생각이야."

"그런 끔찍한 소리를 아주 당당하게 하는구나−. 이 누나도 놀랐다니까−."

"으−응?"

"아아, 필로, 저 녀석이 거짓말을 하면 심문해도 돼."

"응. 알았어—!"

"방패로 자백제도 만들 수 있었지 아마? 지금까지 쓸 기회가 없었으니까 말이지. 보란 듯이 강력한 녀석을 실제로 써 봐야겠군."

독극물에 당할 뻔한 상황이니, 주범에게는 써도 괜찮겠지.

"아니, 나랑 같이 술잔을 기울여 볼까? 핸디캡 정도는 붙여 주지. 뭐, 루코르 열매로 나와 술 대결을 하는 거야."

내 말에 실트벨트의 중진들이 일제히 손으로 입을 틀어막는다.

별종 취급인가.

"어머나—! 그럼 이 누나도 그 자리에 꼭 끼고 싶은걸—!"

"아아, 사디나가 예전에 얘기했었지."

루코르 열매는 암살에 사용되기도 한다고 들었다.

급성 알코올 중독 같은 거겠지.

"좋잖아? 용사와 같이 술잔을 주고받을 권리를 주겠다는 거라고. 취해서 죽더라도 여한이 없을 거 아냐?"

보아하니 거짓말을 밥 먹듯이 하는 놈들 같고, 이 나라의 고름 같은 놈들 같으니, 구렁텅이에 빠뜨린다고 해서 손해 볼 건 없을 거다.

"애초에 말야—. 네가 지면 책임을 피할 수 있을 리가 없잖아? 용사를 우습게 보지 말라고."

"우쭐거리지 마라, 이세계인 주제에에에에에에에에에에 에에에에에!"

내 지적에 자라리스가 격노했다.

아, 이제야 정체를 드러냈나. 살짝 도발했더니 생각보다 쉽게 걸려드는군.

하아, 변명만 해대는 태도에 넌덜머리가 나서 말이지.

"포울, 빨리 해치워. 아트라는 싸움을 즐기고 있어서, 네가 말리지 않으면 계속 싸워댈걸."

"말 안 해도 알아! 이제 장난질은 끝났어!"

포울이 자세를 한껏 낮추고, 양손을 모은다.

뭐지? 격투 게임에 나오는 유명한 필살기라도 쓰려는 자세인가?

아니면 초사ㅇ어인 같은 특기. 아마 머리카락이 금색으로 변할 게 분명하다.

"변환무쌍류 권기(拳技)……."

포울은 육안으로 볼 수 있을 정도의 힘을 불어넣어서 만든 무언가를 움켜쥐었다.

뭐야, 너도 쓸 줄 알았었냐…….

"나오후미 님, 왜 애석하다는 듯이 포울 군을 쳐다보시는 거예요?"

"아니, 저 포즈는 척 봐도 뭔가 쏘려는 포즈 같잖아. 메르티도 마법을 영창할 때 손을 앞으로 내뻗거나 하고."

"무슨 말씀을 하시는 건지 대충 이해는 가지만…… 뭔가 저희와 다른 걸 상상하고 계신 것 아니에요?"

그런 거 아냐. 전투의 극한을 보고 싶었던 것뿐이라고.

"멸호권(滅虎拳)!"

포울은 재빨리 접근해서, 자라리스가 들고 있는 창과 함께 그 몸에 주먹을 꽂아 넣는다.

예상 외로 허무하게 적중했잖아…….

"끄아아아아아아아아아아아아아아아아아!"

정통으로 얻어맞은 자라리스가 멀찍이 나가떨어지고, 벽에 금이 갈 정도로 격렬하게 충돌한다.

나가떨어지는 과정에서, 한창 치고받고 있던 아트라와 미노타우로스 옆을 지나갔기에, 두 사람 모두 화들짝 놀라서 그쪽으로 시선을 돌린다.

"흥! 시시한 놈 같으니!"

척 하고 팔짱을 끼는 포울.

자라리스가 약한 건지 포울이 강한 건지 분간이 안 가는데.

"어머나— 굉장한걸."

"그러게 말야."

"아트라! 나도 가세할게!"

"필요 없어요. 이 싸움은 제가 맡아야 할 싸움이에요."

"후……. 그거 좋지! 해치워 주마!"

"아트라!"

"오라버니, 좀 비켜요."

끈질기게 끼어들려 하는 포울의 가슴을 아트라가 꾸욱 찌르자, 포울이 가슴을 움켜쥐고 고꾸라진다.

"으윽……."

"이 자리의 최강자는 아트라인 건가."

포울이 강해 보였던 건 눈의 착각이었나 보군.

하지만 아트라, 방패 용사의 신하된 자의 긍지를 실트벨트에 보여주겠다던 얘기는 어디로 간 거지?

"그럼 간다! 이걸로 끝장내 주마!"

"저도 가요!"

미노타우로스가 두 개의 도끼를 다시 하나로 합체시켜서, 질질 끄는 식의 자세를 잡는다.

"또 그건가요……. 이미 한 번 본 기술이라 재미가 반감되는걸요?"

"다른 기술이다. 한 번 받아 보시지."

"미안하지만 다 간파해 주겠어요."

"후……. 재미있었다. 타이란을 계승하는 자여!"

"서, 설마……. 방패 용사님, 여기는 위험합니다!"

바르나르가 내게 경고한다.

"괜찮아. 나는 끄떡없어."

나는 방패 용사라고. 공격을 못 버텨내면 용사의 존재 가치가 없어진단 말이다.

만약에 못 버텨낸다면, 그런 녀석은 그냥 같이 두 쪽이 나 버리는 편이 미래를 위한 일일 것이다.

"여파는 내가 막아 줄게. 그걸로 내가 방패 용사라는 걸 증명할 수 있다면야, 그 정도는 얼마든지 할 수 있고말고."

그때, 미노타우로스가 바닥을 쪼개면서 내달린다.

아트라도 그에 맞서 내달렸다.

"우오오오오오오오오오오오오오오오오!"

미노타우로스의 포효. 뭔가 소처럼 생긴 마력의 소용돌이를 휘감고 있잖아.

제법 대단한데? 아무리 나라도, 얻어맞으면 공격의 충격 때문에 방패가 들릴 것 같다.

그런 빈틈을 만들어줄 생각은 추후도 없지만 말이지.

"강우돌(剛牛突)!"

미노타우로스가 도끼를 힘껏 치켜들었다가, 아트라를 향해 내던진다.

도끼가 소의 형태로 변해서 아트라에게 날아갔다.

"어머나…….. 제법 용맹스러운 공격인걸요……. 이 정도 오의라면 자랑할 만도 하네요."

말하는 것과는 달리 표정에서는 여유가 보이는군.

아트라는 돌진해 오는 사나운 소 형태의 공격을 정면으로…… 미간에 손가락을 내지른다.

"음머어어어어어어어어어어!"

미노타우로스가 마력으로 만들어진 소와 융합하듯이 뒤를 따른다.

"하아아아아아아아아아아아아아아아아아아아! 핫!"

손가락으로, 손으로, 그리고 양손으로 소를 막아낸다.

그 손에는…… 뭔가, 응축된 기 같은 것이 어렴풋이 보이는 것 같았다.

"그럼 이번엔 제 차례예요. 어깨 너머로 배운…… 변환무쌍류…… 점(点)…… 아니, 옥(玉)이에요."

한 손으로 소의 맹공을 막아낸 아트라가 다른 손으로 몇 초 정도 뭔가를 생성해서는, 소의 미간에 흘려 넣었다.

"우오오오오오오오오……으윽?!"

뭔가가 사나운 소 안을 순환하다가 심장 부근에서 작렬하는 모습을, 멀리서 보고 있는 우리도 확인할 수 있었다.

파아아아앗 하고, 마력으로 만들어진 맹우를 몸에 휘감고 있던 미노타우로스가 모습을 드러내고, 아트라에게 미간을 눌린 자세로 멈춘다.

"훌륭하다……. 강함이 아닌 부드러움……. 타이란과는 다르지만, 그대야말로 그의 재림임이 확실하구나……."

"당신이 말한 최대한의 칭찬, 잘 들었어요."

"언젠가 다시 겨루게 될 날을 기대……하고 싶……군."

미노타우로스는 그렇게 내뱉고는 털썩 쓰러졌다.

보아하니 아트라에게 별다른 대미지가 들어가지 않은 것

같아 보이는 걸 보면, 그렇게까지 강한 녀석은 아닌 것 같기도 한데…… 실제로는 어떨까?

"사디나, 아트라와 싸운 녀석은 어느 정도로 강한 거지?"

"글쎄―……. 용사의 보조가 없었더라면 나라도 위험하지 않을까 싶을 만큼 강해."

사디나의 기준은 도통 잘 모르겠다. 물어본 내가 잘못한 건가?

어찌 됐건, 사디나가 그렇게까지 말하는 걸 보면 어느 정도 강하긴 한 것이리라.

"힘뿐만이 아니라 속도, 그리고 전투의 창의성…… 그 모든 것들이 1급에 속하는 분이에요. 이 정도 강자는 아마 흔치 않을 거예요."

아트라가 득의양양하게 대답한다.

바르나르며 겐무 종 노인을 쳐다봤더니, 그들도 고개를 끄덕였다.

"우리나라 전체를 통틀어서도 손톱의 용사 다음으로 강하다고 평가받는 강자입니다. 그런 자를 이겼다는 건, 강자들 가운데서도 손에 꼽힐 수준이라는 뜻이지요."

"더럽혀진 핏줄이라는 평가는 잘못된 거겠지요. 실트벨트의 전사를 저 정도로 잘 구현하는 자는 없다는 건 사실입니다."

겐무 종 노인이 자랑하듯이 얘기하고, 말을 잇는다.

"분하지만 인정하지요. 이번에는 실트벨트의 상위 4종으로서, 하쿠코가 옳았다는 것을. 하지만 가신의 입장으로서는, 그 강함을 포함해서, 인정하기 힘든 부분도 아직 남아 있습니다."

"하쿠코? 아니에요. 나오후미 님의 가신으로서 당연히 해야 할 일이었을 뿐. 비록 제 피에 인간의 피가 섞여 있어도, 그건 아무래도 상관없어요."

"후후…… 그렇게 생각하신다면 됐습니다. 실트벨트의 사성종(四聖種)으로서 정점에 설 자가 누구인지는 나중에 정하면 되니까요. 지금은 방패 용사님에 대한 충성을 맹세한다는 것, 그것만 확실히 해 두지요."

"그것도 어쩨 좀 거시기한데?"

이 나라의 방침은 도무지 따라갈 수가 없군.

어찌 됐건, 이제야 겨우 쿠텐로로 가는 배를 마련…….

"아직 안 끝났다……. 아직, 나는…… 이 몸은 지지 않았어……."

그때…… 넝마가 되다시피 한 자라리스가 일어서서 이의를 제기했다.

9화 수화(獸化)

"오라버니, 마무리가 허술하네요."

"아, 아트라?! 큭, 알았어. 이번에야말로 끝장내 주마!"

포울이 후려치려고 자세를 잡은 그 순간, 자라리스는 품 속에서 뭔가 앰플 같은 것을 꺼냈다.

"후……. 설마 나를 이 지경까지 몰아넣을 줄은 몰랐다. ……하지만 말이지, 나도 이 싸움에서 질 수는 없단 말이다!"

자라리스는 앰플 꼭지를 따서 벌컥 들이킨다.

두근……두근……하는 심장의 맥동이, 멀리 있는 우리에게까지 들려온다.

"뭔가 위험한 약이라도 복용한 건가?"

하긴, 도핑을 금지한다는 규칙이 있는 건 아니었으니, 무작정 반칙이라고 주장할 수는 없지만 말이지.

그렇다고 이런 짓을 하고도 용서받을 수 있을 줄 알고?

처음부터 끝까지 이 녀석은 도무지 이해할 수가 없──.

"방패 용사? 후…… 그런 거만하고 성가신 녀석이 얌전히 내 꼭두각시가 될 리 없지."

"신경 끄시지."

자라리스의 상처가 순식간에 아물어 가고, 그 얼굴에 여유로운 표정이 떠오른다.

"자라리스, 무례함이 지나치다!"

"네……. 아까의 공방으로 미루어보아, 아무리 약의 힘을 빌려도 결과는 이미 나온 거나 다름없습니다. 빨리 포기하시지요."

바르나르와 겐무 종 노인이 자라리스를 타이른다.

하지만 자라리스는 그들의 말을 귀담아들을 생각 따위 없는 듯 실실 웃기 시작했다.

또 그 표정이냐. 이런 표정을 짓는 녀석 치고 멀쩡한 녀석이 없군.

"포기하라고? 무슨 헛소리를 하는 건지. 이건 새로운 시대의 막을 여는 순간이란 말입니다. 용사 전설이라는 화석 같은 신앙을 버리고, 나라는 새로운 신을 숭배하는…… 그런 시대의!"

이 자식은 무슨 소리를 지껄이는 거야? 자기 입으로 신이라고 하다니…….

그렇게 황당해하고 있으려니, 자라리스의 몸이 울끈불끈 부풀어 오르고, 네 발로 엎드려서 울부짖었다.

그 모습은 마치 거대한 사자와도 같다.

"하아……하아…… 근사하군. 힘이 넘쳐난다…….'

"당신……."

"수인화보다도 더 높은 단계……전설 속에만 존재하는 수화(獸化)를 시도하겠다는 겁니까!

수화라……. 천천히 필로 쪽으로 시선을 돌린다.

"으-응? 왜 그래 주인님?"

필로는 자라리스가 내뿜는 살기에 야성이 촉발돼서 전투 태세에 들어가려 하고 있었지만, 어쨌든 아직 아트라와 포울이 자라리스의 결투 상대다.

뭐…… 필로는 본성이 필로리알이니, 수인 형태라는 건 존재하지 않지만.

보기에는 아까와 별 차이가 없어 보이는데…… 실상은 어떨지 모르겠군.

그렇게 생각하고 있으려니, 바르나르가 내 쪽을 보며 설명을 시작했다.

"우리 실트벨트에 전해 내려오는 이야기가 있습니다. 아인에서 수인으로 변신해서 능력을 끌어올리는 자가 있는 것처럼, 한 단계 더 높은 변신을 하는 것도 가능하다는 전승이."

"그리고 저 녀석이 그걸 해냈다는 건가?"

"아마도."

위험한 약으로 폭주한 게 아니라?

솔직히 폭주의 냄새가 물씬 풍기는 것 같긴 하지만…… 뭐, 상관없겠지.

"이만한 힘이 있으면 방패 용사도 필요 없다! 그래! 세계는 나를 떠받들면 된단 말이다!"

"내 눈에는 그저 힘을 손에 넣고 거들먹거리고 있는 것처럼만 보이는데."

그때 포울이 가만히 뇌까린다.

별일이군. 내 눈에도 그렇게 보이는데.

"흥. 잡종 하쿠코 주제에 건방지게 굴지 마!"

직후, 자라리스의 모습에 잔상이 생겨난 것처럼 보였다.

빠르다! 그래 봤자 내가 인식할 수 있을 정도의 속도긴 하지만, 상당히 빠르게 포울 앞까지 이동해 간다.

여기 모인 자들 가운데 이 속도를 눈으로 인식할 수 있는 건…… 나, 라프타리아, 필로, 사디나, 그리고 아트라 정도겠지.

……뭐야, 꽤 많잖아.

"이럴 수가! 순간이동을 했잖아!"

바르나르 패거리 쪽은 속도를 따라잡지 못하고 있는 것으로 보이는군.

일반인의 레벨 기준으로 다지면 어느 정도쯤 되려나?

적어도 마을 노예들 중에 제대로 반응할 수 있는 녀석은 없을 것이다.

자라리스는 그만큼 빠른 속도로 자신의 거구를 포울 앞으로 이동시킨 것이다.

"카아아아아악"

포효와 함께, 자라리스는 앞발을 힘껏 휘둘러 포울을 후려친다.

거구가 날린 일격에, 포울은 재빨리 방어 자세를 취한다.

"으윽……."

그 튼튼하던 포울이 자라리스의 발톱에 일격을 얻어맞고는, 가슴에 타격을 입은 채 멀리 나가떨어진다.

"어, 어떻게 이렇게 빠를 수가! 커헉…….."

포울은 휘청거리면서도 자세를 가다듬는다……. 하지만 그 직후, 추가 공격을 위해 접근한 자라리스가 연신 앞발로 포울을 후려친다.

"어떠냐! 이 근사한 파워의 실험대가 된 심정은! 분에 넘치는 영광이 아니냐! 자, 자! 마음껏 받아 봐라!"

"으윽……으…… 큭, 젠장!"

곤죽이 되도록 얻어맞은 포울이 바닥에 무릎을 꿇고 방어 태세를 취한다.

방어 일변도인가? 이거 위험한 거 아냐?

"하하하하하! 고작 그 정도냐! 역시 하쿠코는 단순무식한 단세포에 불과했던 모양이구나! 네놈 아비도 마찬가지였다. 여기는 나한테 맡기고 너희는 도망가라고? 아니, 네가 희생해서 우리를 살려 보냈어야지! 쓸데없는 저항을 하면 내가 곤란해지니까!"

"뭐가 어째?! 설마, 너…… 아버지한테 무슨 짓을 한 거냐!"

"아아, 뒤에서 한 번 찔러 준 것뿐이다. 기껏 이쪽 작전을 적국에 흘려서 일부러 궁지에 몰리고 일시적으로 후퇴했다가, 나의…… 이 몸의 작전으로 낙승을 거둘 계획이었는데,

몇 번씩이나 역전을 해 버리다니! 짜증나서 죽는 줄 알았단 말이다!"

뭐야, 이 녀석. 갑자기 자백을 시작했잖아?

이러면 만약에 포울에게 이기더라도 철창으로 가는 길이 확정 아닌가?

시선으로 겐무 종 노인과 바르나르에게 묻는다.

그랬더니 그들은 뭔가 생각에 잠겨 있는 것 같았다.

"죽어라!"

숨통을 끊겠다는 듯, 자라리스는 한껏 팔을 치켜든다.

"이 자시이이이이이이이이이이이이이익!"

포울이 목청이 터지도록 고함을 내질렀다.

이제야 진상을 알겠다. 포울의 아버지 때문에 작전이 뜻대로 안 풀리는 바람에, 결국 기습으로 찔려 죽였다는 거군. ……뭐 이딴 비열한 놈이 다 있어?

그래. 이런 녀석은 있어 봤자 아무런 도움도 안 된다.

어떻게 처리할지는 나중에 검토해야겠지만, 어찌 됐건 권력을 영구적으로 박탈하는 게 마땅하리라.

"이 녀석들을 죽이고 나서 네놈들에게도 똑똑히 가르쳐 주마! 여기서 제일 강한 게 누구인지를 말이다아아아아아아아아아! 애들아, 해치워 버려라아아아아아아아아아"

자라리스의 포효에 맞추어, 어디서 나타난 건지 모를 마물 같은 녀석들이 우리와 실트벨트 중진들을 향해 덮쳐들었다.

"으음?!"

바르나르를 비롯한 실트벨트 녀석들은 전투태세를 취한다. 아인들은 수인화하고, 수인들은 자세를 가다듬고 요격한다.

하지만…….

"으윽……. 뭐야, 이놈들은?!"

"무예를 극한까지 수련한 우리보다 더 빠르고, 공격이 묵직하잖아?!"

"당황하지 마라! 방패 용사님을 지켜야 한다."

보아하니 자라리스 파 놈들이 아예 혁명이라도 일으키겠다는 듯, 수화하는 약이라도 복용한 모양이군.

머릿수도 충분하다. 그 세력을 믿고, 성에 있는 녀석들을 몰살시키고 자신이 최고의 존재가 되겠다고 선언하며 싸구려 야심을 불태우고 있는 것이리라.

방금 있었던 진실 고백은, 어차피 모조리 다 죽일 작정으로, 저승길 선물이라는 식으로 얘기한 거겠지.

뭐, 속이 뻔히 들여다보여서 좋다. 덕분에 인정사정 봐 줄 필요가 없어졌으니까.

"너희가 나를 지켜서 뭘 하자는 거야? 지키는 건——."

천천히 자리에서 일어서서, 이쪽으로 덮쳐든 거대한 고릴라……의 주먹을 한 손으로 막아낸다.

"내 역할이다! 라프타리아! 필로!"

"어쩌다 상황이 이렇게 된 건지 이해가 안 되긴 하지만…… 알았어요!"

"필로, 열심히 할게-."

내 의도를 재빨리 파악한 라프타리아가 고릴라를 베어 버리고, 필로는 덮쳐드는 커다란 늑대를 걷어차 버린다.

필로의 발차기가 명중하는 순간, 거대한 충격이 발생하는 걸 알 수 있었다.

흐음……. 피트리아에게서 선물로 받은 보수의 영향 때문인지, 확실히 필로의 움직임이 한층 더 괴물 수준에 가까워져 있다.

"장난은 작작 좀 치시죠? 그리고 저를 잊어버리신 것 아닌가요?"

아트라가 접근하는 짐승들을 쓸어버리고, 포울을 보호하듯이 막아섰다. 하지만 포울은 오지 말라는 듯 손을 펼쳐 보이며 아트라를 노려본다.

"아트라! 이 녀석은 내가…… 내가 해치워야만 하는 적이야! 그러니까 물러나 있어!"

"어머나? 그럼 나오후미 님께 달려가서 품에 안겨도 되는 거죠?"

되긴 뭐가 돼? 이런 상황에서 무슨 소릴 하는 거냐?!

하지만, 포울은 머리끝까지 피가 차오른 듯, 힘주어 고개를 끄덕인다.

어이!

"그래. 저 녀석이 튼튼하다는 건 지금까지 봐 와서 잘 알아. 내키지는 않지만, 지금은 일단 가서 보호를 받아."

"오라버니? 그건 오해예요. 나오후미 님을 지키는 건 제 역할이에요."

아트라, 수정할 부분은 그쪽이 아니라고.

"뭐가 어째?! 아트라를 방패로 쓰려는 거냐?!"

"무슨 헛소리야?!"

덮쳐드는 짐승들을 쓸어버리고 있던 라프타리아가, 황당하다는 표정으로 나를 본다.

"어쨌거나 포울. 그 녀석이 네 먹잇감이라고 주장한 이상, 확실하게 해치워!"

내 말에, 포울은 나와 아트라를 번갈아 쳐다보고 고개를 끄덕였다.

"아버지는 용감하게, 동료들을 믿으며 싸웠어……. 그런 아버지에게 비열한 짓을 한 녀석을, 나는 절대 용서 못해!"

"개소리 마라! 지금 당장 네 아비 곁으로 보내주마! 나에게는 아직 할 일이 많단 말이다! 신을 죽이는 대업이 말이다 아아아아아아아!"

자라리스가 캬오오오오 하는 요란한 포효를 내지르고, 이번에야말로 숨통을 끊겠다는 듯 포울을 후려치려 든다.

하지만 포울은 자라리스의 거대한 앞발을 막아내고, 힘차게 울부짖었다.

"그오오오오오오오오오오오오오오오오!"

바로 그때였다. 포울에게서도 강렬한 고동소리가 들려온 것은.

"뭐, 뭐야?! 더럽혀진 핏줄이 수인화를 하다니?!"

"오오오오오오오오오!"

포울의 온몸이 맥동과 함께 부풀어 오른다.

뭐지? 하고 생각했지만, 사디나가 범고래 수인으로 변신할 때도 비슷한 현상이 있었던 걸로 보아, 아마 수인화에 따른 현상이라는 것쯤은 상상이 갔다.

"오라버니…… 설마 수인의 모습으로 변하려는 건가요?"

"어머나─ 그런 것 같네. 소질은 있었지만 지금까지 변신할 줄을 몰랐었는데, 여기서 방법을 터득한 모양이네."

"역시 한 번 변신에 성공하면, 다음부터는 언제든지 할 수 있게 되는 거야?"

덮쳐드는 짐승에게 번개 마법을 퍼부으면서 사디나가 고개를 끄덕인다.

"오라버니, 설마 깜찍한 수인의 모습으로 변신해서 나오후미 님의 마음을 빼앗으시려는 것 아닐까요?"

"또 그 소리냐……."

키르의 전례 때문인지, 아트라의 머릿속에서 포울의 수인화는 곧 나에 대한 유혹이라는 공식이 성립돼 있는 모양이다.

그리고…… 우득우득 변형된 포울의 모습이 점점 더 명확하게 드러난다.

키는 나보다 좀 큰 정도이려나?

상당한 근육질인데…… 왠지 실용적인 근육처럼 보인다.

부자연스럽게 부풀어 오른 미노타우로스의 근육과는 다른 형태다.

그러니까…… 그냥 호랑이남이라고 표현하는 게 상상하기 편할 법한, 근육질의 하얀 호랑이 수인이 거대한 사자의 맹공을 막아내고 있었다.

음, 상당히 남자다운 외견이다.

봉을 던지면 날아가는 봉을 앞질러서 받으러 달려가는 시베리안 허스키와는 차원이 다르다.

수인이라면 자고로 이래야지.

포울, 네가 내 상상 속 그 모습 그대로 변신해 줘서 좀 기쁘구나.

"간다!"

자라리스의 재빠른 공격을 막아내고, 반격으로 발차기를 안면에 꽂아 넣는다.

"으윽! 이 따위 어설픈 잔재주를! 어림없다! 더 강력한 힘을 해방하겠다!"

자라리스가 휘감은 마력의 질이 상승하고, 포효가 울려 퍼진다.

"어머나- 포울이 멋있어졌는걸-."

"굉장하네요……. 부러워해야 하는 걸까요?"

변신한 포울을 보며 라프타리아가 가만히 중얼거린다.

라프타리아가 수인으로 변하면 어떤 모습이 될지, 전에도 생각한 적이 있었지.

……암컷 *시가라키야키? 아니면 역시 라프짱?

"나오후미 님, 이런 상황에서 무슨 생각을 하고 계신 거예요?"

"우우, 나오후미 님께서 오라버니에게 흥미를 잃고 라프타리아 씨를 보고 계신 것 같아요!"

너희는 어째서 그렇게 잘 아는 건데?!

"주인님- 대충 다 물리쳤어."

필로가 나뒹구는 짐승들을 걷어차고 말했다.

내가 나설 필요도 없었던 건가?

"큭……."

"정신 차려! 그렇게 깊은 부상은 아냐!"

나를 보호하기 위해 앞으로 나섰던 자들…… 바르나르와 겐무 종 노인을 제외한 중진들은 짐승의 맹공을 물리치긴 했지만, 심한 부상을 당한 모양이었다.

나는 말없이 달려가서 회복마법을 걸어 준다.

"드라이파 힐."

---

* 시가라키야키(信楽焼) : 일본 시가현 코가시 시가라키 일대에서 만들어지는 도자기. 너구리 장식이 유명하다.

그때, 자라리스가 포효를 내지르는 동시에, 전투불능 상태가 되어 쓰러졌던 짐승들이 좀비처럼 일어서서 살벌하게 눈을 번뜩였다.

"""와오오오오오오오오오오오오오오오오오오오오오오오옹"""

"카아아아아아아아아아아아아아아!"

그러더니, 아까보다 더 빨리, 모여 있던 우리를 향해 덮쳐들었다.

"방패 용사님! 위험합니다!"

나를 보호하기 위해 뛰쳐나가려던 중진들을 손짓으로 제지하고, 나는 스킬을 영창한다.

"유성방패."

몰려들던 짐승들의 발톱이, 내가 만들어낸 결계에 쩍 하는 소리와 함께 가로막힌다.

"카아악!"

"끄르으으으으으으……."

짐승들은 마치 광견병에 걸린 개처럼 침을 질질 흘리면서 발톱으로 결계를 할퀴어대고, 물어뜯으려 든다.

"우…… 아무리 걷어차도 끝이 없어−."

필로리알 형태로 변신한 필로가, 달려드는 짐승들을 걷어차서 날려 버리며 말한다.

"그러게 말야−. 이 누나도 이제 슬슬 넌더리가 나는걸."

번개를 쏘아서 필로의 발길질에 자세가 무너진 짐승들에게 추가 공격을 날리는 사디나.

라프타리아와 아트라도 지지 않겠다는 듯 응전하고 있다.

"흐음, 생각보다 내구성 있는 놈들이군."

"응. 걷어차도 바로 회복하는 것 같아-. 몸을 이용해서 필로의 킥을 멀리 흘려보내고 있는 것 같아-?"

흐음…… 설명 실력이 형편없는 필로치고는 알기 쉬운 표현이군.

아마 실트벨트의 강자들이 수화해서 덮쳐들고 있는 것이리라.

어지간한 수단으로는 치명상을 줄 수 없다는 건가?

"근데 뭔가 느낌이 이상해-."

"맞아. 뭐랄까, 몸에 안 맞는 옷을 입은 것 같은 몸이야."

"이상하다는 건 뭐가 이상하다는 거지?"

"뭔가 억지로 짜 맞춘 것 같아요."

필로와 사디나, 아트라가 각각 대답한다.

흐음…… 시선을 집중해 짐승들을 살펴보니, 인체 개조의 흔적 같은 이음매가 눈에 들어왔다.

아마, 이세계에서 쿄가 하던 것 같은 인체 개조를, 이 자라리스라는 녀석도 한 것이리라.

라트를 데리고 와서 조사를 시키면 재미있는 결과가 나올 것 같군.

"게다가 저 '가오-.' 하는 소리로 같은 편을 도와주는 것 같아-."

포효에 지원마법 효과가 걸려 있다는 건가……. 이거 제법 성가신데.

"하아아아아앗!"

포울이 자라리스의 돌진을 받아넘기고, 발을 힘껏 내딛으며 복부에 정권 찌르기를 꽂아 넣는다.

쑥 하고 자라리스의 복부가 움푹 함몰되었다.

"끄억!"

자라리스가 왈칵 피를 토한다.

"아직 안 끝났어!"

포울은 손을 한껏 펼치고 자라리스에게 달려들어서, 그 손의 손톱을 옆으로 휘둘러 안면을 할퀴었다.

"으끄아아아아아아?! 누, 눈이이이이! 큭…… 이 자식이이이이이이이이이이!"

자라리스가 절규하며 눈을 부여잡는다.

10초쯤 지나니 자라리스의 눈은…… 살점이 징그럽게 꿈틀거리며 재생했다.

"피다……. 피가 부족해. 살점…… 아니, 힘이 더 있어야 해! 힘이 부족하단 말이다!"

두리번두리번 주위를 둘러보던 자라리스는, 우리 손에 쓰러진 짐승들에게로 눈길을 돌리더니, 그대로 달려들었다.

"위험해!"

내 목소리에, 필로를 비롯한 모두가 거리를 벌렸지만, 자라리스는 우리가 아니라 쓰러져 있던 짐승들을 물어뜯었다.

"으끄으으으으윽?!"

"자, 자라리스 님?! 가, 갑자기 왜——."

"닥쳐라! 네놈들은 잠자코 내 먹이가 되기나 해!"

자라리스가 퍼걱 하고 부하의 머리를 깨부수고, 먹어치우기 시작한다.

동족상잔인가……?!

"이건……."

포울도 이 광경에는 전율하면서, 얼굴이 새파랗게 질린다.

"어림없는 짓! 이건 더 이상 포울과의 결투 차원이 아냐!"

"네! 방패 용사님의 명을 받들겠습니다!"

"갈게요!"

라프타리아가 내달리면서 발도술을 사용하고, 상대에게 접근한다……. 하지만 자라리스에게 잡아먹히고 있던 짐승의 살점이 꿈틀거리는 촉수로 변해 라프타리아를 후려쳤다.

"큭!"

라프타리아는 발도술 공격으로 촉수를 베어냈지만, 문제는 그게 아니다.

꿈지럭……꿈지럭……. 자라리스는 이미 입으로 살점을 뜯어먹는 게 아니었다.

잡아먹히던 짐승의 시체가 자라리스의 몸이 되어, 그 몸에서 촉수가 나와서, 쓰러져 있던 짐승들을 긁어모아 부풀어 오른다.

"후후…… 후하하하하하! 그래! 이런 식으로 힘을 사용할 수도 있었던 거다!"

으엑……. 굳이 따지자면, 그건 배드엔딩을 맞이하기에 딱 좋은 힘이라고.

자라리스 녀석, 도대체 무슨 위험한 약을 마신 거냐!

"내가 바로 최강…… 신을 뛰어넘는 힘을 얻었다! 이 힘으로 세계를 모조리 내 손에 넣고 말겠다!"

살뭉치로 변해 버린 자라리스가, 마치 점토를 반죽할 때처럼 꿈틀거리며 얘기한다.

그리고 뭔가 형태를 만들려 하고 있다.

굳이 기다려 줄 이유는 없겠지.

"물컹물컹한 살점 찰흙-! 싫어-!"

필로가 겁에 질린 듯 내 곁으로 다가와서, 나를 방패삼아 숨는다.

아, 필로는 요전번에 저것과 비슷하게 생긴 녀석에게 잡아먹혔으니까.

요즘 들어 비슷한 적들을 많이 만나는군.

하지만, 이번 적은 지난번 녀석과는 스케일이 다른 징그러움이 느껴진다.

주위에 감도는 피비린내에 속이 뒤집힐 지경이군.

"나오후미 님!"

"그래."

"싸울 수밖에 없겠는걸—."

"나오후미 님의 명령에 따르겠어요."

"아트라! 큭…… 나도 간다!"

동료들은 딱히 문제될 것이 없어 보이는군.

그리고 실트벨트 녀석들은…….

"너희는 물러나 있어. 싸움에 휘말릴지도 모르니까."

이 상황에서 괜히 앞으로 나섰다가 죽기라도 하면 꿈자리가 뒤숭숭해진다.

"넵!"

"아, 알겠습니다! 방패 용사님께 가호가 있기를."

"지금은 방패 용사님께 맡겨야 할 상황 같군요."

바르나르와 젠무 종 노인의 말에 중진들이 고개를 끄덕인다.

그리고 포울이 가장 앞으로 나선다.

"자라리스! 여기서 네놈의 숨통을 끊어 놓겠다! 아버지의 원수!"

아까 자라리스가 지껄인 고백으로 미루어보아, 이 녀석이 포울의 아버지를 죽인 원수인 것 같았으니까.

책략을 꾸미고, 등 뒤에서 기습을 하다니.

뭐 이렇게 비열한 녀석이 다 있담.

나는 그런 녀석은 질색이란 말이다! 쓰레기나 윗치가 떠오른다고!

그에 상응하는 대가를 치르게 해 주마!

"전체적으로 동감이야, 포울. 상황이 상황이니만큼, 너 혼자서 해치우는 건 힘들겠지. 하지만 여기에는 네게 힘을 빌려줄 녀석이 여럿 있어. 그 점을 잊지 마."

그러면서 나는 사디나와 협력해서, 포울에게 아우라를…… 뇌신강림을 걸어 주기 위한 영창을 시작한다.

"그래……. 어떤 힘, 어떤 녀석과 손을 잡더라도, 나는 저 녀석을 해치워야만 해!"

그 순간, 내 시야에 아이콘이 출현한다.

대상에게 힘을 주입, 수화시키겠습니까?
네 / 아니오

수화……? 내가 뭔가 선택해야 하는 건가?

시야에 떠오른 이 아이콘의 해당 대상은 아마 포울인 것 같다.

그 외에도 수화가 가능해 보이는 녀석이 있긴 하지만, 지금은 포울밖에 선택할 수 없다.

그렇다면, 한번쯤 시도해 볼 가치는 있겠지.

"포울."

"왜 그래?!"

"나오후미 님이 오라버니의 이름을 불렀어요! 자, 오라버니! 똑바로 대답하셔야죠. 어떤 명령이라도 따르셔야 해요."

"아트라는 좀 닥치고 있어! 아마 뭔가 내가 가진 기능을 통해서 너한테 특별한 힘을 줄 수 있는 모양이야. 한번 해 볼래?"

내 물음에, 포울은 잠시 고민한 끝에,

"알았어. 저 녀석을 해치우지 못하면 더 큰 피해가 생길 테니까, 나를 위해서, 아트라를 위해서 해 주고말고!"

"그렇단 말이지……. 그럼 간다!"

나는 포울을 향해 방패를 들고, '네'를 선택한다.

그러자 방패가 번쩍이고, 그 빛과 함께 지원마법이 포울에게로 쏟아진다.

"뭐, 뭐야?! 무슨 일이——."

포울은 공중으로 떠올라서, 마법의 빛 같은 것에 휘감겨 간다.

"나, 나오후미 님! 뭘 하신 거예요?"

"방금 얘기한 대로, 뭔가 내가 가진 기능을 이용해서 포울에게 힘을 불어넣은 것뿐이야."

"이, 이건——."

그때, 바르나르를 비롯한 실트벨트 중진들이 손을 모아

기도하기 시작한다.

"이것이야말로 신의 기적…… 전승은 진실이었군요."

겐무 종 노인도 기도를 올리고 있다.

아무래도 이 힘은 용사의 전승 속에도 등장하는 힘인 모양이다.

"힘이…… 차오른다!"

포울을 휘감고 있던 빛이 흩어지고, 우리 눈앞에 뭔가가 착지한다.

거기에는 커다란 흰색 호랑이가 서 있었다.

"이, 이건…… 내가 백호로 변한 건가?"

"보아하니 그런 모양이군."

나는 가만히 포울의 스테이터스를 확인했다.

이, 이건…… 포울의 모든 스테이터스에 보정이 대폭 걸려 있었다.

구체적으로는, 거의 모든 항목에 내 스테이터스에 준하는 부여가 걸려 있다.

필로도 제법 성장했지만, 거기에 비할 정도가 아니다.

능력치만 따지자면 라프타리아보다도 더 높다.

이거, 새로운 전력으로 기대해 볼 만하겠는데.

하지만…… 내 마력이 초 단위로 줄어드는 건 좀 문제가 될 것 같군.

"시간제한이 있는 것 같아. 빨리 해치워!"

"후하하하하! 자! 새로운 신화의 시작이다! 구시대의 신은 없애 버리겠다!"

그렇게 지껄이며, 자라리스가 빠르게 접근해 온다. 그 모습은 한층 더 변화해서, 마치 키메라 같은 징그러운 괴물로 변해 있었다.

빠르다! 이 정도면 나도 대처할 자신이 없을 정도다…….

하지만 그때, 하얀 잔상이 자라리스의 안면을 발톱으로 찢어발긴다.

"으윽?! 뭐, 뭐냐?!"

"뭘 그렇게 느긋하게 달리는 거지? 지금 장난하는 거냐?"

스스로의 변화에 대해 이렇다 할 거부감은 없는 듯, 포울은 나가떨어진 자라리스를 향해 유유자적하게 말한다.

"방패 용사의 비열한 가호를 받은 비겁한 자식! 그런다고 이길 수 있을 성 싶으냐?!"

"네가 할 소리는 아니라고 지적해 주고 싶군."

내가 코웃음을 치듯 자라리스에게 쏘아붙인다.

"수상쩍은 약을 복용하고, 그러고도 못 이겨서 부하들까지 끌어들인 주제에 무슨 왕이라도 된 것처럼 구는, 그런 징그러운 괴물을 누가 숭배할지…… 어디 한번 잘 생각해 보라고."

"괴물?! 지금 날 보고 괴물이라고 한 거냐?!"

"그래. 추하단 말이다! 이 키메라 같은 놈!"

내 지적에 자라리스도 그제야 정신을 차린 듯, 촉수를 눈알로 변화시키고 허둥대는 목소리로 말했다.

"말도 안 돼! 내가 괴물? 그럴 리가 있나! 그럴 리가 없다 아아아아아아! 으가아아아아아아아아아악!"

그리고 짐승 같은 포효를 내지르며 돌진해 온다.

"어림없다!"

"오라버니!"

어째선지 아트라가 포울의 머리 위에 올라타서, 자라리스를 향해 뭔가를 구사한다.

"힘을 한 점에 집중해서 꿰뚫는 거예요!"

"그래, 알았어! 아트라, 떨어지지 않게 조심하라고오오오오오오오오오!"

포울의 몸에서 빛이 뿜어져 나와, 마력의 소용돌이가 되어 전방에 전개된다.

이건…… 미노타우로스가 아트라에게 선보인 기술인가?

빛에 휩싸인 포울과 아트라는, 빛나는 호랑이가 되어 돌격했다.

"이, 이것은 먼 옛날 하쿠코들에게만 전해지던 전설의 기술…… 맹호폭군격(猛虎暴君擊)?!"

그런 기술도 있는 거냐?

그나저나 이 세계 녀석들은 다들 리시아나 렌 같은 소리를 하는군.

그런 생각도 들었지만, 나는 묵묵히 마법 유지에 집중했다.

"하아아아아아아아아아아아아아아아아아아아!"

"우오오오오오오오오오오오오오오오오오오오오오오!"

아트라와 포울이 한 덩어리가 되어서, 자라리스에게로 향한다.

그리고…… 바람을 가르는 소리와 함께 자라리스와 엇갈리고…… 포울이 변신을 풀고, 아트라와 함께 착지한다.

"끄아아아아아아아아아?! 이, 이럴 수가! 그 약을 먹으면 나는 가장 강한 수인이 될 수 있는 것 아니었나?! 그 자식! 나를 속인 건가! 말도 안 돼! 나는…… 나는…….

착지와 동시에 자라리스 내부로부터 빛이 뿜어져 나오고…… 엄청난 폭발을 일으킨다!

눈부심을 견디며 시선을 집중한다.

한때 자라리스였던 것을 빛이 집어삼키고…… 터져 나가서 사방으로 튀었다.

뭐, 일부러 한 연출은 아니겠지만, 막대한 충격에 건물이 크게 뒤흔들릴 정도였다.

"아버지…… 드디어 원수를 갚았어."

"해냈어요! 역적을 처치했어요!"

발언의 뉘앙스는 달랐지만, 남매는 나란히 우리 쪽을 돌아보며 손을 흔들었다.

"아…… 결과는 이미 나 있었지만, 승부 결정! 승자, 방패 용사님의 수하인 하쿠코 남매!"

바르나르가 승부가 갈렸음을 확인하고, 아트라와 포울의 승리를 소리 높여 선언했지만…….

"이제 우리는 자유롭게 활동할 수 있는 거지?"

"네. 모두 방패 용사님 뜻대로……. 저희 실트벨트는, 전승 속에 예견된 용사님이 바로 방패 용사님임을 인정하겠습니다."

"너무 선선히 받아들이는 거 아냐?"

뭐, 자라리스가 시도한 반역을 우리가 제압했다는 점이 크게 작용한 거겠지.

"네. 그 사실을 받아들이게 된 가장 큰 이유는, 아까 방패 용사님의 힘으로 한층 더 상위 변신하는 모습을 봤기 때문입니다."

"실트벨트의 전승에도 있으니까요. 우리 백성의 진정한 모습…… 힘을 해방시킬 수 있는 건 방패 용사님뿐이라고."

"하아…… 그랬군."

그리고 바르나르는 아트라와 포울에게 고개를 조아린다.

"더럽혀진 혈통이라고 했던 것을 정정하고 싶습니다. 그대들이야말로 진정한 실트벨트 사람입니다."

"아니에요. 저는 나오후미 님의 신하예요."

아트라는 망설임이 없군.

"나, 나는……."

포울은 어찌 대응해야 할지 몰라 갈피를 못 잡는 느낌이다.

"되게 멋있었어-. 필로도 그런 식으로 변신하고 싶어-."

필로가 포울을 보며 말했다.

너는 본성이 짐승이니까 경우가 다르잖아.

그나저나 수인처럼 어중간한 새 모습이 된 필로의 모습은 보고 싶은 것 같기도 하고, 아닌 것 같기도 하고…….

"정말 근사하던걸-. 나오후미, 이 누나는 안 되겠니?"

"글쎄……."

그때, 온몸에서 힘이 쑥 빠져나가는 기분에 휩싸였다.

포울도 마찬가지였는지, 뒤로 드러눕듯이 쓰러졌다.

"뭐, 뭐지?!"

"으윽…… 히, 힘이 안 들어가……."

일어나려고 필사적으로 애쓰며, 포울이 신음하듯 말한다.

나도 무지하게 나른한데.

"영차……."

아트라가, 쓰러진 포울을 발판 삼아서 승리 선언 포즈를 취한다.

……아니, 넌 왜 오빠를 밟고 있는 건데?

"오라버니, 상을 드릴게요. 잘해내셨어요."

"아트라! 하, 하지 마!"

넌 또 왜 살짝 기뻐 보이는 표정을 짓는 건데?!

"대체 뭘 하시는 거예요?!"

"어머나……."

"라프-?"

"으-응?"

이렇게 우리는 실트벨트에서의 결투를 마쳤다.

그 후, 자라리스가 사용했던 약이며 반란 작전의 출처를 조사한 결과, 뭔가 수상쩍은 녀석들과 얽혀 있었다는 사실까지 알아냈지만, 그 녀석들은 자라리스가 패배하는 동시에 곧바로 모습을 감추었다고 한다.

약은 전문가에게 해석을 맡기자는 결론이 나왔기에, 마을에 있는 라트를 불러서 조사를 시키기로 했다.

약을 반입한 녀석의 정체를 파악하지 못한 게 어째 좀 찜찜하군.

가설을 생각해 보자면, 세인의 숙적들이나 윗치의 수하들이나…… 그 정도 추측밖에 할 수 없는 결말을 맞이한 것이었다.

 10화 용사 배치

그 후로 실트벨트에서 전면적인 지원을 받게 된 우리는 실트벨트의 배를 타고 쿠텐로를 향해 출발해서 동쪽 나라의

항구에 정박. 그리고 그 항구에서 포털을 타고 일시적으로 마을에 귀환했다.

"아, 방패 용사님, 어서 오세요."

마을에 돌아오니 이미아와 마을 녀석들이 맞이해 주었다.

"그래, 이제 돌아왔어. 생각보다 시간이 걸리긴 했지만."

"다들 걱정했어요."

이미아의 보고를 듣고, 마을에 있는 녀석들의 얼굴을 살펴본다.

세인도 와 있군.

보아하니 이렇다 할 변화는 없는 것 같다.

"며칠 전에 세인 씨가 안절부절못하시던데……."

"아아, 봤나 보군."

내가 부르지 않으니 나서고 싶어도 나서지 못하는 상황이었던 모양이다.

뭐, 이길 수 없는 상대 같지는 않았으니까 말이지.

여유 있게 싸울 수 있었을 정도였으니까.

"가끔씩 세인 씨의 사역마가, 방패 용사님이 뭘 하고 계신지를 모두에게 보고해 주셔서, 대충은 파악하고 있어요."

"으음──."

흠, 이걸 편리하다고 해야 하는 건지, 아니면 훔쳐보지 말라고 화를 내야 하는 건지…….

뭐, 범죄행위를 추궁 받거나 증거로 활용되거나 할 염려가 있을 때가 아니라면, 본다고 해서 곤란할 것도 없고, 어차피 지금 세인은 내 보디가드 역할을 해 주고 있으니, 딱히 문제 있는 행동은 아니다.

"습격은 없었고?"

"몇 번인가 있었어요."

"아아…… 역시 그랬군."

한 번은 실트벨트에서도 습격이 들어왔다고 한다.

예민한 감각을 지닌 녀석이 경호하고 있는 덕분에, 쿠텐로의 자객은 우리 근처까지 오지 못했다는 모양이다.

뭐, 배를 타고 갈 때 사디나가 바다로 들어가서 번개를 쏘아 댔던 걸 보면 자객이 오긴 온 모양이지만, 대대적인 요격까지는 이르지 않았다. 상대가 실트벨트라는 대국이다 보니, 쿠텐로도 과격하게 나오기는 힘들었을 거라고 했다.

"검의 용사님과 활의 용사님의 활약 덕분에 쫓아낼 수 있었어요. 다만, 첫 번째 습격 때에 비해 인원은 적었어요."

"흐음……. 렌이랑 이츠키는?"

"현재, 훈련을 하러 이웃 도시에 가 계세요."

할망구한테 가 있다는 거군.

"메르-."

"아아, 필로. 이웃 도시에 갈 거면, 내가 마을에 돌아왔다고 렌과 이츠키한테 전해."

"네-에."

필로는 여전히 기운이 넘치는군.

그나저나 필로는 메르티한테 놀러 가는 게 그렇게나 좋은 건가.

뭐, 상관없겠지. 친한 친구가 있다는 건 좋은 거니까.

얼마 지나니 렌과 이츠키, 리시아가 마을로 돌아왔다.

"나오후미, 돌아왔다는 얘기 듣고 왔어."

"그래. 실트벨트 쪽 문제가 대충 정리돼서 말야."

"듣자하니 상당히 성가신 일에 휘말렸었다지? 우리도 가는 편이 나았던 거야?"

"아니…… 이번에는 너희가 있었다면 일이 더 꼬였을지도 몰라."

렌이나 이츠키가 있었다면 아마 실트벨트 중진들의 대응도 상당히 달라졌을 것이다.

적국의 용사와 친밀한 관계를 맺고 있는 방패 용사 따위를 숭배할 수는 없다느니 하고 라이온이 떠들어댔을 가능성이 높다.

"제 활약 덕분에 모든 게 다 말끔하게 정리됐어요."

"……."

아트라 녀석, 절묘한 타이밍에 자기 활약을 선전하고 있잖아…….

부정할 수 없다는 게 울화를 치밀게 만든다.

결국은 힘 대결이 되었고, 아트라와 포울의 활약 덕분에 실트벨트 녀석들을 납득시킬 수 있었으니, 뭐라고 불평할 수도 없다.

어쩔 수 없이 아트라의 머리를 쓰다듬어주고, 뒤로 물러나 있으라고 지시한다.

"아트라! 크윽……."

포울이 울분에 차서 신음했지만, 사실은 사실이니까. 잠자코 있는 수밖에 없다.

데려가길 잘한 건지 잘못한 건지……. 이거야 원, 괜한 빚을 지게 됐잖아.

이 빚을 어떻게 갚을지 생각해야겠는걸.

"분하지만, 아트라 씨가 활약했다는 건 틀림없는 사실이긴…… 하네요."

라프타리아도 마지못해 동의하고 있다.

"여러모로 고생이 많았나 보네. 그래서, 이제 어느 정도 더 있어야 쿠텐로에 들어갈 수 있지?"

"항해가 순조롭다면 내일 모레쯤에는 들어갈 수 있다나 봐. 다만…… 한바탕 파란이 몰아칠 것 같아."

"오? 형씨 왔구려."

그때 어째선지 무기상 아저씨가 나타났다.

"요즘 좀 어떻수?"

"지금 그 경위에 대해서 얘기하던 참이었어. 무기상 아저씨야말로 왜 이 마을에 있는 거야?"

분명 일단 성 밑 도시로 돌려보냈을 텐데.

"그 이후로 소식이 전혀 없기에, 가게 문을 닫고 토리랑 같이 상황을 좀 살피러 온 거요."

"그랬었군……. 미안하게 됐어. 요즘 좀 바빠서 말이지."

아트라의 활약 덕분에, 실트벨트의 문제를 해결한 뒤로는 꽤 바쁘게 행동했었으니까.

자라리스의 배후관계며 방을 조사하고, 서둘러 배를 마련해 달라고 부탁하고, 배를 타고 이동을 개시하는 등…… 마을로 돌아올 틈도 없었고, 보고하러 무기상에 들를 틈도 없었다.

"그래서, 형씨 일행은 내일모레면 목적지인 나라에 입국한다는 거요?"

아저씨의 물음에, 나는 지도를 가리킨다.

"아− 이 부근이었수? 마침 잘됐네. 나도 좀 데려다주면 안 될까? 그 근방에서만 구할 수 있는 소재가 있어서 말이지. 쿠텐로에 들어갈 거라면 나도 좀 같이 가자고."

아저씨가 양손을 모아 가며 부탁한다.

그리고 아저씨는 요전에 건네줬던, 자객이 갖고 있던 무기 파편을 꺼낸다.

"토리랑 같이 조사해 보고 알아낸 건데, 이 무기가 말이우……."

"아아."

그러고 보니 무기상 아저씨에게 조사를 부탁했었지.

뭔가 진전이 있었던 건가?

"아무래도 내 스승님이 만든 것 같단 말이지."

"뭐라고?"

무기상 아저씨와 이미아의 숙부를 가르친 스승에 대한 얘기는 전에 들은 바가 있었다.

"아저씨의 스승이 쿠텐로에서 쓰는 정체불명의 무기를 만들었다?"

"그럴 가능성이 높은 것 같수다. 그러니까 나도 같이 데려가 주지 않겠수? 좀 더 조사해 보고 싶거든."

"하지만……."

그 얘기가 사실이라고 하더라도, 무기상 아저씨를 동행시킬 필요가 있나?

될 수 있으면 마을에서 대기시키거나, 이웃 도시에 출장을 보내고 싶지만…….

그래도 지금까지 여러모로 후대를 받은 것도 사실이니까.

"위험할 텐데."

"위험하다는 것쯤은 나도 안다우, 형씨. 그리고 나도 실력은 그럭저럭 있단 말이지. 그렇게 맥없이 당하지는 않을 거라니까."

흐음……. 다른 사람도 아니고, 아저씨의 부탁이니까 말이지.

망설이고 있으려니 렌이 손을 든다.

"아마 괜찮을 거야. 도시 쪽에서 훈련을 할 때 우리에게 강의를 해 줄 정도였으니까."

"그러고 보니, 저는 아저씨에게서 검 사용법을 배웠었죠."

라프타리아가 추억에 잠긴 듯 덧붙인다.

"기초 중의 기초일 뿐이었지만 말이지."

"네. 이제야 도를 쓰는 법의 감이 좀 잡히는 것 같아요."

"그러고 보니 그랬었네요. 성가신 상대가 됐다니까요."

"아트라 씨, 절대로 안 질 거예요."

아아, 그러고 보니 배를 타는 동안에도 라프타리아는 사디나와 훈련을 하고 있었다.

주로 도 사용법을 자세하게 배우고 있는 중이었다.

사디나 녀석, 제일 즐겨 쓰는 무기는 작살이나 창이라는 모양이지만, 다른 무기에도 소양이 있는 모양이다.

스펙이 장난이 아니잖아.

"구체적인 레벨은?"

"원래는 모험가 일도 같이 했었으니까…… 그럭저럭 87은 된다우."

은근히 높잖아!

그렇다면 문제는…… 없으려나? 상당히 불안하긴 하지만.

"흐음…… 알았어. 가능하면 쿠텐로에서 안전을 확보한 뒤에 데려가고 싶지만……."

"때로는 모험도 필요한 법이라우. 그리고…… 만약에 스승님이 적군에 있다가 형씨나 아가씨한테 당하기라도 한다면, 내가 가 봤자 의미가 없지 않겠수?"

……하긴 그렇지.

도를 주로 만드는 대장장이라는 것밖에 모르는 마당이니, 싸우는 상대를 일일이 확인하는 것도 좀 문제가 있다.

얼굴을 알고 있는 이미아의 숙부를 데려가는 방법도 있지만, 레벨을 고려하자면 아저씨 쪽이 나으려나?

"절대로 무리하지 말고 우리 곁에서 떨어지지 마."

"나도 다 안다니까 그러네. 형씨는 참 걱정도 팔자군."

그야 지금까지 여러모로 편의를 봐 줬던 사람을 걱정하는 건 당연한 감정 아닌가?

"나오후미는 입이 험하지만, 기본적으로는 남을 지키려 하는 자세의 소유자야. 걱정하는 건 당연하겠지."

렌이 대변해 주었지만, 제멋대로 나에 대해서 다 아는 척하지 말라고.

……지적했다가는 괜히 지뢰를 밟는 꼴이 될 것 같으니까 잠자코 있자.

"그런데, 우리도 같이 가는 게 좋으려나?"

"마을 쪽에 습격이 들어오면 대처해야 하잖아. 그러니까 어느 정도 전력은 남기고 싶어."

마을 녀석들도 이제 어느 정도 강해지긴 했다.

하지만 나 대신 리더 역할을 맡아서 싸워 줄 녀석이 필요한 것도 사실이다.

렌이나 이츠키는 어찌 됐건, 게임으로 따지자면 영웅 유닛이다.

쿠텐로에 쳐들어갈 때 데려갈 수 있다면 든든하긴 하겠지만, 그만큼 거점 방어가 허술해진다.

지금까지는 다행스럽게도 습격이 뜸했지만, 우리가 자리를 비운 사이에 마을을 점거당하고 마을 녀석들이 인질로 잡히면 일이 더없이 성가셔진다.

"물론 그것도 쿠텐로에 들어갈 때까지 얘기지만."

우리는 포털로 이동할 수 있으니, 언제든지 마을로 돌아올 수 있다.

이 이점을 살려서 방어해 나가면 어느 정도는 대처할 수 있을 것이다.

세인이 멀리서도 나를 감시할 수 있는 능력을 살려서 항상 지켜보고 있는 것도 그 이점을 이용하기 위해서고 말이지.

"애초에 아직 더 배를 타야 하니까, 선상 전투를 어느 정도는 염두에 둬야 돼. 그런 곳에 렌을 데려가면 위험할 거 아냐?"

"으……."

내 말에 렌이 신음한다.

그렇다. 렌은 맥주병인 것이다.

게다가 그곳에는 양산형 사디나 같은 적들이 출현할 가능성이 높다.

그런 위험한 곳에 렌을 배치하는 건 너무 큰 위험부담을 수반한다.

간신히 같은 편이 됐는데, 허무하게 전사해 버리면 그보다 맥 빠지는 일도 없다.

"뭐, 시간 있으면 수영 연습이라도 해. 다행히, 바닷속 마물에서 나오는 소재를 무기에 먹이면, 헤엄치기 쉽게 해 주는 무기가 나오기도 하니까."

"알았어. 하지만 지금 당장은 좀 힘들 텐데……."

"물론 그쯤은 나도 알아. 그러니까 렌은 마을과 도시를 지켜주기만 하면 돼. 혹시 필요해지면 포털로 부를 테니까."

"그래. 도움이 못 되어서 미안하다."

렌도 참 성실한 놈이라니까.

내 안에서 날마다 평가치가 상승하고 있다.

"마음 쓸 것 없어. 그보다 빨리 카르밀라 섬의 온천에 가서 저주나 해제하고 와 줬으면 좋겠는데."

경계를 강화하고는 있지만, 온천으로 가는 포털을 뚫으러 갈 여유가 없다.

그리고 완치하려면 시간이 걸린다는 점도 문제란 말이지.

이걸 어쩐다.

"이츠키는 헤엄칠 수 있지?"

"네. 저는 헤엄칠 수 있어요."

이츠키는 여전히 저주에 걸린 상태라, 말대답은 해도 감정은 느껴지지 않는다.

예전의 이츠키에 비하면 훨씬 편하긴 하지만, 이렇게까지 감정이 없으면 좀 섬뜩하다.

"쿠텐로까지 동행할 사람을 찾자면, 선상에서도 사격을 할 수 있는 이츠키 쪽이 낫긴 한데."

"나오후미 씨의 명령이라면……."

끄응……. 렌의 경우와 마찬가지로, 이츠키의 운용도 고민되는데.

쿠텐로에 입국할 때까지의 운용 방법도 문제지만, 입국 후에 비상사태가 발생했을 경우…… 구체적으로 말하자면, 현지 전력만 가지고 작전에 임해야 할 경우를 생각하면, 데려가는 게 옳다는 건 확실하다.

렌의 경우는 선상 전투에서의 전투력을 기대할 수 없지만, 이츠키 쪽은 그나마 도움이 된다.

리시아도 한 세트로 데려가면 더더욱 강력하다.

다만 쿠텐로의 적들이 사용하던, 용사의 공격을 약화시키는 무기가 무섭다.

그건 어디서 싸우든 마찬가지긴 하지만.

"그럼 이츠키와 리시아는 내일 같이 가 줘."

"알았어요."

"후에에에에……. 미지의 나라에 가는 거네요."

리시아는 여전히 평소처럼 얼빠진 소리를 내고 있다.

어찌 됐건 지금은 지금 해야 할 일을 하는 수밖에 없겠지.

"나오후미, 나오후미."

"왜 그래?"

얘기를 마친 우리에게 사디나가 말을 걸었다.

"앞일을 생각하면 가엘리온도 같이 데려가는 게 좋지 않을까 싶어서. 같은 용이고 하니, 수룡님이 다가오면 알아챌 수 있을 거야."

자기 구역을 중시하는 용의 특성 때문일까?

그런 역할이라면 필로를 대신 활용해도 될 것 같긴 하지만, 가엘리온은 날 수 있으니까. 뭔가 곤란한 일이 있을 때 도움이 되긴 할 것이다.

"알았어. 이러면 인원이 꽤 많이 이동하게 되겠는데."

그러고 보면 마을 녀석들을 모조리 데리고 총공격을 하는 것도 한 방법일지도 모른다.

하지만, 행상 등의 일을 하는 녀석들은 지금도 정상 근무를 하고 있는 상황이다.

돈은 중요하다.

실트벨트의 막대한 원조를 기대할 수도 있긴 하겠지만, 더 이상 그 나라를 이용했다가는 점점 더 깊은 구렁텅이에 빠지게 될 것 같으니까.

일제히 고개를 조아리고 기도해 대는 꼴을 보고 있자면 구역질이 날 지경이다.

"어찌 됐건, 내일 아침이면 배를 타고 출발할 테니까 다들 준비해 둬."

"알았어요!"

이런 식으로, 그날도 시간은 흘러갔다.

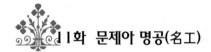

11화 문제아 명공(名工)

이튿날, 정예 전력을 데려온 우리 일행을 태우고, 쿠텐로로 향하는 배가 출발했다.

선원은 전부 실트벨트 녀석들이다. 이츠키를 태울 때 약간 경계하는 기색을 보였지만, 내가 째려보니 잠잠해졌다.

그리고 저녁 무렵이 되었을 때.

"라프-."

"짜자-안."

"뱃머리에서 포즈 잡지 마! 불길하잖아!"

뭘 그렇게 흥분한 건지, 필로와 라프짱이 뱃머리에서 양팔을 벌리는 포즈를 취하고 있다.

그거, 침몰하는 호화여객선이 나오는 영화 속의 유명한

장면이라고.

누군가 다른 사람한테서 배운 건가? 렌이나 이츠키일 가능성이 높겠군.

뱃머리 근처에는 정교한 장식이 된 랜턴이 걸려 있고, 그 랜턴에는 불이 켜져 있다.

바르나르와 젠무 종 노인의 얘기에 따르면, 쿠텐로 입국에 필요한 도구라고 한다.

이게 있는 덕분에, 거친 해류 속을 안전하게 지날 수 있다나 뭐라나.

"신기한 빛이네요."

라프타리아가 랜턴으로 다가가서 그 안의 불빛을 들여다보며 중얼거린다.

"특수한 힘의 흐름이 느껴지네요……. 이걸 따라하면 될 것 같지만, 불규칙적인 변화가 너무 심해서 흉내 낼 수가 없어요."

"으으……."

포울은 뱃멀미 때문에 쓰러지기 일보 직전이다.

배에 탄 후로 줄곧 이 꼴이다.

실트벨트에서의 결전 때 보여준 모습과는 천지차이일 만큼 처량하게 보인다.

"라프타리아, 나오후미. 저 소용돌이 좀 보렴-."

사디나가 배 주위에 있는 소용돌이를 가리킨다.

그러고 보니 이 배는 소용돌이 사이를 지나고 있는 거나 마찬가지였다.

"자세ー히 보면, 소용돌이가 바깥쪽을 향해서 돌고 있는 게 보이지 않니?"

"듣고 보니까 그렇군."

모든 소용돌이의 방향이 하나같이 일정해서 상당히 섬뜩하다.

쿠텐로에서 나가기는 쉬워도, 들어가기는 힘든 이유가 바로 이 해역 때문이었군.

"라프타리아의 부모님과 사디나는 이 해역을 빠져나온 거야?"

"맞아ー."

용케도 이런 소용돌이 해역을 빠져나왔군. 솔직히 감탄스럽다.

"형씨의 동료들은 왁자지껄해서 좋군."

무기상 아저씨가 그런 우리에게 말한다.

참고로 아저씨는 출항 전 항구 주변에서 이런저런 물건들을 사들여서, 나에게 수송을 부탁했었다.

뭐, 어느 정도 시간이 있었기에 부탁을 들어 주었다.

돌아가면 좋은 무기를 만들어준다고 했으니 기대해 봐야겠다.

참고로 실트벨트 너머에 있는 나라들은 한마디로 일본풍

분위기가 풍기는 곳들이 많다.

아인도 인간도, 인종의 벽은 있을지언정, 이렇다 할 문제는 없어 보인다.

"그나저나 아저씨의 스승이라는 건 어떤 녀석이지? 뭔가 모토야스 같은 녀석이라고 들었는데."

무기상 아저씨의 과거에 어떤 역사가 있었는지 궁금하다.

"아—…… 뭐, 그렇지 뭐. 실력 하나는 일류였다니까. 나도 아직 이길 자신이 없을 정도로."

"그런데, 마을을 습격한 자객들이 갖고 있던 무기가 그 스승이 만든 것과 비슷했다는 거야?"

"그래, 틀림없다니까. 다만…… 스승님이 쿠텐로 출신이었는지를 묻는다면, 그것까지는 잘 모르겠수다."

"그래?"

"뭐랄까, 바람 따라 떠도는 나그네 같은 사람이었으니까. 나도 처음에는 대장장이 일을 배우면서 여기저기 떠돌다가, 스승님이 만든 무기를 보고 한눈에 반해서 제자로 들어간 거였다우."

무기상 아저씨의 얘기를 대략적으로 설명하자면, 아저씨는 젊은 시절, 대장장이로서 견문을 넓히기 위해서 이런저런 나라를 모험했다고 한다.

어느 날 우연히 들른…… 인근에서 만든 무기를 대리 판매하는 무기상에서 엄청난 완성도의 무기를 보고, 그 무기를 만든 대장장이의 제자로 들어갔다는 것이다.

그 정도로 날카롭게 갈고닦은 무기…… 도와 검이었다고 한다.

그때까지 무기상 아저씨는 검에 특화된 대장장이였다는 모양이다.

"그러고 보니 당연하다는 듯이 아저씨에게 이런저런 무기 제작을 부탁해 왔지만, 잘 생각해 보면 굉장한 것 맞지?"

무기의 경우, 검 하나만 만드는 데에도 엄청난 공정을 거쳐야 한다고 들었다.

하물며 창이며 활, 단검, 그 밖에 다수의 무기, 나아가 방어구까지 모두 만들어내니 솔직히 칭찬할 수밖에 없다.

"아……. 하긴, 내 가게는 어지간한 것을 다 취급하긴 하지. 주문 제작 의뢰도 최대한 받아들이는 방침이고."

아저씨는 뭔가 쑥스러운 표정으로 대답한다.

"스승님이 한 말 중에 '대장장이라는 건 특정 무기만 전문으로 만들다가는 결국 막다른 길에 맞닥뜨리게 돼 있어. 넓은 시야를 갖고 무기 제작에 임하라고.' 라는 게 있었거든."

"그래서 인형옷까지 다루는 거야?"

"형씨가 그런 위험한 걸 가져온 게 문제였잖수."

필로 인형옷도 그렇고, 페클 인형옷도 그렇고.

"뭐, 전문가의 의견을 구할 때도 있지만, 소재를 최대한으로 활용할 수 있도록 항상 분석하고 있수다."

"그건 나도 알아. 그래서? 아저씨는 그 녀석의 제자로 들어가서 이런저런 경험을 했다는 거지?"

"그렇수다. 온 세계를 돌아다니면서 이것저것 일들을 많이 겪었지……. 뭐, 스승님의 여성 편력에 휘둘리거나, 엄청난 빚을 갚아 주거나 하는 등등, 파란만장한 경험을 수도 없이 했다니까."

"그거…… 대장장이 일이랑 아무 상관도 없는 거 아냐?"

내 말에 아저씨가 쓴웃음을 짓는다.

"어쨌거나, 그러다 보니까 아무리 스승님의 실력이 대단하다고 해도, 끝까지 제자로 남는 녀석은 얼마 안 됐다는 거지. 나와 토리 빼고는 다들 내뺐다니까."

"이미아의 숙부 말이군. 그 녀석도 결국은 도중에 도망쳤다고 했던가?"

"조금만 더 하면 졸업할 수 있었는데, 본가 쪽에서 여러모로 일이 좀 생겨서 말이지."

"듣자 하니 철물점을 했다던데……."

공통점이 있는 직업이기는 하다.

하지만 대장장이가 철물점을 하면서 만족할 수 있었을까?

"본론으로 돌아가지. 어쨌거나 나는 스승님 밑에 제자로 들어갔는데, 어느 날, 스승님이 편지 한 장만 달랑 남기고 어디론가 떠난 거요. 더 이상 너한테 가르칠 게 없다고. 그러니까 마음대로 가게를 열라고 말이지."

"그것만 듣자면 멋있게 들리지만…… 뭔가 그게 다는 아닐 것 같군."

내가 게슴츠레한 눈으로 노려보자, 아저씨는 씁쓸하기 그지없는 웃음을 지었다.

"그래. 한나절도 안 돼서 여자들과 빚쟁이들이 노도처럼 들이닥쳐서 말이지……."

……응. 완전히 쓰레기 같은 인간이군.

만나게 되면 두말 말고 처벌해 버려야겠다.

"아저씨의 목적이 뭔지 이제야 알겠어. 그때의 원한과 앞으로의 일들을 고려한 결정이었군."

"……형씨한테 이 얘기를 한 게 실수였다는 걸, 지금 이 순간 뼈저리게 깨달았수다."

어째선지 아저씨가 나를 흐릿한 눈으로 쳐다보고 있다.

뭐지? 내가 틀린 말이라도 한 건가?

"그게 아니라는 거야?"

"뭐, 그 여성 편력과 낭비벽을 어떻게든 고치고 싶다는 심정도 없지는 않아. 하지만 말이지, 중요한 건 그게 아니라는 거요."

흐음……. 아저씨도 자기 나름대로 생각이 있다는 거군.

"스승님이 만든 무기를 녀석들이 우연히 손에 넣은 걸지도 모르지. 쿠텐로에 가 봤자 아무런 단서도 못 얻을 수 있다는 것도 각오하고 있수다."

"하긴 그렇겠지."

그 대장장이가 쿠텐로에 없다고 해도 딱히 문제될 건 없다.

하지만 아저씨는 그 스승이라는 녀석을 아직도 존경하고 있고, 더 많은 걸 배우고 싶어 한다는 얘기다.

아마도 그런 거겠지.

"어찌 됐건, 스승님의 무기 때문에 형씨 일행에게 피해가 가고 있다면, 나는 꼭 조사해 봐야겠다는 거요. 형씨의 단골 가게 대장장이니까 말이지."

나를 위해서, 나아가 스승을 위해서, 아저씨가 해결해야 만 하는 문제라는 얘기이리라.

"그리고 말이지. 스승님의 무기를 쫓아가다 보면, 막다른 길에 다다랐던 문제가 해결될 것 같은…… 그런 느낌이 들 거든."

그러고 보니 나는 무기상 아저씨에게 방패 제작을 의뢰해 둔 상태였다.

영귀에서 나온 소재는 개성이 너무 강해서, 방패다운 방 패를 만들지도 못한 채 고전하고 있다고 아저씨가 얘기한 적이 있었다.

이미아의 숙부와 얘기하다 보니 어느 정도 감을 잡기는 했지만, 아직 납득이 가는 수준은 아니라는 것이었다.

이런 상황에서 아저씨의 고민을 해소시킬 수만 있다면, 더 좋은 물건을 만들 수 있을지도 모른다.

그렇다면 나도 협조해야 하겠지.

이 세계에서 내가 누명을 뒤집어썼을 때, 가장 먼저 진실을 알아채고 손을 내밀어 주었던 사람이니까.

"알았어. 단서를 찾을 수 있도록 협조해 주지."

"고맙수다."

그렇게 아저씨와의 대화를 마치고, 나는 쿠텐로가 있는 방향을 바라봤다.

"뀨아아아아."

가엘리온은 하늘을 나는 새처럼 배 주위를 날아다니고 있다.

세인, 윈디아도 동행을 원했지만, 라트와 함께 실트벨트에서 조사를 하게 되는 바람에 따로 행동하게 되었다.

특히 세인은 적의 낌새를 감지했기에 그쪽으로 보낸 것이었다.

그때, 새끼 모드의 가엘리온이 내 어깨에 앉았다.

"흐음……. 좋은 바람이야. 하지만 배에서 좀 떨어지면 갑작스러운 바람에 날아갈 것 같더군."

렌도 윈디아도 없어서 그런지 대놓고 아버지 가엘리온이 나와서 얘기한다.

"뭔가 불온한 기척이 느껴지거든 얘기해 줘."

"알았어. 그나저나, 지금도 불온하다면 불온하긴 하군."

"그래?"

"확실하게 감지한 건 아니지만, 굳이 말하자면 드래곤의 기척이 멀리서 느껴지고 있다."

"사디나가 얘기한 수룡이라는 녀석 말야?"

"아마 그럴 거다. 기척을 보자면…… 결계 유지를 위해서 애쓰고 있어서, 우리에 대한 적의는 느껴지지 않는다."

"그렇군."

"다만, 무슨 일이 생길지 항상 경계하는 게 좋을 거다."

그 정도는 굳이 말하지 않아도 안다.

"조금만 더 가면 쿠텐로 영해에 진입한다고 합니다. 하지만, 아직 당분간 더 시간이 걸리니 잠시 기다려 주시길."

바르나르가 내게 다가와서 경례하고 말한다.

……방패에 박힌 보석이 빛났다.

"응?"

무슨 일이라도 있는 건가 싶었지만, 그 이상의 변화는 없다.

우리가 탄 배는 별 탈 없이 나아갔다.

그날 밤……안개가 자욱이 낀 해역으로 들어서자, 배가 크게 뒤흔들렸다.

"뭐, 뭐야?"

우리는 선실 안에서 쉬고 있다가 문을 열어젖힌다.

"습격이다! 습격이다!"

"습격이라고?"

뭐, 예상은 했었지만, 정말 끈질긴 놈들이군.

"적들이 배에 쳐들어왔습니다! 현재 응전 중!"

바르나르가 찾아와서 내게 보고한다.

"부디 안전한 곳으로 피난해 주십시오."

"여기서 내가 피난하면 어쩌자는 거야?"

"맞아요! 적들은 목숨으로 죗값을 치러야 해요!"

아트라, 또 그렇게 과격한 주장이냐.

"어머나……."

"역시 조용히 잠입하기는 틀렸나 보네요."

라프타리아가 반쯤 체념한 듯이 뇌까린다.

"뭐야뭐야-?"

필로가 졸음이 덜 가신 얼굴로 묻는다.

그 발치에서 가엘리온이 쿨쿨거리며 자고 있다가, 시끄러운 소리에 깨어났다.

너희, 사실은 은근히 친한 것 아냐?

"뭐, 적의 표적은 라프타리아니까. 이 정도는 습격은 감수해야지."

"이미 활의 용사님이 갑판에서 응전하고 계시다고 합니다."

다른 방에서 쉬고 있던 이츠키는 일찌감치 전투에 들어간 모양이다.

괜찮을 거라고 믿고 싶지만, 그래도 가는 수밖에 없겠지.

"가자."

"우우……."

아직 뱃멀미 때문에 축 늘어져 있는 포울은 어쩌지?

"오라버니, 또 꼴사나운 모습을 보이시는 건가요?"

꼴사납다니…… 뱃멀미 때문에 힘들어하는 오빠한테 말이 너무 심한 거 아냐?

뱃멀미는 체질이니까 자기가 어떻게 해 볼 수 있는 일도 아닌데 말이지.

하지만 포울은 아트라의 목소리에 벌떡 일어서서 고개를 가로젓는다.

"아트라, 난 싸울 거야."

동생의 말이라면 어떤 위험도 감수하겠다는 거냐?

정말이지, 신기한 놈이라니까.

뭐, 포울이 만족한다면야 상관없지만.

"좋아! 이번에는 정말 적들을 붙잡아서 이것저것 캐내는 거다!"

"네!"

"캐낼 수 있으면 좋겠네ㅡ."

"열심히 싸우겠어요!"

"필로도 열심히 싸울래ㅡ."

"라프ㅡ."

"큐아아아아."

이렇게 해서 우리는 갑판으로 올라갔다.

나는 주위를 확인한다. 흐음…… 사디나 같은 범고래 수인 여럿이 갑판에 모여 있다.

그 밖에 인어 같은 녀석과 *갓파(河童) 같은 녀석도 보이는군.

그리고 백사 같은 수인인가? **카라스텐구 같이 생긴 녀석도 있다.

종류가 제법 다양한데.

소용돌이 속에서 배를 향해 마법을 내쏘고 있는 것 같다.

실트벨트의 마법사들이 응전하고 있다.

"갓파잖아."

"후에에에에에에에."

아, 키즈나 쪽 세계에서 경험해 봐서 그런지, 리시아도 경계하고 있다.

"갓파는 이 세계에서 마물에 속하나? 아니면 수인으로 분류되나?"

"그건 왜 물으시죠?"

"아아, 이세계에서는 마물에 포함됐거든."

아니, 냉정하게 떠들 때가 아니군.

---

* 갓파(河童) : 물에 산다고 전해지는 일본의 요괴. 일반적으로 어린아이의 몸집에 등에는 등딱지가 달려 있고, 팔다리에는 물갈퀴가 달려 있는 모습으로 묘사된다.
** 카라스텐구(烏天狗) : 까마귀의 부리와 날개를 가진 일본의 요괴.

덮쳐드는 범고래 수인과 갓파에 맞서서 전투태세에 들어
간다.

"유성방패!"

유성방패를 전개해서, 주위에 있는 동료들을 보호한다.

"드라이파 체인라이트닝!"

사디나가 마법을 영창하고, 갑판에 있는 적들을 향해 번
개를 내쏜다.

"으윽……."

적들도 숙련자인지, 사디나의 마법을 흘려보내듯이 작살
을 피뢰침 대용으로 활용해서 회피했다.

"우리 실트벨트 사람들을 얕잡아보지 마라!"

실트벨트의 선원들과 바르나르 일행이, 갑판에 있는 적과
교전하고 있다.

응, 움직임만 보면 서로 대등해 보이는군.

"유성궁!"

이츠키가 리시아와 호흡을 맞춰서, 접근해 오는 적을 화
살로 꿰뚫는다.

"오라버니, 가요!"

"좋아!"

아트라의 지시에 따라 포울이 내달려서 적을 걷어차려 시
도하지만, 상대의 역량이 제법이어서 그런지 결정타까지는
먹이지 못한다.

그래도 완력 등의 능력 면에서는 더 앞서는 듯, 우위를 점하고 있다.

"스타더스트 블레이드!"

뒤를 이어서, 라프타리아도 칼집에서 도를 뽑고 스킬을 내쏘았다.

최근 열심히 매진한 훈련의 성과 덕분인지, 라프타리아의 도가 물 흐르듯 부드럽게 적을 베어낸다.

"꾸와아아아악!"

라프타리아에게 덮쳐들던 수인이 서걱 하고 말끔하게 베어져서 고꾸라졌다.

"라프타리아도 도를 쓰는 실력이 많이 늘었구나."

"아직 멀었어요……. 저는, 더욱더 강해져야 해요."

"천명님은 한 분이면 족하다! 죽어라!"

그렇게 소리치고, 자객이 칼을 휘두르며 달려들었다.

하지만 아무리 봐도 엉뚱한 곳에 대고 칼질을 하는 것 같은데?

라프타리아에게 등을 보인 채로 허공을 베다니, 대체 무슨 발상이지?

"라프―."

퐁 하고, 적이 벤 곳 바로 밑에서 라프짱이 운다.

아아, 환각을 보여준 거로군.

"어찌 됐건――."

나는 라프타리아에게 공격을 집중하기 시작한 자객들을 노려보며, 에어스트 실드 등의 스킬을 발생시켜서 행동을 차단한다.

"빈틈이 없다면, 빈틈을 만들어서 다른 동료들이 공격하게 하면 그만이지."

"네! 갈게요!"

아트라가 내달리면서 손으로 상대를 찌른다.

"커헉……."

단지 그것뿐이었는데도 자객들은 앞으로 고꾸라진다.

뒤이어 필로가 뛰쳐나가서 발차기를 날렸다.

"토옷—!"

필로의 발차기에 얻어맞은 범고래 수인이 배에서 굴러떨어졌다.

떨어진 범고래 수인에게 필로가 치명타를 날리려 한다

"필로! 추격은 멈춰! 바닷속에서는 상대가 더 유리해."

"네—에."

"큐아아아아."

가엘리온은 공중에서 카라스텐구들을 상대하고 있지만, 바람이 너무 거세서 적들도 바람에 휩쓸리고 있는 것 같은 느낌이다.

움직임은 빠르지만, 가엘리온이 광범위하게 내쏘는 화염 브레스에 얻어맞고 곤두박질치는 자들이 제법 있다.

"받아라!"

"이런!"

수인이 나를 향해 휘두른 수상쩍은 도를, 무기상 아저씨가 막아낸다.

칼날을 맞대고 힘겨루기를 벌인다.

아저씨 쪽이 약간 우세하게 밀어붙이고 있다.

"그 도는 어떤 경위로 너희 손에 들어온 거지? 좀 얘기해 주지 않겠나?"

"헛! 적에게 얘기할 생각 따위 없다!"

"그럼 실토하게 해 주지!"

아저씨가 검을 힘껏 움켜쥐고 상대를 날려 버리면서——칼끝을 회전시키는 감아 베기로 상대의 도를 날려 버린다.

"아……으——."

"빈틈투성이구먼!"

도는 팅 하고 갑판에 깊숙이 박혀 버렸다. 아저씨는 허리춤에서 중간 크기의 해머를 꺼내서, 무기를 잃은 상대의 옆구리의, 갑옷 위에서 충격을 가한다.

"끄윽……끅…… 이대로 추한 꼴을 보일 수는 없지!"

뭘 어떻게 한 건지는 모르지만, 상대는 쓰러지기 직전에 몸을 파열시켜서 자폭한다.

"그렇다고 죽을 것까진 없을 텐데……."

"그러게 말야."

아저씨의 말에 나도 동의한다.

진다고 해서 잡아먹는 것도 아니지 않는가. 고문해서 정보를 캐내겠다는 것뿐이다. 필로에게 먹이는 것도 괜찮겠군.

"나오후미 님, 어째 뭔가 죽음보다 더 끔찍한 걸 생각하고 계신 것 같은데요."

"그래?"

적들도 제법 많이 줄었군.

실트벨트의 강자들도 승선해 있는 상황인 데다, 애초에 우리는 만반의 태세를 갖춘 채로 출발한 상황이니, 어떤 자객이 오든지 충분히 대처할 수 있다.

적들도 자신들이 불리하다는 걸 깨달았는지, 삐익 하는 소리와 함께 배에서 도망쳐서 바다로 떨어졌다.

"거기 서!"

"너무 멀리 추격하는 건 안 좋을걸-."

사디나의 경고에, 실트벨트 녀석들도 적들에 대한 추격을 주저한다.

하긴, 제아무리 지상 최강인 하쿠코 종이라 해도, 물속에서는 범고래 수인…… 루카 종이라는 녀석들을 당해낼 수 없었다고 그랬었지?

"또 올지도 몰라. 전원 상시 경비태세!"

"""넵!"""

이렇게 해서, 듬직하게도 실트벨트 녀석들은 평시 업무로

복귀했다.

아저씨는 갑판에 박혀 있던 도를 뽑아서 칼날을 확인했다.

"제작 시기는…… 요전 녀석들 것보다 최근이군."

"그래?"

"그렇수다. 스승님의 무기를 만난 게 단순한 우연이라고 생각했는데…… 아무래도 그게 아니었던 모양이구려."

"흐음……."

이츠키 일행도 안전을 확인하고 우리 쪽으로 온다.

"적은 이제 다 해치운 것 같네요. 발리스타는 준비해 두는 게 좋을까요?"

그러고 보니 이츠키는 발리스타를 사용할 수 있었지.

지금의 이츠키라면 라프타리아가 쓰던 것과는 차원이 다른 강력한 것을 쓸 수 있을 것이다.

……적들은 용사와의 전투에 대비한 무기를 사용하고 있는 것 같지만.

"이 소용돌이 속에서 덮쳐오는 건 굉장한 일이에요. 보아하니 당연하다는 듯이 헤엄쳐 가던 것 같던걸요오."

"일종의 가호 같은 거라도 걸려 있는 건가?"

"수룡님의 직접적인 가호를 받는 물건을 갖고 있는 건지도 모르겠는걸."

사디나가 경계심을 드러내며 뇌까린다.

"그만큼 우리의 입국을 막고 싶다는 거겠지."

상대방을 곤란하게 만드는 게 싸움의 기초다. 일이 순조롭게 진행되고 있다는 거군.

"해냈네요."

"필로가 이겼다—."

"하긴 그렇지. 이 누나가 걱정이 지나쳤——."

우리가 갑판에서 그렇게 얘기를 나누고 있을 때였다.

"뀨아?"

먼저 가엘리온이 반응하며 우리 쪽을 쳐다보았다.

그 순간!

쏴쏴쏴 하고…… 뭔가가 나와 라프타리아가 있는 부근을, 사람들을 피하듯이 요리조리 빠져나가서, 해면 쪽으로 지나가 버렸다.

그와 동시에 소용돌이가 용오름을 이루어, 관통당한 갑판 일부를 끌고 들어간다.

"우왓——."

나는 라프타리아와 함께 황급히 이동하려다가, 그 용오름에 휘말려 끌려가고 만다.

발판으로 이용하기 위해서 에어스트 실드를 사용하려고 했지만, 한발 늦었다.

"나오후미! 라프타리아!"

"뀨아아아아아아!"

사디나와 가엘리온이 우리 뒤를 쫓듯이 내달리고, 그 몇 초 뒤에 아트라가 쫓아온다.

"나오후미 님!"

"아트라!"

"오라버니?!"

그때 포울이 재빨리 아트라의 손을 붙잡아서 제지한다.

"주인님?!"

"후에에에에에에!"

"나오후미 씨!"

"형씨!"

필로, 리시아, 이츠키, 무기상 아저씨가 소리쳐 나를 불러댔지만, 그들의 추격은 한발 늦었고, 우리는 나란히 소용돌이에 떨어지고 말았다.

우리는 소용돌이에 휘말려서 짓이겨지는 신세가 되었다.

"라, 라프타리아."

"나오후미 님!"

재빨리 손을 붙잡고, 떨어지지 않도록 굳게 움켜쥔다.

그러고 보니 전에도 비슷한 상황이 있었지.

"나오후미! 라프타리아!"

사디나가 우리를 보호하기 위해 바다에 뛰어들어서, 필사적으로 헤엄치고 있다.

사디나의 등에는 가엘리온이 찰싹 달라붙어 있는 것 같다.

"포, 포털을……"

나는 의식을 총동원해서 소리친다.

"포털, 실드!"

일단 마을로 돌아가게 되지만, 지금은 어쩔 수 없다.

그렇게 생각하면서 사용했건만, 전송 불가라는 글자가 시야에 나타났다.

왜 하필 이럴 때!

소용돌이에 휘말려서, 내 의식은 아득히 멀어져 갔다…….

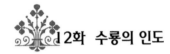 ## 12화 수룡의 인도

"우…….."

뚝뚝 하고 물방울이 뺨에 떨어져서, 희미해져 있던 의식이 각성한다.

눈을 떠 보니, 나는 위를 보고 드러누워 있었다.

얼굴을 옆으로 돌려 보니 라프타리아도 같은 자세로 누워 있었다.

오른손으로 줄곧 라프타리아의 손을 붙잡고 있었던…… 모양이다.

"어머나? 정신이 들었니?"

고개를 흔들며 몸을 일으켜 보니, 서 있던 사디나가 우리의 기색을 살피며 말을 걸었다.

"뀨아!"

사디나의 어깨에 올라타 있던 가엘리온도 걱정스러운 얼굴로 우리를 보며 운다.

"여기는 어디지……?"

주위를 확인해 보니 바위가 녹색으로 빛나고 있는……동굴인가?

약간 떨어진 곳에는 물…… 바닷물이 흘러들고 있는 것 같다.

안쪽에는 제단과 길이 있는 모양이다.

"수룡님의 비밀 동굴 같은걸."

"그런 것 같군."

가엘리온이 사디나의 말에 동의한다.

"수룡? 그 녀석이 우리를 강제로 여기에 끌고 왔다는 소리야?"

"아마 그런 것 같아-."

"으음……. 나도 휘몰아치는 소용돌이 속에서 확인했다. 우리를 강제로 여기에 끌고 온 거다."

그렇다면…… 그 수룡이라는 녀석은 우리와 싸울 생각인가, 하고 나는 경계심을 강화한다.

"라프타리아는——."

"으응……."

내가 돌아본 것과 거의 동시에 라프타리아도 의식을 되찾았다.

"나오후미 님…… 여긴, 어디죠?"

"우리를 끌고 온 놈의 아지트인 모양이야."

"네?! 그럼……."

라프타리아는 도를 힘껏 움켜쥐고, 언제든지 싸울 수 있도록 일어선다.

"사디나, 수룡이라는 녀석은 어디 있지?"

"미안하지만 나도 거기까지는 몰라−. 다만, 저기 있는 제단을 좀 봐 줬으면 좋겠어."

"응?"

나는 사디나가 가리킨 제단을 살펴본다.

제단에는 수정구슬 같은 무언가가 안치되어 있었다.

마력적인 압박감이 느껴지는 무언가……라는 건 알 수 있었다.

마법을 쓸 수 있게 해 주는 수정구슬과는 뭔가 좀 다르다.

"저건 뭐지?"

"이 누나도 무녀 노릇을 했었지만, 저런 건 처음 보는걸."

"저건 용제의 조각이다."

그때 가엘리온이 수정구슬을 가리키며 대답한다.

"그런 게 안치돼 있는 거야?"

"글쎄……? 적어도 이 누나는 처음 보는 거야."

가엘리온이 용제의 조각이라는 수정구슬 쪽으로 다가간다.

딱히 함정 같은 게 있는 건 아닌 모양이다.

"바로 얼마 전에 마룡 사건이 있었잖아. 함부로 만져도 괜찮은 거야?"

수정구슬이 둥실 떠올라서 가엘리온에게 빛을 비춘다.

"그래…… 문제는 없는 것 같다. 보아하니 뭔가 전갈을 보내려 한 모양이군."

수정구슬은 빛으로 변해서 가엘리온 안으로 들어간다.

"흐음…… 이건 그 수룡이라는 자가 우리에게 남긴 편지인 모양이다. 능력이 상승되고 물 계통에 대한 내성도 증가했다."

"편지? 그럼 수룡은 여기에 없다는 거야?"

"어디까지나 그대들을 초대하기 위해서 여기로 끌고 온 모양이다. 국가의 감시자로서의 역할도 겸해서 말이지. 방패 용사의 접근은 이미 눈치채고 있었던 모양이군. 신호도 감지한 모양이야."

흐음……. 보아하니 수룡에게도 사정이 있는 것 같군.

신호…… 그러고 보니 방패에 박힌 보석이 빛난 적이 있었지. 그걸 말하는 건가?

"가엘리온이 같이 안 왔다면 어쩔 참이었던 거지?"

"저 수정구슬에 말이 봉인돼 있었다. 내가 없었더라도 같은 식으로 설명했겠지."

"그나저나, 감시자라는 건 무슨 뜻이지?"

내 물음에 가엘리온이 약간 미간을 찌푸리며 대답한다.

"어째 좀 읽어내기가 힘들다만, 쿠텐로라는 나라에는 모종의 결계가 쳐져 있어서…… 뭔가…… 혼 같은 것이 침입을 저지하는? 순수한 영혼밖에 받아들이지 않는? 모양이다."

"그 혼을 감시한다는 건가?"

"정확히 말하자면 결계 유지가 수룡의 임무라는 모양이다. 무엇으로부터 보호하는 건지는 잘 모르겠군."

"아— 그러고 보니까 그런 게 있었지—. 수룡님의 결계 유지. 이 누나도 어린 시절에 의식을 치르느라 고생했다니까—."

사디나가 추억에 잠긴 표정으로 덧붙인다.

"물속에 도시가 있거든—. 물살이 거센 심해층은 수룡님과 접촉하지 않으면 들어갈 수 없는데, 이 누나도 본 적이 있었단다."

"저기…… 그런데 우리는 왜 여기로 불려온 거죠?"

"으음. 아무래도 실트벨트의 배만 가지고는 쿠텐로에 들어갈 수 없도록 결계가 조작되어 버렸다는 모양이다."

"그럼 실트벨트에서 배를 타고 온 게 헛수고였다는 거야?"

그렇다면 완전히 헛걸음이었다는 거잖아…….

"꼭 그런 것만은 아니다. 수룡이 초대한 결계 부근까지는 실트벨트의 배 없이는 올 수 없었을 것 아닌가?"

배가 없으면 여기까지 올 수도 없었다는 건가.

뭐, 그렇다면 다행이지만…… 아니, 그게 사실이라면 우리가 타고 있던 배는 쿠텐로에 도착하지 못했다는 얘기가 되잖아?

"배로도 들어갈 수는 있겠지만, 쿠텐로 측에서는 시간을 벌 꿍꿍이라는 모양이더군. 그래서 쌍방의 빈틈을 타서 그대와 우리를 끌어온 거다."

"한마디로 수룡이 우격다짐으로 우리를 끌어들였다고 생각하면 되는 거지?"

가엘리온은 고분고분 고개를 끄덕인다.

"그래서? 수룡은 무슨 꿍꿍이가 있는 거지?"

"다짜고짜 의도를 캐내려고 드는 건 문제가 있지 않나?"

가엘리온이 황당하다는 듯 대꾸한다.

알 게 뭐야. 그게 내 방식이라고.

"나오후미 님답네요."

"작전에는 항상 신중하게 임한다니까―."

내가 말하기 전에 사디나가 먼저 말해 버렸다.

뭐, 상관없겠지.

"요약하자면, 이 나라의 현재 행동을 개탄하면서, 이 나라가 본래 역할을 다할 수 있도록 우리를 끌어들였다는 거군."

"배를 통째로 끌고 오면 될 걸 가지고……."

황당해하는 내 말에, 가엘리온은 난감한 표정을 짓는다.

"그래서? 이 나라의 본래 역할이라는 건 뭐지?"

"흐음, 그 부분도 해석이 제대로 안 돼서 의미 파악이 힘들지만, 그대 파트너의 일족이 담당한 역할이겠지. 정령구……의 조정자로서."

"정령구…… 조정자?"

또 난생 처음 듣는 단어가 튀어나왔군.

지금까지의 흐름으로 미루어보아, 정령구는 용사의 무기일 가능성이 높지만, 조정자라는 건 짐작이 안 간다.

"제가 말인가요?"

"그런 얘기가 있었던가―."

사디나도 고개를 갸웃거린다.

"오랜 세월과 쇄국정책 때문에 다 묻혀 버린 거 아냐?"

여왕과 실트벨트 녀석들의 얘기에 의하면, 전승 중 일부가 전쟁 때문에 소실됐다고 했다. 보나마나 이 나라도 비슷한 역사를 겪어 온 것이리라.

"부서마다 알 수 있는 정보가 달랐으니까, 이 누나는 모르더라도 다른 사람들에게는 전해져 오고 있을지도 몰라. 라프타리아의 아버지라면 그 정보도 알고 계셨을지도 모르고."

"아버지……."

라프타리아가 아버지를 떠올리며 쓸쓸함이 묻어나는 목소리로 중얼거린다.

뭔가 적절한 위로의 말을 건넬 수도 있겠지만…… 이미

세상을 떠난 사람에게 해답을 구해 봤자, 결국은 공허한 일일 뿐이다.

"라프타리아……."

부모님에 대해 꼬치꼬치 캐묻는 건 싫어하려나?

나라고 해서 그런 감정조차 이해 못 하는 놈은 아니다.

"괜찮아요……. 그치만 아버지에게 들은 얘기 중에서 딱히 짐작이 가는 게 없어서……."

음, 입이 무거운 사람이었던 걸까?

"어쩔 수 없지. 이건 어디까지나 억측이지만, 정령구라는 건 성무기를 가리키는 말일 거라는 추측 정도밖에 할 수 없겠는데."

"그러게 말이에요."

"그래-. 자객들도 그런 뉘앙스의 얘기를 흘렸으니까, 아마 그게 맞을 거야."

"추측해 보지. 조정자라는 단어와, 습격자의 무기나 도구들로 미루어보건대, 용사에 대해서 모종의 불만을 가진 자들이라고 상상할 수 있는데……."

이때 나는 메르로마르크에서 방패의 악마 운운하는 소리를 들었던 것을 떠올린다.

방패의 마왕이니 뭐니 하는 소리까지 들었었지.

만약에 말이다. 이세계에서 소환된 용사가 멋대로 날뛸 경우를 생각해 보자.

이츠키가 리시아를 상대로 싸웠을 때 나타난 것 같은 활 같은, 세뇌능력을 가진 수상한 무기를 휘둘러대며 세계정복을 획책하는 경우 말이다.

용사는 세계가 궁지에 몰렸을 때 소환되는 존재라고 들었다.

저주 때문이든 뭐든 세계 정복을 꾸미는 마왕으로 변해 버린 용사에게, 소환된 용사가 패배하면 어떻게 될까?

세계는 앞날이 깜깜해지겠지. 새로운 용사가 소환된다고 해도, 마왕이 자신을 위협할 존재를 그냥 둘 리가 없잖아?

나라면 틀림없이 소환 직후에 죽여 버릴 테고, 애초에 용사 소환 자체를 용납하지 않을 거다.

그렇게 통제 불가능한 상황에서, 용사를 제어하는 역할을 맡은 자들이 있다면?

정보를 봉쇄하고, 자신들의 흔적을 남기지 않는, 조정자라 불리는 자들…… 용사의 무기를 봉쇄하는 힘을 가진 채, 마왕을 상대로 싸우는 자들이 있다면?

가능성이 없는 얘기는 아니지만…… 너무 황당한가?

"수룡은 이 나라의 쇄국에 의미가 있는 거라고 굳게 믿고 있는 것 같군."

"알았어. 그 점은 차차 알게 되겠지. 그런데? 이 나라의 행동에 개탄하고 있다는 건?"

"여기서 나가면 어느 정도는 알아챌 수 있을 거라고 한다. 그러니까 무녀와 함께 나라 안으로 침입해서, 동료들이 타고 있는 배를 가로막는 결계를 뒤흔들라고 하는군."

"요약하자면 수룡은 우리에게 협조하고 싶다. 그래서 최대한 빈틈을 찔러서 우리를 불러들였다. 그러니까 결계를 뒤흔들어서 배를 불러들이라는 건가?"

내 물음에 가엘리온이 고개를 끄덕인다.

"결계를 관리하고 있는 장치 자체의 위치도 기재되어 있는 것 같다. 거기로 가라는 지시가 적혀 있군. 따르겠나?"

"솔직히 말하자면, 이런 강압적인 방식을 쓰면서 자기 모습도 드러내지 않는 녀석의 말 따위 절대로 못 들어 준다고 무시하고 싶지만, 그럴 수도 없는 상황이잖아?"

상당히 강압적인 수단이라 마음에 안 들기도 하고, 수룡의 지시를 무시한 채 여기서 나간다는 선택지도 있다.

수룡이라는 녀석의 말을 굳이 따를 필요는 없다.

하지만 어느 정도 정보를 얻지 못하면 움직이기 힘들다는 것 또한 사실이다.

"지시를 따르든 안 따르든, 어쨌거나 여기서 나가려면 시키는 대로 하는 수밖에 없겠지."

"그대다운 대답이군. 뭐, 그렇게 하지."

"아…… 라프짱한테서 신호가……."

그러고 보니 라프타리아는 라프짱과 어딘가가 연결돼 있다고 그랬었나?

라프타리아가 눈을 감고 의식을 집중하고 있다.

"으음, 무슨 얘기를 하는 건지 잘 모르겠지만, 이쪽 사정이 어느 정도 전해진 모양이에요. 필로한테 말을 걸어 볼게요."

"그랬군. 저쪽 상황은 어떤 것 같아?"

"쿠텐로로 들어가려 하고 있지만, 뭔가에 가로막혀서 앞으로 나아갈 수가 없는 모양이에요. 돌파가 불가능한 건 아니지만, 한참 시간이 걸릴 것 같네요."

흐음. 수룡이 얘기한 내용과 대충 맞아떨어지는 상황이군.

"그럼 출발하자."

"그렇게 되겠군……. 일단 사람들이 사는 곳까지 이동해 보는 수밖에 없겠지."

이렇게 해서 우리는 동굴 탐색을 시작하게 되었다.

뭐, 탐색이라 봤자 길은 한 가닥뿐이고 중간부터는 아예 길이 물에 잠겨 버렸지만.

"이 누나가 먼저 가서 살펴보고 올게."

"조심해."

"말 안 해도 안다구－."

사디나가 수인 형태로 변신, 앞장서서 물속으로 들어간다.

괜찮을까?

그렇게 걱정했지만, 사디나는 의외로 빨리 돌아왔다.

"하－ 워낙 교묘하게 위장돼 있어서 이 누나도 이런 비밀 수로가 있는 줄은 전혀 몰랐지 뭐니－."

"서론은 집어치우고 본론부터 얘기해. 밖으로 나갈 수 있는 거야?"

"응. 좀 깊은 곳인 데다, 교묘한 은폐 장치까지 설치돼 있지만, 나가기는 쉬운 것 같아."

"그렇군. 그럼 갈까?"

"알았어-. 얘들아, 이 누나를 꼭 붙잡아야 돼."

"네."

"나는 물속에서도 활동할 수 있게 됐다. 뒤를 따르지."

가엘리온 수중 버전이라…… 이 녀석도 은근히 많은 기능을 익혀 가고 있잖아.

우리는 사디나를 붙잡고 어둠침침한 수중 동굴을 지나, 해면으로 나온다.

페클 인형옷이 있었다면 좋았겠지만, 불행하게도 이번에는 안 가져왔다. 뭐, 최악의 경우에도 버블 실드로 스킬을 쓰면 목숨은 건질 수 있겠지.

해면으로 떠올라서, 주위를 둘러본다.

육지가 근처에 있는 것 같다.

소나무 같은 식물이며 대나무 같은 식물이 보인다…… 한마디로 일본 같은 분위기다.

다만, 중국 풍경 같은 산도 보이는 걸 보면, 일본은 아닌 것 같군.

키즈나 쪽 세계와도 다른 분위기다.

멀리에 항구도시 같은 곳이 보인다. 배가 제법 많이 정박해 있군.

범선이 아니라…… *변재선(弁才船)에 가까운 녀석이다. 어떤 모습인지 감이 안 잡힌다면, 칠복신이 타고 다니는 배라고 하면 상상하기 쉬울지도 모르겠다. 내가 아는 한, 이런 형태의 배는 이 세계에서 처음 본다.

"잠입하려면 항구에서 떨어진 곳으로 가는 편이 낫겠지?"

"아아, 그렇긴 한데……."

물속을 둘러본다.

그러자 수생 수인이며 아인들이 맨몸으로 물속을 헤엄쳐 다니고 있는 모습이 멀찍이 보인다.

"수중 감지를 했다가는 들킬지도 모르니까, 안 할게."

"적인 것 같아?"

"기척만 보자면 아마 민간인인 것 같은데? 다만…… 그렇다고 어업을 위해서 헤엄치고 있는 것도 아닌 것 같아."

사디나는 헤엄쳐 다니는 자들 쪽을 보며 고개를 갸웃거리고 있다.

……새삼 생각해 보면 범고래와 같이 헤엄치고 있는 셈이니…… 뭔가 신기한 기분이다.

"아, 바닷말을 찾고 있는 모양이야. 물고기가 있는데 굳이 바닷말을 찾다니 좀 이상한걸."

---

* 변재선(弁才船) : 일본 중세~근대 초에 조운선으로 사용된 범선. 바닥이 평평하고 선체가 낮은 것이 특징.

"그건 알 바 아니고, 난 육지에 가고 싶은데."

내 지시에 사디나가 고개를 끄덕인다.

"그러자."

"어서 가요."

라프타리아의 말에 일제히 고개를 끄덕이고, 우리는 사람들의 시선을 피해 갯바위에 올라 육지에 다다른다.

"그럼 이제…… 포털 실드."

……응. 어렴풋이 예상은 했지만, 아무래도 전송 불가인 것 같군.

이러면 렌을 데려오기는 상당히 힘들 것 같은데.

어딘가에 용각의 모래시계가 있다면 얘기가 달라지겠지만.

"상륙하자마자 돌아가려고 하다니 나오후미도 참 대단하다니까−."

"시험할 수 있는 건 다 시험해 봐야지. 비상시에 이탈이 가능한지 여부에 따라서 많은 게 달라지니까."

"하긴 그건 그렇죠."

라프타리아도 도의 귀환 스킬을 영창한다.

귀환의 사본이라고 했던가?

"안 되네요. 전송 방해가 걸려 있어요."

"그렇게 일이 술술 풀리지는 않는군."

"그럼 잠입을 시작해 보자구−."

우리는 왜 이렇게 잠입할 일이 많은 거지?

원래 내 계획은, 실트벨트에서의 내 권력을 동원에서 정면으로 쳐들어가려는 거였는데…….

하아…….

"의복류가 마련돼 있었으니까 그걸로 갈아입자."

수룡이 마련해 준 것은, 내 것은 삼베옷 같은 옷……이라고 표현하면 되겠군.

라프타리아는 *하카마(袴)…… 원래 무녀복이 잘 어울렸던 만큼, 이것도 나쁘지는 않다.

사디나도 비슷한 옷이다.

가엘리온은…… 목에 금줄이 채워져 있다.

목줄인가? 구슬 같은 것이 목 아랫부분에 달려 있는 게 어쩐지 잘 어울린다.

"하나부터 열까지 꼼꼼한 녀석이군."

"이건 뭐지?"

"신성한 마물이라는 증명 같은 거란다. 수룡님의 가호가 걸려 있으니까, 그걸 차고 있으면 고귀한 존재로 인식될 거야."

"호오……."

그렇게 우리는 갑옷을 벗고 민간인으로 위장했다.

그리고 사디나와 라프타리아는 얇은 천 같은 걸 로브처럼 뒤집어써서, 얼굴이 보이지 않도록 하고 있다.

---

* 하카마(袴) : 주름이 들어간 일본의 겉옷 하의.

어째 그러니까 더 튀는 것 같은데…….

"얼굴 때문에 들키지는 않을까?"

"이 누나가 이 나라를 떠난 지도 10년은 더 흘렀다구. 경계는 해야겠지만, 아는 사람은 얼마 안 될 거야. 그치만 라프타리아는 꼬리와 귀를 절대로 드러내면 안 돼. 그것 때문에 들킬지도 모르니까."

"라프타리아는 특별한 종족이라고 그랬었지?"

그래서 꼬리와 귀만 보면 분간이 가는 걸까?

메르로마르크나 실트벨트라면 그냥 라쿤 종이라고 생각할 텐데 말이지.

실제로는 다른 종류라는 모양이지만…….

"어느 쪽이건 둘 다 조심해."

"응."

"이 나라에는 인간은 없는 건가?"

내 물음에 사디나는 고개를 가로젓는다.

"있긴 있지만 지위가 그다지 높지 않은 건 실트벨트와 마찬가지야. 다만, 노예 같은 건 없단다."

호오……. 감탄하면서, 나도 만약에 대비해서 종족을 알아볼 수 없도록 수건으로 머리를 덮듯이 묶는다.

"그럼 가 볼까. 어디로 가면 되지?"

"흐음. 항구도시의 가장 큰 건물…… 탑이 있는 곳이라는 모양이다."

"아아…… 저 등대 말이지?"

그렇게 해서 우리는 항구도시의 등대를 향해서 이동을 개시했다.

그 도중에, 고분 같은 곳을 발견했다.

"어머나, 여기로 나오게 돼 있는 거였구나."

"아는 곳이야?"

"그래, 유명한 곳이란다. 라프타리아의 선조님이 물리친 마물을 공양하는 유적이니까."

내 뇌리에, *츠치구모의 저주를 피하기 위해 만들어진 무덤이 떠오른다.

아마 그것과 비슷한 것이리라.

그와 동시에 타일런트 드래곤 렉스가 봉인되어 있던 비석을 떠올렸다.

"봉인돼 있다거나 하는 건 아니겠지……?"

"하긴 전에 그런 일이 있었죠……. 엄청나게 불길한 예감이 들어요."

"흐음, 그대의 방패 속에서 봤다."

"이 누나도 그것까지는 잘 몰라-. 그렇다고 해서 유적을 부수는 건 추천 못하겠는걸?"

"나도 알아. 냉큼 가자."

---

* 츠치구모(土蜘蛛) : 일본의 고대, 헤이안 시대에 살았다고 하는 거대한 거미 요괴.

"네. 잠자는 나오후미 님의 코털을 건드리지 말라는 거죠?"

"그런 말은 또 어디서 배운 거야……."

혹시 노예상한테 들은 건가?

그럴 가능성이 충분해 보이는군.

아니면 에클레르 쪽이려나? 렌이랑 얘기하다가 흘린 걸 들은 것일 수도 있다.

라프타리아에 대한 교육을 처음부터 다시 해야 할지도 모르겠군.

'잠자는 내 코털을 건드리지 말라.' 라니…….

"……?"

가엘리온이 고개를 갸웃거리며 따라온다. 그러지 마. 불안해지잖아.

그리고 우리는 고분을 지나서 항구도시에 다다랐다.

에도 시대 풍인 건 마찬가지였지만, 대나무 같은 식물로 지어진 건물이 있어서…… 뭔가 위화감이 느껴지는군.

그래도 일본풍이긴 하지만.

벚꽃 같은 꽃이 만개해서…… 뭐랄까, 풍류가 느껴진다.

빤히 쳐다보고 있으려니 사디나가 벚나무 같은 나무를 가리킨다.

"저건 앵광수(櫻光樹)……. 이 나라에서 에너지를 생성해 주는 식물이야. 밤이 되면 빛나면서 조명 역할도 하지. 다양한 도구의 에너지원이 된단다."

"호오…… 그런 기술도 있는 건가? 상당히 편리해 보이는데."

"이 누나도 그렇게까지 자세하게 아는 건 아니지만, 쿠텐로 국내에서만 자란다는 모양이던데? 실트벨트 쪽에서도 심어 보자는 얘기가 있었다는 소식은 들은 적이 있지만."

대체 어떤 식물이지?

뭐, 풍토 관계 같은 문제점이 있는 건지도 모르지.

내 바이오 커스텀 같은 걸로 해결할 수 있는 문제라면 한 번 시도해 보고 싶다.

아니, 그보다 라트가 좋아할 것 같은 식물이군.

잘만 하면 바이오플랜트의 문제점을 해결할 수도 있을 것 같다.

"흐음."

……곳곳에 너구리 모양의 장식이 보이는 게 개성적이군.

아, *마네키네코의 너구리 버전 같은 장식물 발견…….

라프짱이 떠오른다.

그 외에도 오키나와의 해태 같은 너구리 석상도 놓여 있다.

시가라키야키 스타일의 도자기와도 다르고, 지붕도 어딘가 너구리스러운 느낌이다.

"나오후미 님, 그만 좀 두리번거리세요."

---

* 마네키네코(招き猫) : 복을 가져다준다는, 앞발로 사람을 부르는 모습을 고양이 모습을 한 장식물.

"뭔가 나도 모르게 눈길이 가서 말야. 일본풍 라프타리아 랜드 같은 느낌이랄까?"

"그게 대체 뭐에요?!"

소리치는 라프타리아를, 쉿 하고 검지를 엄지 앞에 세워서 조용히 시킨다.

"너무 큰 소리로 떠들지 마."

"하치만——."

"라프타리아라면 어쩔 수 없을지도 모르겠는걸–."

아아, 그러고 보니 이 나라는 라프타리아의 일족이 주름 잡고 있다고 그랬던가?

"그나저나…… 마을 분위기가 어째 좀 긴장돼 있는 것 같지 않아?"

"그러고 보니 그렇네요……. 무슨 일일까요?"

우리가 있어서 그런 게 아니라, 뭐랄까…… 주민 모두가 뭔가의 눈치를 보고 있는 것 같은 분위기가 감돈다.

"지명수배령이 떨어져서 인상착의 같은 거라도 배포된 건가?"

뭔가 간판 같은 게 보였기에, 확인을 위해서 다가가 본다.

……응. 못 읽겠군.

실트벨트와 같은 문자라고 그랬던가?

"사디나, 뭐라고 적혀 있는지 알아볼 수 있겠어?"

"으음."

사디나가 문자를 훑어보고는……어째선지 미간을 찌푸리고 있다.

사디나가 이런 반응을 보이다니 별일이군.

그렇게 생각한 직후.

"우와아아아아아아아아!"

어린아이의 비명소리가 들려왔다.

무슨 일인가 싶어 쳐다보니, 어쩌다가 도시로 들어왔는지 오렌지 니들 에이트라는 장난 같은 이름을 가진, 제법 큰 벌이 어린아이를 덮치고 있는 중이었다.

다른 주민들은 우왕좌왕하고만 있을 뿐.

나는 재빨리 접근, 아이를 보호하듯 앞을 막아서서 오렌지 니들 에이트의 공격을 막아낸다.

"라프——."

내가 지시를 내리려 했지만, 뛰쳐나가려 하는 라프타리아를 사디나가 가로막는다.

"가엘리온이 가렴! 나오후미는 절대로 반격하면 안 돼!"

"엉?"

"뀨아?"

사디나의 지시를 받은 가엘리온이 오렌지 니들 에이트에게 달려든다.

나도 사디나의 말대로 방패의 반격 기능을 의식적으로 억제한다.

가엘리온에게 물어뜯겨서, 오렌지 니들 에이트는 숨이 끊어졌다.

"고, 고맙습니다."

"고맙긴 뭘."

주위 사람들은 어째 파랗게 질린 얼굴로 우리를 쳐다보고 있다.

"다, 당신들."

"관리들이 두렵지도 않나?"

"엉?"

그러자 값비싸 보이는 하카마를 입은 자들이 달려왔다.

"너 이 자식! 여기서 마물을 죽이는 걸 분명히 봤다!"

이에 사디나가 한 발짝 앞으로 나서서 대답한다.

"이 사람은 어디까지나 마물에게서 아이를 지켜준 것뿐이야. 그런데 우연히 근처에 있던 마물이 그 마물을 잡아먹은 거구."

"헛소리 마라! 나라의 공고를 모르는 거냐!"

"뀨아?"

그러자 가엘리온이 고개를 갸우뚱거린다.

뭐지? 무슨 일이 벌어진 거지?

"그런 걸 모를 리가 없잖아−? 송구스럽기도 하지. 그리고── 이 마물이 어떤 마물인지는 이 누나도 알고 있는데 말야."

사디나는 가엘리온이 목줄로 쓰고 있는 금줄에 달린 구슬을 가리킨다.

"이, 이건 수룡님의 권속⋯⋯?! 무례를 용서해 주십시오!"

관리들은 그렇게 말하고 떠나갔다.

"큐아아아?"

관리들이 사라지자 주위 사람들에게서 박수가 터져 나온다.

이게 어떻게 된 거지?

"나오후미, 그리고 라프타리아. 여기는 보는 눈이 너무 많아. 조금 이동하자."

"그, 그래."

"아, 알았어요."

"이런."

그때 라프타리아가 관리를 따라왔던 구경꾼으로 보이는 남자와 부딪친다.

외모로 보아 30대 후반 정도일까? 개의 귀를 갖고 있다.

하지만, 뭐라고 해야 하려나? 키르나 윈디아와는 형태가 좀 다르다.

라프타리아와 라쿤 종 아인들의 차이 같은 미묘한 차이가 있는 것처럼 느껴진다.

이 나라의 독자적인 종족인가?

"이런이런. 괜찮으십니까, 아가씨?"

하마터면 넘어질 뻔 했던 라프타리아의 몸을 부축하며 남자가 말한다.

"아, 네. 괜찮아요……. 그러니까, 손 좀 치워 주세요!"

부딪친 녀석의 손을 라프타리아가 거세게 뿌리친다.

"아니아니, 이렇게 부딪친 것도 다 인연이라고요, 아가씨. 어디 가서 같이 차나 경단이라도 안 먹을래요?"

"어이……."

이 자식, 아주 대놓고 라프타리아를 꼬시고 있잖아.

위협하듯이 라프타리아와 남자 사이를 가로막듯이 나서서, 남자를 쏘아본다.

"이 녀석은 내 일행이야. 여자를 꼬시려거든 다른 곳에서 해. 그리고 나이를 생각하라고."

라프타리아의 실제 나이를 생각하면 부녀지간이라 해도 과언이 아닌 나이 차이다.

아무리 아인의 성장이 빠르다고 해도, 사디나의 예로 미루어보아 노화까지 빠른 건 아닌 모양이니, 외모만 봐도 절대 어울릴 수 없는 나이차라는 걸 알 수 있다.

뭐, 이 세계에도 나이 차이가 많이 나는 부부가 없는 건 아니겠지만 말이지.

"무슨 소리, 몇 살이 되든 남자는 여자와 즐기고 싶어 하는 법이잖아?"

이 자식이…….

"어머나-? 장난이 지나치면 이 누나가 화낼 줄 알라구."

빠직 하고 사디나가 전기를 머금은 채 살기를 내뿜으며 남자를 노려본다.

"우리가 지금 좀 바쁘거든. 그러니까 안녕-."

사디나는 미소를 듬뿍 머금은 얼굴로 남자에게 말한다.

하지만, 이 자식은 아직도 물러날 생각이 없는 듯, 이번에는 사디나의 손을 붙잡는다.

"이럴 수가, 누님, 당신도 아름답군요. 오늘은 참 운이 좋네요. 이렇게나 아름다운 분들을 만나게 되다니."

……모토야스다. 그 녀석과 쏙 빼닮았다.

아니, 모토야스는 필로 바보로 변해 버렸었지 아마?

제2의 모토야스로 지정해 두자.

"아가씨들, 같이 술이나 한 잔 하는 게 어때요?"

이런 녀석들은 어디에나 다 있는 모양이군.

"미안해서 어쩌나-. 이 누나는 좋아하는 사람이 따로 있어서 놀아줄 수 없겠는데-."

그러면서 사디나는 녀석의 손을 힘껏 움켜쥐고 전기 마법을 내쏜다.

"쯔바이트 선더볼트."

"으갸갸갸아아아아아아악?!"

녀석의 몸이 홱 젖혀지고, 시커멓게 그을려서 고꾸라진다.

"마, 말괄량이 아가씨들이군요…… 하하."

그 말을 끝으로, 녀석은 더 이상 움직이지 못했다.

참 대단한 녀석들이야. 사디나도, 이 녀석도.

"그럼 그만 가자구–."

"그, 그러지……."

어이, 관리들, 이 녀석을 감전시킨 것에 대해서는 아무런 처벌도 없는 거냐?

관리들은 울분에 차서 우리를 쳐다보지만 쫓아오려는 기색은…… 없다.

이상하다고 생각하면서, 사디나의 안내에 따라 등대로 향하는 인적 없는 길을 걸었다.

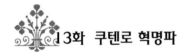 13화 쿠텐로 혁명파

"그래서? 뭐가 어떻게 돌아가고 있는 거지?"

민간인을 습격하는 마물을 습격해서 사람을 구했는데도 처벌을 받을 뻔 하다니, 뭐 그런 황당한 일이 다 있느냔 말이다.

"아무래도 이 나라의 정점…… 천명님의 분부가 떨어진 모양이야. 생명을 소중히 여기라는 명령이. 마물이며 생물을 죽인 자에게는 무거운 벌을 내린다는 모양이야."

"엉? *생류연령 같은 거야?"

무슨 에도 시대냐.

그런 악법이 나라를 지배하고 있다고? 제정신인가?

"나오후미의 세계에도 그런 법령이 있나 보지?"

"그래. 꽤 오래전 얘기지만, 내 세계에도 그런 짓을 저지른 높으신 분…… 왕이 있었다는 모양이야."

사디나의 얘기를 들으니, 왜 가엘리온을 이용해서 마물을 처리했는지를 알 것 같았다.

요컨대 마을 주민이 마물을 죽이면 처벌을 받게 된다는 것이다.

하지만 가엘리온은 드래곤…… 다시 말해 마물이고, 마물이 마물을 처치한다고 해서 처벌을 받지는 않는다.

"수룡님에게 받은 장신구도 큰 도움이 됐어."

"수룡의 권속으로 취급하니 처벌할 수 없다는 거군."

"일종의 도박이었지만 말야ㅡ."

"뀨아아아아."

우리에게 도움이 된 게 기쁜지, 가엘리온은 득의양양하게 내 어깨에 앉는다.

"마물을 사역하고 있는 경우에는 주인이 벌을 받는다는 모양이지만 말야."

"그래서 야생 마물, 그것도 수룡의 권속이라는 설정을 했

---

* 생류연령(生類憐令) : 에도 막부의 제 5대 쇼군이 반포한, 모든 살생을 금지하는 법. 별명은 「천하의 악법」.

던 거였군."

보아하니 이 나라에서는 수룡이라는 녀석을 상당히 대단한 존재로 보는 모양이니까.

천명님이라는 자가 더 높긴 하다는 모양이지만, 관리들은 성가신 문제에 얽히기 싫어서 얌전히 물러난 것이리라.

애초에 생류연령이라고 해 봤자, 수룡에게는 해당하지 않을…… 리는 없다.

법률적으로 따지자면 애매모호한 문제인 것이리라.

"가엘리온이 드래곤이라서 쓸 수 있었던 극약처방이라고 할까?"

"내가 다른 누군가의 권속이라고? 굴욕이군."

오? 아버지 가엘리온이 튀어나왔군.

"그리고 그 주인은 나와 윈디아가 되겠지."

"큭……."

뭐, 새끼 가엘리온 쪽은 순순히 받아들이고 있는 것 같지만.

"어쩜…… 그렇게 지독한 법령이 있다니."

"라프타리아가 천명인지 뭔지 하는 자리에 앉는 걸 위험하게 여기는 것도 납득이 가는군."

그런 악법을 펴면 지위가 위태로워지기 마련이다.

그런 상황에서 왕족의 피를 계승한 자가 왕족의 의상을 입고 있다면, 나라의 중진들은 더더욱 조바심이 날 만도 하다.

국민들이 어떻게 움직일지…… 내 사례를 보면 자명하게 알 수 있다.

"어렴풋이나마 나오후미 님의 기분을 이해할 수 있을 것 같아요."

"드디어 나와 같은 신세가 됐군."

라프타리아의 고민은 뼈저리게 잘 알 수 있다.

내 고민은 방패 덕분에 상당수 해결됐지만.

"어찌 됐건 이건 기회야. 잘만 움직이면 손쉽게 이 나라를 전복시킬 수도 있겠어."

사디나의 말로 미루어보아, 종전에는 그런 법령은 없었을 것이다.

그리고 국민들은 이 법령에 불만을 갖고 있다.

멍청한 윗사람…… 이 나라에서는 왕인가? 그 녀석을 끌어내리는 것도 불가능하지는 않다.

"어머나? 나오후미는 뭔가 아이디어라도 있니?"

"그래. 하지만 어찌 됐든, 필로와 이츠키 일행이 탄 배가 입국할 수 있도록 하는 게 먼저야."

등대 근처에 접근했기에, 우리는 습격 준비에 들어간다.

나 참…… 얼마 전 자객 소동 때는 얼마나 넌덜머리가 났는지 모른다.

습격당하는 쪽 처지도 경험해 보시지!

이 기회에 화끈하게 한 번 날뛰어 줘야겠다.

그렇게 생각하면서 탑으로 다가갔다가, 깨달았다.

……이거, 거대하게 뻗어 있는 앵광수를 지탱하듯이 목재를 둘러친 거잖아.

"저걸 불사르면 되는 거야?"

"아니, 경호원들을 처치하고, 용맥법으로 앵광수에 접속할 수 있다는군."

"그런 거야?"

"그렇다."

흐음……. 그렇게 고민하고 있을 때, 뭔가 갑주 무사 같은 차림을 한 녀석이, 뒷골목에 숨어서 등대를 관찰하고 있던 우리 쪽으로 걸어온다.

이런…… 관리가 신고라도 한 건가?

"태연한 표정을 유지한 채 빠른 걸음으로, 라프타리아는 은폐마법으로 숨을 준비를 하면서 후퇴해."

"아, 네!"

"어머나……. 하긴 강행 돌파는 어렵겠구나."

"등대를 파괴한 후에 내가 거대화해서 공중으로 도망치는 수도 있긴 하다만……."

가엘리온의 작전도 한 방법이긴 하겠군.

문제는 격추당할 가능성이 있다는 점이다. 강행 돌파를 시도할 땐 시도하더라도, 일단은 밤이 되기를 기다리기로 하고 퇴로를 확보하는 게 선결과제다.

갑주 무사에게서 도망치기 위해 라프타리아가 은폐마법 영창을 마친다.

"그럼 모퉁이를 도는 순간에 발동할게요."

"알았어."

종종걸음으로 모퉁이를 돌면서 라프타리아가 마법을 발동했다.

"알 쯔바이트 하이드 미라주!"

사르륵 하고 우리에게 은폐 마법이 걸렸으니, 아마 모습이 사라졌을 것이다.

그리고 모퉁이를 돈 갑주 무사가 우리를 시야에서 상실한 듯 주위를 두리번두리번 보기 시작했다.

좋아, 이제 들키지 않도록 몰래 여기를 떠나서 기회를……

"제발 모습을 드러내 주시옵소서! 소장은 여러분의 적이 아닙니다!"

그렇게 말하며, 갑주 무사가 갑자기 무릎을 꿇고 고개를 조아린다.

우리는 약간 거리를 벌리고 속닥거리며 의논한다.

갑주 무사는 한 발짝도 움직이지 않은 채, 고개를 조아리고 있다.

"어떻게 생각해?"

"저기…… 저분은 누구일까요?"

"글쎄—……. 이 누나의 직감으로 느끼기에는, 악의는 없는 것 같다고 할까, 거짓말을 할 생각은 없는 것 같아."

"그대의 과거에 비슷한 일이 있지 않았나?"

가엘리온의 말을 들으니 짚이는 바가 있었다.

……두 번째 파도와 싸울 때 비슷한 일이 있었다. 류트 마을 출신 소년병 말이다.

그러고 보니 그때와 비슷하게 느껴지기도 한다.

"얘기 정도는 들어 줘도 되지 않겠니? 뭔가 문제가 생기면 이 누나가 슬쩍 처리해 줄 테니까."

"일이 한없이 성가시게 돌아갈 것 같은 예감이 들지만…… 그렇게 하지."

등대에 접속하는 게 순탄치 않을 거라는 건 나도 잘 알고 있다.

사디나가 얘기한 '슬쩍'이라는 게 실은 엄청나게 살벌한 일일 것 같지만, 아무 얘기도 안 듣는 것보다는 낫다.

"그럼 라프타리아, 은폐를 해제해 줘."

"알았어요."

라프타리아가 은폐마법을 해제하고, 우리는 무릎을 꿇고 있는 갑주 무사 앞에 모습을 드러낸다.

"무슨 용건으로 우리를 찾는 거지?"

모습을 드러낸 우리가 말을 걸자, 무릎을 꿇고 있던 갑주 무사는 고개를…… 들지 않는다.

용건을 묻는데 아무 반응이 없다니, 이게 어떻게 된 거야?

……혹시 고개를 들라, 라느니 하는 말을 기다리고 있는 건가?

"고개를 들고 얘기나 해 줘."

그렇게 말하니 그제야 고개를 들었다.

그러더니, 뭐 하는 거지?

가엘리온을 쳐다봤다가, 라프타리아 쪽을 보고는, 가슴에 손을 얹고 고개를 조아린다.

"차기 천명님…… 부디 소장들에게 힘을 빌려주시옵소서."

"네? 어? 저, 저기요?"

"사정부터 설명해. 안 그러면 내 부하인 술고래녀가 무슨 짓을 저지를지 장담 못 해."

"어머나-."

내가 사디나를 가리키자 갑주 무사는 연신 고개를 가로젓는다.

"아, 알겠사옵니다! 말씀드릴 테니, 부디 소장의 집으로 가 주시옵소서. 그게 힘드시다면 여기서 가볍게 사정을 설명 드리겠사옵니다."

"따라갔다가는 함정 같은 것에 걸려들지도 모르잖아. 먼저 사정부터 설명해. 자기소개도 포함해서."

내가 말하자, 갑주 무사는 고개를 끄덕이고 등을 꼿꼿이 편 채 얘기를 시작한다.

"무례를 용서해 주십시오. 소장은 이 도시의 우두머리인 아버지로부터 명을 받고 모시러 온 자입니다."

도시 우두머리의 아들? 그걸 무슨 수로 증명한다는 건지……. 그나저나 차림새가 왜 그 모양이람.

갑주 무사라니, 당장에라도 전장에 나갈 것 같은 차림이다.

"그럼…… 차기 천명님과 그 일행이신…… 실트벨트에서 오신 분들은, 이 나라의 사정을 어느 정도 알고 계실 거라고 생각합니다."

"그래, 마물을 죽이면 안 된다는 명령 말이지?"

"네……. 소장의 아버지를 비롯해서, 쿠텐로 각지에서 불만의 목소리가 터져 나오는 상황. 하지만 정부는 천명님의 칙명이라면서 백성들을 괴롭히기만 하고 있사옵니다. 그런데 조금 전에 수룡님께서 바다 백성인 밀정을 통해 은밀하게 뜻을 전해 주시기를, 천명님의 피를 계승하실 분을 나라로 이끌어주시겠다고 하셨기에, 이렇게 모시러 온 것이옵니다."

아…… 얘기를 들으니 이 녀석들의 목적을 대충은 알 것 같군.

"이걸 보고 안 거냐?"

가엘리온의 목에 감겨 있는 금줄을 가리키자, 갑주 무사는 고개를 끄덕인다.

"실트벨트에서 오신 동료 분들을 입국시키고자 하시는 생각은 이미 파악하고 있사옵니다. 그 작전을 성공시키기 위해서, 모쪼록 한번 소장의 집에 와 주시지 않겠사옵니까?"

흐음…… 이 녀석은 분명, 우리가 해 주지 않은 얘기를 언급했다.

믿을 만한 근거가 있기는 한 셈이지만…… 어딘가 함정이 있을지도 모른다는 가능성이 사라진 건 아니다.

끄응…….

"사디나, 가엘리온, 최악의 경우에는 이 도시를 깡그리 불사르고서라도 도망칠 수 있겠어?"

"불살라 버리는 걸 전제로 하시는 거예요?!"

"밀정들과 이 녀석이 한패가 돼서 함정을 설치할 가능성도 염두에 둬야지."

"어머나-."

"도시를 불살라 버리는 건 불가능하지는 않을 거다. 그 노선으로 가겠나?"

"그건 어디까지나 정말 최악의 경우야. 그렇게 되지 않기를 기도하는 수밖에."

우리의 얘기에 갑주 무사가 부르르 떤다.

"사, 살벌한 말씀은 거두어 주십시오! 믿어 주시지 않으면 아무것도 못 하옵니다!"

"아아, 그래그래. 하지만 똑똑히 기억해 둬. 우리는 그런 선택도 불사할 녀석들이라는 걸."

"명심하겠사옵니다!"

이 녀석 말투가 도대체 왜 이래? 방패가 번역해 주는 말일 텐데…….

소장이라느니…… 까놓고 말해서, 엄청나게 이상한 말투를 쓰는군."

"알았다. 일단 투구를 벗고 얼굴을 드러내."

"네!"

그리고 갑주 무사는 투구를 벗어서 얼굴을 내보인다.

으음…… 새 계열의 아인이다. 매 같은, 깃털도 아니고 그냥 털도 아닌 털이 나 있다…….

20대 전반의 젊은이로, 일본풍의 분위기. 미청년이라고 할 정도는 아니다.

굳이 표현하자면 무인 계열이라고나 할까?

우락부락한 사무라이 같은 느낌이다.

"꼬리 같은 건 있나? 아니면 꼬리깃인가?"

등 뒤로 돌아가서 허리 쪽을 살펴보니, 그는 손으로 뭔가를 가렸다.

"죄, 죄송합니다!"

떨면서 손을 치운 갑주 무사의 허리에는, 꼬리 같은 것이 달려 있었다.

"왜 그런 걸 궁금해 하시는 거예요, 나오후미 님?"

"아니, 어떤 아인인지 궁금해서."

"슌 종이란다."

사디나의 말에, 꼬리깃을 보며 생각해 본다.

슌…… 슌이라……. 매를 뜻하는 한자 응(鷹)의 일본어 발음이 '슌'이니까, 역시 매인가.

"조류 아인이라. 그렇다면 손은 날개로 되어 있거나 한 거야?"

필로처럼 등에 달려 있는 건 아닌 것 같으니까 말이지.

실트벨트의 슈사크 종도 그런 식이었던 것으로 기억한다.

역시 다리의 힘…… 발차기가 주력 공격인가?

"저기…… 종족 분석을 계속하실 건가요?"

라프타리아의 말에 정신을 차린다.

생각해 보니, 녀석의 엉덩이를 응시하면서 분석해도 아무런 의미도 없겠지.

"에, 에헴. 알았어. 그럼 가지."

이렇게 해서 우리는 약간 쑥스러워하는 갑주 무사의 안내를 받아 저택으로 이동했다.

커다란 저택인 건 확실하다.

일본 스타일의 풍취가 느껴지는, 정원이 딸린 거대한 무가 저택…… 물을 끌어다가 만든 *시카오도시 소리가, 이세

---

* 시카오도시(鹿威し) : 대나무로 된 물받이 한쪽에 물이 떨어지면 반동으로 튀어 올라서 돌을 때려 소리를 내게 만든 장치. 주로 정원 장식으로 쓰인다.

계에서는 오히려 위화감을 자아낸다.

*카레산스이까지 있다니…… 키즈나 쪽 세계보다도 일본 색이 더 짙은 곳이군.

갑주 무사는 우리를 다다미방으로 안내했다.

참고로 갑주 무사의 부모라는 자는 수인이었다.

수인화가 가능한 종족인 모양이다.

자식이 저 정도면 부모는 몇 살이지? 수인은 레벨에 따라 성장 보정이 걸리니까 잘 모르겠다.

다만, 수인…… 조인(鳥人)의 모습임에도 제법 나이가 있음을 알 수 있었다.

"쿠텐로에 돌아와 주셔서 감사합니다. 직계 천명님의 따님…… 라프타리아 님이라 불러도 되는지요?"

무릎을 꿇고 고개를 조아려 기도를 올리는 그 모습에, 라프타리아는 당황한 기색이 역력하다.

"소인의 이름은 라르바라고 합니다. 기억해 주시면 영광이겠습니다."

"여기서는 뭐라고 부르는지 모르지만, 나는 방패 용사인 이와타니 나오후미다. 그리고 이쪽은 내 파트너인 라프타리아와 그 언니뻘인 사디나. 같이 있는 드래곤은 가엘리온이야."

그런 식으로 자기소개를 한다.

---

* 카레산스이(枯山水) : 물을 사용하지 않고 돌과 흙만으로 산수를 표현한 일본의 정원 양식.

그러자 라르바는 라프타리아에게 다가가서 살짝 관찰하는 눈길로 응시하며 뇌까린다.

"죄송하지만 존안을 뵈어도 되겠습니까?"

"저, 저기⋯⋯."

라프타리아가 내 쪽으로 시선을 보냈으므로, 나는 한숨을 지으며 고개를 끄덕인다.

라프타리아는 쓰고 있던 얇은 천을 벗어서, 감추고 있던 얼굴과 꼬리를 보여준다.

그러자 라르바는 "오오⋯⋯." 하고 신음을 흘리고 고개를 숙인다.

라르바의 이름을 듣고, 사디나가 고개를 갸웃거리다가 말했다.

"아-, 이제야 기억났어. 라프타리아 아버지와 친했던 협력자였어."

"수룡님의 무녀였던 자로군. 소인을 본 기억이 있나?"

"나라를 떠날 때 얼굴을 본 기억이 있는걸."

라르바는 사디나와 시선을 교차시키고 고개를 끄덕인다.

원래 라프타리아 아버지의 파벌 소속이었던 건가?

"어쨌든, 단도직입적으로 묻지. 너희는 목적이 뭐야?"

내 말에 라르바가 고개를 든다.

"저희 쪽의 소원을 물으시는 것입니까? 물론, 진정한 천명님이신 라프타리아 님께서 국가를 계승하는 것입니다. 분가는 국가를 계승하기에 역량이 모자랐고, 백성들은 악법 때문에 곤궁한 신세가 됐습니다."

흠……. 서로의 이해관계가 일치하는 방향으로 얘기가 진행되는 분위기군.

"그러기 위해서라면 소인의 일족은 물론, 온 나라의 힘이라도 빌려드릴 것입니다."

"너희는 우리 사정을 알고 있나?"

내 물음에 라르바는 고개를 가로젓는다.

그렇군. 수룡의 말을 듣고 거기에 따르고 있는 것뿐인가.

"우선은 상황 정리부터 하지. 우리가 왜 여기에 온 건지…… 아마도 모르고 있겠지?"

보나마나 라프타리아 아버지의 후계자가 나라의 현재 모습을 안타까워하며 돌아온 거라고 생각하고 있으리라.

그러니까 이쪽 사정을 얘기해 두지 않으면, 국가 전복에 성공한 후에 라프타리아를 우두머리로 앉히고 쇄국을 재개할지도 모른다.

교섭은 이미 시작된 상태다.

승리했을 때, 지금까지 아군이었던 자가 적으로 돌아설 가능성을 충분히 고려해야 한다.

"이 나라는 쇄국정책을 펴고 있어서 모르고 있을 수도 있지만 말이지. 바깥세계에서는 여러모로 성가신 일들이 벌어지고 있어."

"그건 이미 알고 있습니다. 이 도시는 실트벨트와 교류가 있는 도시이고, 소인은 이 도시의 수장 역할을 맡고 있으니까요."

그렇다면 파도에 대해서도 알고 있겠군.

"당신이 쿠텐로 밖에서는 방패 용사라고 불리는 분이라는 것도."

"그럼 길게 얘기할 것 없겠네. 우리가 이 나라에 온 건 라프타리아의 목숨을 노리는 놈들을 해치우기 위해서야. 그 일이 해결되면 곧바로 떠날 거고."

라르바 일파 쪽에서는 받아들이기 힘든 일이겠지만, 나중에 말썽이 생길 바에야 차라리 지금 교섭이 결렬돼 버리는 편이…… 아니, 해결되면 적당해 보이는 녀석을 골라서 이곳의 후임을 맡기는 방법도 있겠다.

"알고 있습니다. 말 그대로, 천명님은 세계를 위한, 백성을 위해 존재하는 거니까요. 천명님이 썩어빠진 정부의 꼭두각시 노릇이나 하는 현재의 제도는 어리석음의 극치. 라프타리아 님의 아버님께서도 같은 생각을 하고 계셨는데, 저도 이제야 그 생각이 이해가 갑니다."

호오…… 듣기 좋은 대답을 하는군.

속내는 어떤지 모르지만, 이용하기에는 딱 좋은 녀석인 것 같다.

"그러기 위해서, 외부와의 접점 역할을 하는 결계를 최근

들어 강제로 점거한 관리들을 제거하고자 합니다."

듣자니 실트벨트의 배를 가로막고 있는 결계는, 최근에 관리들이 권력을 이용해서 억지로 조작한 결과라고 한다.

그리고 나라의 관리들과는 견원지간이나 다름없는 사이인 라르바는, 라프타리아를 필두로 한 혁명을 일으킬 것을 제안해 왔다.

현 정부의 강압적인 통치에, 국민들이며 그 대표인 촌장들도 불만이 폭발하기 직전이었던 모양이다.

"나오후미 님, 왜 실실 웃으시는 거예요?"

"라프타리아! 무녀복을 준비할 때다!"

"왜 갑자기 그렇게 생기가 넘치시는 건데요?!"

이런 식으로 라프타리아의 무녀복 준비를 지시하자, 라르바가 아들을 시켜서 옷을 가져오게 했다.

"수룡님께서 과거의 천명님께 전해주었다고 전해지는 의상을 모방해서 만든 것입니다. 부디 받아 주십시오."

펼쳐서 확인한다.

색 조합은 약간 다르지만, 틀림없는 무녀복이었다.

수룡의 무녀복
충격 내성(소) / 참격 내성(소) / 물 내성(중) / 잠수시간 향상 /
마력방어가공 / 비껴내기

키즈나 쪽 세계에서 입었던 백호의 무녀복보다는 성능이 좀 떨어지는 것 같지만, 그래도 우수한 장비다.

다만…… 방어력이 좀 낮군. 공격을 비껴내는 걸 전제로 한 물건인가?

"자, 라프타리아."

어서 입어, 하고 건네준다.

"뭔가 분위기에 휩쓸리는 것 같은데요……."

"할 수밖에 없다는 건 너도 알잖아?"

"그야…… 뭐, 그렇긴 하지만요."

"그럼 라프타리아, 이 언니가 입혀 줄게."

라프타리아는 사디나와 함께 옷을 갈아입으러 별실로 옮겨 간다.

"어쨌거나, 혁명을 일으키고 싶다면 너희도 그만한 각오를 보이라고!"

"물론, 모두 각오하고 제안을 드리는 것입니다!"

라르바가 미리 지시한 건지, 저택 안에는 전투 준비를 갖춘, 제법 강해 보이는 녀석들이 모여 있다.

이걸 이용하지 않는다는 건 어리석은 짓이겠지.

보아하니 상대방도 이런저런 목적이 있는 것 같지만, 어쨌든 이해관계는 일치한다.

이 녀석들이 뭔가 우리에게 손해가 될 만한 짓을 저지르려고 든다면, 그때는 그에 걸맞은 대가를 치르게 해 주면 그만이다.

"좋아! 다들 잘 듣도록. 내가 라프타리아의 대리로서 지휘를 맡는다! 이제 우리는 포악한 정부 놈들과 한판 붙을 거다! 그럴 각오가 있는 녀석은 따라오도록!"

"""오—!"""

동의의 함성을 듣고, 나는 상황이 호전되어 가고 있음을 확신했다.

"우선 실트벨트에서 오는 협력자들을 도시에 불러들이고…… 파죽지세로 밀어붙인다!"

"""오—!"""

그렇게 전의를 고양시키고 있으려니, 가엘리온이 내 어깨 위로 올라탔다.

"제대로 달아오른 것 같군."

"그러게 말야."

이런 건 기세가 제일 중요하다.

쿠텐로의 천명이라는 녀석이 멍청한 짓을 저질러서 위신에 흠집이 간 상황에서, 라프타리아가 무녀복을 입고 있는 것만 보고 라프타리아에게 권력욕이 있는 거라 오해하고 쓸데없는 짓을 벌인 게 결정적인 자충수였다.

네놈들이 바라는 대로 지배해 주지.

네놈들의 어리석은 생각이 스스로의 신세를 망친다는 걸 똑똑히 가르쳐 주마.

그런 결의를 다지며 작전을 세우고 있으려니, 무녀복으로 갈아입은 라프타리아가 돌아왔다.

"다 갈아입었어요."

라프타리아의 무녀복 차림을 보고, 나는 연신 고개를 끄덕인다.

역시 잘 어울린다니까-.

"라프타리아는 정말 무녀복이 잘 어울린다니까-. 그럴 수밖에 없는 거긴 하지만."

"아무리 그래도 나오후미 님은 좀 지나치게 좋아하시는 것 같은데요……."

라프타리아가 살짝 투덜거리고 있을 때, 내 지시를 따르던 자들이 멍하니 입을 벌리는가 싶더니, 일제히 무릎을 꿇고 고개를 조아렸다.

엉? 너희는 뭘 하는 거야?

"하앗-!"

"천명님, 부디 소인들을 이끌어 주십시오!"

"이번 거사가 나라를 위해 옳은 일이라는 확신이 생겼습니다!"

"목숨을 걸 충분한 가치가 있는 일입니다! 네!"

"천명님, 라프타리아 님을 위해서 싸우다 죽는 것이야말로 무인의 도리일지니!"

어째 일이 점점 더 커지는데.

"라프타리아도 이제 일약 유명인사가 됐군. 필로나 아트라에게 지지 않도록 노력하라고."

술집에서 은근히 인기가 많은 필로처럼, 라프타리아도 자신의 매력을 발휘해 줬으면 좋겠군.

"노력할 생각 없어요! 제가 할 일이 뭔지는 알겠지만, 왜 다들 제가 이 옷을 입으니까 고개를 조아리시는 건데요?!"

라프타리아가 징징거리지만 일단은 무시해 두기로 하자.

"자, 라프타리아, 이제 네가 명령을 내리기만 하면, 이 녀석들은 사지에라도 태연하게 뛰어들 거야."

"사지에는 안 보내요! 그런 책임까지 지기는 싫다구요."

"신의 이름 아래, 나라의 백성들을 위해, 썩어빠진 정부를 물리치기 위해, 가자, 전사들이여!"

이런 식으로 선동해 본다.

까놓고 말하자면 실트벨트에서 내가 당했던 바로 그 수법이다.

라프타리아의 심정도 이해하지 못하는 건 아니지만, 지금은 아트라 흉내를 내야겠다.

"너희는 긍지 높은 쿠텐로의 백성, 스스로가 숭배하는 천명님을 위해, 그 충성을 보여라!"

"""오오-!"""

"나오후미 님! 아트라 씨 따라 한 거죠?! 여러분, 나오후미 님의 화술에 놀아나시면──."

라프타리아가 미처 제지하기도 전에, 혈기왕성한 자들이 뛰쳐나갔다.

그 모습을 보고, 라프타리아는 이마에 손을 짚으며 탄식하고 있다.

"뭐, 사망자가 나오지 않도록 내가 앞으로 나설 거야. 라프타리아도 최대한 조심하면서 따라와. 작전은 지금부터 시작이라고."

"이 누나는 어째 가슴이 뛰는걸―."

넌 무슨 전투민족이라도 되냐?

"뀨아!"

가엘리온도 의욕을 보이고 있다.

뭐, 나와 사디나, 가엘리온이 등대의 앵광수에 접속하기만 하면 실트벨트의 배를 방해하는 결계를 해제할 수 있다는 모양이니, 일단 가 보는 수밖에 없겠지.

"하…… 알았어요. 피할 수 없다면 가는 수밖에 없겠죠."

한숨을 지은 후, 라프타리아가 내 뒤를 따라온다.

"그리고, 아버지에 대해서 좀 더 많이 알고 싶다는 생각도 들어요."

"알 기회는 얼마든지 있을 거야. 이제는…… 희생을 최소화하면서, 상대방에 대한 방해는 최대한으로 하면 돼."

이렇게 많은 사람들이 쳐들어가면, 전력에 보탬이 되지는 않더라도 위압은 할 수 있다.

"이 누나도 이 나라를 떠나기 전보다 훨씬 더 강해졌는걸-. 일기당천의 활약을 보여줄게-."

사디나가 활기차게 작살을 뽑아 움켜쥔다.

"기대하지."

이 녀석도 출생에 비밀이 많은 녀석이지만, 지금까지 여러 습격자들을 대부분 물리칠 수 있을 만큼의 힘을 갖고 있는 건 확실하다.

적이 가진 도구도 베일에 싸여 있지만, 일일이 경계해 봤자 어차피 소용없는 일이다.

지금은 협력자들을 모아서 국가 전복을 도모하는 게 우선이다.

메르로마르크를 사실상 점령했던 그때처럼 말이지!

"크크크……. 그대와 있으면 심심할 날이 없군."

가엘리온이 뭔가 즐거운 듯 웃는 게 인상적이었다.

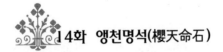 14화 앵천명석(櫻天命石)

무가 저택을 떠나 단체로 등대로 향해서, 등대 입구를 정면 돌파한다.

"웬놈이냐! 이곳은 쿠텐로 천명님의 이름으로 정부가 점유하고 있는 신성한 땅이다!"

정면으로 들어가는 동시에, 적의 보초로 보이는 녀석들이 뛰쳐나와서 무기를 움켜쥔 채 선언했다.

적에게 일일이 그런 걸 말해 봤자 헛수고일 것 같은데.

"천명님? 여기 계신 이분이야말로 진정한 천명님이시고, 그쪽 천명은 분가의 가짜…… 그 차이도 모르는 거냐!"

라르바가 라프타리아를 가리키며 거듭 소리친다.

무녀복을 착용한 라프타리아의 위광…… 매력은 상당한 효과가 있는지, 적의 수인과 아인들이 술렁거리기 시작했다.

"당황하지 마라! 나라를 버린 가짜 천명의 피를 물려받은 자가 진정한 천명님일 리가 없다! 즉각 베어 버려라!"

그렇게 뭔가 지위가 높아 보이는…… 개구리 같은 수인이 내뱉는다.

여기까지 오면서 토끼 같은 녀석 등 이런저런 인종의 아인과 수인들을 보다 보니, 문득 떠오르는 것이 있었다.

맞아. *조수희화(鳥獸戱畵)로군.

"나오후미 님, 전투에 의식을 집중하세요!"

일촉즉발의 상황에서 라프타리아에게 지적을 받고 말았다.

"해치워! 당장 역적의 목을 날려 버려라! 대(對)정령구 소지자용 무기를 꺼내!"

---

* 조수희화(鳥獸戱畵) : 교토 고잔지(高山寺)에 전해져 오는, 그림이 그려진 두루마리. 동물을 의인화한 그림이
그려져 있으며, 일본에서 가장 오래된 만화로 불리기도 한다.

또 그 단어인가!

이 나라 녀석들은 용사와의 전투에 대비한 무기를 갖고 있는 게 분명하군!

"베어 버리겠다! 이국의 악신이여!"

"유성방패!"

창을 들고 덮쳐드는 적의 공격을, 유성방패로 결계를 만들어서 막아낸다.

하지만 역시 이 적들의 공격에는 스킬의 효과가 잘 통하지 않아서, 곧바로 깨져 나간다.

그런데 말이지, 나라고 해서 매번 느긋하게 결계가 깨지기만 기다리고 있을 거라고 생각하면 오산이라 이거야.

이런 일이 생길 줄 알고, 실트벨트 쪽에서 이런저런 액세서리를 만들어 왔단 말이지.

연금술사인 라트에게서 연금술 관련 지식을 어느 정도 배워두길 잘했다.

유성방패가 부숴지고, 동시에 파편이 섬광을 내뿜는다.

"끄악?!"

"뭐, 뭐야?!"

"지금이다!"

나는 의식을 집중시켜서 라프타리아에게 쯔바이트 아우라를 걸어 준다.

"라프타리아, 이 언니랑 훈련할 때 했던 것처럼 찔러 들어가는 거야!"

"네!"

라프타리아가 허리에 찬 도를 발도술의 요령으로 뽑아서 내 앞에 있는 적을 베어 넘기고, 그대로 돌진해 간다.

"얘들아! 당황하지 마라! 적이 몇 놈이든 노릴 건 한 명뿐이다!"

"이런, 우리가 그냥 당하고 있을 리가 없잖아?"

"이 누나도 잊으면 곤란하다구—."

사디나가 라프타리아를 보호하면서 마법 영창에 들어간다.

그래, 네놈들은 마을을 습격했을 때 제일 먼저 사디나와 우리를 떼어놓으려 했었지. 내가 그 의미를 생각 안 했을 것 같아?

녀석들이 제아무리 용사에 대한 대책을 강구해 둔 상태라 해도, 사디나처럼 단순히 강한 녀석과 싸울 때는 평범하게 싸울 수밖에 없다. 하지만 지금까지 공격해 왔던 습격자들의 전력으로 미루어보아 사디나만큼 강한 녀석은 손에 꼽을 정도밖에 존재하지 않고, 그런 강자가 이 자리에 하나도 없다는 건 척 보면 안다.

"하아아아아아!"

라르바와 그 아들도 도를 뽑아 들고, 우리에게 뒤처지지 않겠다는 듯이 덮쳐드는 적들을 처치해 나간다.

생각보다 움직임이 괜찮은데.

역시 쿠텐로 출신 아인과 수인들은 전투 능력이 높은 편인 걸까?

"저런 움직임도 할 수 있는 거였군요."

라프타리아가 라르바의 발도 자세를 보며 뭔가를 분석하고 있다.

사디나가 가르쳐 준 것과는 자세가 약간 다르군.

유파가 다른 거겠지만…….

"이 언니가 라프타리아한테 가르쳐 준 건 이 언니가 살던 지역의 유파였으니까-. 레푸와다츠미류라고 하는 유파야."

사디나는 라르바의 칼부림을 응시하고 있다.

"저건 쿠텐오우카류라는 유파란다. 똑똑히 잘 봐 두렴."

라르바가 칼날에 마력을 흘려 넣고, 재빨리 상대 근처로 파고들어서 옆을 통과한다.

"커헉……."

적 옆을 지나쳐서 도에 묻은 피를 털어내는 동시에, 도에 베인 적의 피가 흩날리는 벚꽃처럼 흩어졌다.

오-…… 뭔가 대단하긴 한데, 라프타리아의 스킬 중에 비슷한 게 있지 않았던가?

"라프타리아의 도에 있는 스킬 중에 '세설(細雪)'이 생각나는군."

"확실히 비슷하긴 한걸. 이 누나의 유파에 저 유파까지 익히면 라프타리아는 상당히 강해질 수 있을 거야."

사디나도 본 적이 있었나 보군.

그러고 보니 훈련 중에 스킬을 내쏘는 훈련도 있었던 것 같기도 하다.

"거기에 변환무쌍류까지 익히면 무적이겠군."

"에클레르 씨나 스승님이 말씀하시길, 변환무쌍류에서 도를 쓰는 기술은 단순한 응용이니까, 다른 유파를 익히는 게 좋을 거라고 하셨어요."

아아, 하긴 할망구가 그런 소리를 했었지.

어떤 유파의 기술도 응용할 수 있는 게 변환무쌍류의 장점이라고 그랬던가.

"으음, 이런 식으로, 이렇게……."

라프타리아가 방금 본 자세를 모방하고 있으려니, 라르바가 어째선지 경례를 한다.

"라프타리아 님께서 원하신다면, 소인이 성심성의껏 가르쳐 드리겠습니다."

"아, 네……. 앞으로의 싸움에 참고할게요."

그때 개구리 수인의 상사 같은 곰 수인 같은 녀석이 안쪽에서 나타났다.

"언제까지 꾸물대고 있을 거냐! 가짜 천명을 해치우는 데 그렇게 오래 걸려서야, 어떻게 쿠텐로의 무사라고 할 수 있겠나!"

곰 수인은 십자창을 들고 덤벼들었다.

제법 빠른데. 적어도 적들 중에서는 제일 좋은 움직임을 보이는 것 같다.

"끄악!"

미처 내가 아군을 보호하기도 전에, 근처에 있던 녀석 하나를 찔렀다.

치명상은 피한 것 같지만…… 나는 십자창에 찔려서 나가떨어진 녀석을 받아내고, 회복마법을 걸어 주면서 방패를 움켜쥔다.

"정령구를 소지한 실트벨트의 신 자식! 가짜 천명을 데려오다니 배짱 한 번 두둑하군. 여기서 진정한 천명님의 축복을 받은 이 몸의 힘을 뼈저리게 느껴 봐라!"

십자창을 지면에 꽂고, 곰 수인이 뭔가 영창한다.

그러자 주위에 있던 도구에서 뭔가가 터져 나오는 것이 보인다.

뒤를 이어서 연분홍색의 창살 같은 것이 등대 주위를 뒤덮는다.

상당히 광범위한데……. 100미터쯤 되려나?

"저건…… 앵천명석?! 이런 곳에서 사용하다니!"

라르바가 전율하며 말한다.

"그건 또 뭐야?"

그러고 보니 마을을 습격해 온 녀석들도 언급한 적이 있었지.

그 녀석들은 안 가져왔다고 그랬었다.

사디나도 모르는 도구라는 모양인데······.

"앵천명석이란 정령구의 힘을 약화시키고, 천명님의 축복을 받은 자의 능력을 극한까지 끌어올리는 특수한 병기입니다. 부디 주의하시길!"

라르바가 말을 마치기도 전에, 연분홍색 결계 같은 무언가가 주위를 스쳐 지난다.

"뭐, 뭐야?"

큭······ 방패에서 뭔가 불꽃이 튀잖아.

찌릿찌릿 하고 방패로부터 전기가 오르는 듯한 감각이 온몸에 휘몰아치고, 몸이 무겁게 느껴진다.

"이, 이건······."

라프타리아도 같은 감각을 느낀 듯, 도를 든 채로 살짝 몸을 기대고 있다.

"어머나─······아무래도 나오후미가 이 누나한테 걸어 준 가호가 사라진 것 같은걸."

"뭐라고?!"

사디나의 스테이터스를 확인한다.

내가 기억하고 있던 숫자보다 훨씬 줄어 있다는 걸 알 수 있었다.

이런 성가신 수법을 쓰다니······.

"그럼 간다!"

곰 수인이 십자창을 절묘하게 휘두르며, 어마어마한 속도로 우리에게 돌진해 온다.

큭…….

방패로 막으려고 하다가, 본능적으로 몸을 옆으로 날려서 회피한다.

그리고 그것이 올바른 선택이었다는 건 바로 알 수 있었다.

우선, 곰 수인의 움직임이 조금 전보다 세 배 이상 빨라져 있었기 때문이다.

더불어 공격력도 상승되어 있는지, 곰 수인이 창을 휘두른 곳이 쪼개지고, 폭발하기까지 했다.

무슨 능력이 이렇게까지 상승되는 거냐.

"쯔바이트 아우라!"

감소된 능력을 보충하기 위해서 아우라 스킬을 영창하지만…… 발동하지 않는다.

용사의 마법을 봉인하는 효과까지 갖고 있는 건가?

시험 삼아 가드 쪽도 영창해 본다.

"쯔바이트 가드!"

이번에는 멀쩡하게 작동했다.

뭐야 이건? 용사 전용 마법을 사용할 수 없는 거야?

그렇다면 합창마법 사용도 불가능한 거 아냐?!

애초에 합창마법을 쓸 여유가 있을 것 같지도 않지만.

"어서 역적을 해치워라!"

라프타리아를 죽이는 게 녀석들의 목표. 나는 라프타리아를 보호하기 위해 방패를 움켜쥔다.

"""<u>오오오오-!</u>"""

젠장, 이런 때는 어떻게 해야 하는 거야?

"나오후미!"

용사 대응 무기를 들고 내게 덮쳐드는 곰 수인과 그 패거리를 향해, 사디나가 마법 영창을 마친다.

『힘의 근원인 내가 명한다. 다시금 진리를 깨우쳐, 번개여 내 앞에 있는 자들을 꿰뚫어라!』

"알 드라이파 체인라이트닝!"

고전압 번개가 내 눈앞에 있는 모든 적들을 꿰뚫는다.

"끄아아아아아아아아아아아!"

"어림없다!"

곰 수인이 번개를 창으로 쳐내고 사디나에게 달려든다.

"상대가 누가 됐든, 라프타리아랑 나오후미는 이 누나가 지킬 거야."

"나를 잊으면 곤란하다."

사디나의 등 뒤에 매달려 있던 가엘리온이 고밀도로 압축한 열선 같은 브레스를 쏘았다.

기습적인 그 공격이 곰 수인의 안면에 명중한다.

"끄악?! 비열한 놈 같으니."

"비열해? 이 누나는 그런 거 모른다구-."

꿀럭꿀럭 하고 사디나가 수인화를 시작한다.

부풀어 오른 사디나를 본 곰 수인의 말문이 막힌다.

"자, 당신은 이 누나와 재미있게 한판 붙어 보자구. 10년 이상 이 나라를 떠나 있었는데, 어느 정도 강자가 있는지 기대되는걸─."

"건방진 살육의 무녀 자식! 그 더러운 몸으로 우리에게 대적할 작정이냐!"

"그래……. 그럼 이 누나의 살육을 마음껏 즐겨 보라구."

그렇게 말하고, 사디나가 나와 라프타리아에게 눈짓을 보낸다.

이 틈에 어떻게든 수를 쓰라는 얘긴가.

어느새 눈빛만 보고도 사디나의 의도를 읽을 수 있게 된 나 자신의 모습이 황당하다.

……이런 상황에서 가장 잘 통하는 공격이 뭘까?

지금 이건 적이 결계를 발생시킨 것 같은 상황이라고 할 수 있겠지?

그리고 우리의 무기는 기능 저하 상태…… 스킬도 사용 불가인 것 같으니, 단순히 기술이나 잔꾀로 승부하는 수밖에 없다.

"라프타리아, 할 수 있겠어?"

"싸우는 것 자체는 언제든지 가능해요."

라르바와 그 부하들, 그리고 사디나와 가엘리온이 적의

공격을 막아 주고는 있지만, 불리한 상황이라는 건 달라진
게 없다.

　적들은 라프타리아의 목숨을 노리고 있고, 내 방패는 제
기능을 못 하고, 싸움 자체는 가능하지만 방어밖에 할 수 없
는데다가, 스킬도 쓸 수 없는 상태.

　마법도 일부는 사용할 수 없으니, 이런 상황에서 쓸 수 있
는 방법은 그리 많지 않다.

　"가짜 천명 자식! 목숨을 내놓아라!"

　"어림없다!"

　덮쳐드는 적의 칼을 방패로 쳐내고 멱살을 붙잡자, 라프
타리아가 반사적인 움직임으로 재빨리 도를 휘두른다.

　마룡 방패의 반격효과인 C마탄은 작동하는 것 같지만, 위
력은 그야말로 쥐꼬리만 한 수준으로 전락해 있다.

　반격도 힘들다.

　라스 실드에 기대는 건 위험하니, 결국은 방패만 의존하
는 전투가 될 수밖에 없다.

　뭔가…… 다른 방법이 더 없을까?

　스킬을 이용할 수 없게 되는 동시에 나 자신의 문제점이
노출되는군.

　이건 앞으로 개선해 나가야 할 점이다.

　"자, 한 번 받아 봐라! 가짜 천명과 사악한 정령구 소지자
놈들아!"

곰 수인의 부하인 개구리 수인과 그 패거리가 우리를 향해 마법을 쏘았다.

"드라이파 아쿠아 슬래시"

"드라이파 록 블래스트!"

고도로 압축된 물과 바위의 동시 공격이 나와 라프타리아를 향해 일직선으로 날아왔다.

그때, 메르티에게 마법으로 기습을 얻어맞았을 때의 기억이 떠오른다.

내 방패는 부서지지 않는다.

지나치게 강력한 공격을 받을 경우, 방패를 관통해서 내가 대미지를 입을지언정 말이다.

그리고 나는 메르티의 마법 공격을 어떻게 했던가?

"누가 맞아줄 줄 알고?"

방패를 움켜쥐고…… 방패에 의식을 집중해서, 기…… 아직 사용 방법을 완전히 이해한 건 아니지만, 어렴풋이 기를 불어넣어서 있는 힘껏 휘둘렀다.

녀석들의 마법이 내 방패에 적중하고, 각도를 바꾸어서 주위로 튄다.

그 방향을…… 조정하는 거다!

의식적으로, 사디나와 사투를 벌이고 있는 곰 수인이 있는 방향으로 튕겨냈다.

"으랏차!"

"뭐야?! 큭……."

"이런, 이 누나가 놓칠 줄 알았어?"

사디나가, 도망치려 하는 곰 수인을 붙잡아서, 마법에 대한 방패로 삼는다.

"끄아아아아악?!"

이번에는 어느 정도 대미지가 들어갔으리라.

"아하, 나오후미가 재미있는 걸 보여주는걸."

"할 수 있을 것 같아서 한번 해본 것뿐이야."

"마법을 튕겨내고, 이용한 거냐?!"

하지만, 곰 수인은 질 수 없다는 듯 사디나를 떠민다.

"후……. 네놈들, 용케도 이런 것까지 해내는군. 솔직히 예상 이상이었다."

웃고는 있지만, 화내고 있다는 거 다 안다고.

무슨 꿍꿍이를 꾸미는 거지?

"바깥에서 온 네놈들은 이런 기술이 있다는 걸 알고 있으려나? 앵천명석의 힘을 끌어낸 자만이 쓸 수 있는 비기를."

곰 수인을 쳐다보는 라르바의 얼굴이 파랗게 질린다.

"설마 그것까지 허가가 나 있다는 건가?! 라프타리아 님! 방패 용사님! 물러서십시오!"

"이미 늦었어!"

곰 수인이 외치는 것과 동시에, 마법을 영창하던 자들이 기도하듯이 손을 모은다.

『천명님, 조정자의 대행을 집행하겠습니다. 제 모든 것을 칼날로 바꾸고, 나와 당신의 힘을 합쳐, 어리석은 자에게 멸망의 운명을 부여할지니!』

"아스트랄 인첸트!"

적들 전원의 몸속에서 무언가가 나와서, 곰 수인이 가진 십자창으로 모여들어 깃든다.

그 대가로…… 주위에 있던 자들이 쓰러지기 시작한다.

"이, 이게 무슨……."

"훗, 승부는 이미 판가름 난 거나 마찬가지다! 받아라!"

곰 수인이 그렇게 말하는 것과 동시에, 그 모습이 잔상을 남기며 우리 쪽으로 가속해 온다.

방패의 기능이 떨어진 상태이긴 하지만…… 그래도 대처가 불가능한 속도는 아니다!

궤도를 예측해서 상대방의 공격을 받아낸다.

다행히 상대의 십자창은 내 방패로 막아내는 데 성공했다.

뒤이어 창 자루를 붙잡고, 절대로 놓지 않기 위해 있는 힘껏 움켜쥔다.

"고작 그 정도냐!"

하지만, 적은 전보다 몇 배는 더 강해진 것 같은 힘으로 창을 휘두른다.

나는 적의 힘에 휘둘려서 벽에 내동댕이쳐졌지만, 그렇다고 손을 놓을 수는 없는 일!

이 자식, 도대체 얼마나 강력한 힘을 깃들인 거냐…….
이 정도면 영귀한테도 이길 수 있는 수준 아냐?

"나오후미 님!"

"내 걱정 말고 공격에나 대비해!"

"아, 알았어요!"

라프타리아는 도를 들고 공격 준비 태세에 들어간 것 같다.

대처가 빨라서 참 좋군.

"이 누나도 무시하면 안 된다구!"

"나도 잊어버리면 곤란하다!"

그 자리에 있던 전원이 힘을 모아 곰 수인을 제압하려 했지만, 움직임을 전혀 막을 수가 없다.

"뭐야, 이 자식! 아까 그 마법 때문인가?"

"네. 아까 그 마법은 아스트랄 인첸트……. 천명님에게서 고도의 축복을 받은 자에게, 다른 축복을 받은 자들이 스스로의 능력을 모두 부여해서 보호하는, 특수병장마법입니다."

라르바가 그렇게 설명해 준다.

"설마 그 정도로 고도의 축복을 받은 상태일 줄은 생각도 못 했습니다."

그나저나…… 그거 어디서 많이 들어본 것 같은 문구잖아.

요전에 내가 포울에게 부여해 준 능력과 비슷하게 들리는데……?

"이 누나가 갈게! 나오후미, 부탁할게!"

"알았어!"

나는 지면에 힘껏 발을 딛고, 허리를 깊숙이 숙여서 곰 수인의 공격을 억누른다.

기껏해야 수십 초 정도가 한계다.

그 시간이 지나면 붕붕 휘둘리는 신세가 된다.

"큭…… 순순히 단념하시지!"

사디나가 작살에 번개를 깃들이고, 있는 힘껏 발돋움을 해서 곰 수인을 찌른다.

푹, 하고 곰 수인의 몸에 말끔히 명중……한 줄 알았는데만, 마치 엷은 유성방패를 친 것처럼, 작살이 막에 가로막힌다…….

"으윽……단단한걸-."

그렇게 말한, 바로 그때쯤이었다.

주위에 있던 적의 부하들 입에서 피가 흐르기 시작했다.

"이 자식…… 감히 동료들에게 부상을 입히다니."

생명력까지 공유하는 상태가 된 건가.

이 많은 사람들의 능력을 합쳤으니 우수한 전사가 될 만도 하지.

그때 라프타리아가 도에 마력 주입을 마쳤다.

"팔극진."

응? 파직파직 하고, 기술 발동을 방해하기라도 하는 듯이 라프타리아 주위에 마법진이 떠올랐다.

"괜찮아?!"

"네……. 앵천명석의 힘이 기술 사용을 방해하려 하고 있는 것 같아요."

"할 수 있겠어? 너무 무리하지는 마."

"문제없어요. 충분히 뿌리칠 수 있어요! 모두 피하세요! 천명검!"

발도술의 요령으로 재빨리 뽑아낸 라프타리아의 도에서 일직선의 파문과도 같은 빛이 날아가서, 상대의 모든 것을 난도질한다.

"당하고 있을 쏘냐! 정령구 소유자가 대신 받아내게 해 주마!"

곰 수인은 나를 라프타리아의 기술에 대한 방패로 삼을 요량으로 창을 휘두른다.

"으랏차."

창에서 손을 떼고, 순간적으로 넋이 나간 곰 수인의 등 뒤로 돌아가서, 어깨 밑에 손을 넣어 움직이지 못하도록 고정, 라프타리아의 기술이 곰 수인의 몸에 명중하게 만든다.

"으윽……."

뭐, 내 동료들은 몸을 숙여서 피했지만.

"쥐새끼 같은 놈들!"

대미지는 가까스로 견뎌냈지만, 상당히 아픈 건 확실할 것이다.

급소에 잘못 맞으면 죽을 수도 있다.

지금까지의 경험…… 주로 아트라와 한 훈련이 효과를 발휘했다.

나 자신을 겨냥한 공격이라면 충분히 피할 수 있고, 라프타리아를 겨냥한 거라면 내가 붙잡아서 방해할 수 있다.

그나저나 이런 괴물을 무슨 수로 저지하지?

앞으로는 이 녀석보다 더 강한 녀석과 싸워야 할 수도 있다고 생각하니 눈앞이 깜깜하다.

그렇게 생각했을 때…… 팔극진 천명검을 내쏘았을 때 떠올랐던 문양이 앵천수에 출현한다.

"저건?! 가엘리온! 앵천수를 건드려!"

사디나가, 자신의 등에 올라타 지원 중이던 가엘리온을 붙잡아서 내던진다.

"나를 너무 험하게 다루는 것 아니냐!"

그렇게 말하면서도, 가엘리온은 앵천수의 문양에 떠올라 있는 곳에 달려든다.

"흐음……. 알겠군. 이렇게 하는 건가."

목에 감고 있던 금줄이, 문양에 반응하듯 빛난다.

그러자 곰 수인이 휘감고 있던 어떤 기운이 약해진 것처럼 보였다.

"큭……. 앵천명석의 힘이 흩어져 가다니!"

앵천수에는 그런 힘도 있는 건가.

가엘리온은 그 앵천수를 점거해서 상대를 약화시키는 데 성공한 것이다.

"보아하니 그 편리한 힘을 약화시키는 데 성공한 것 같군."

가엘리온은 그에 그치지 않고 접속을 계속한다.

"외부로부터의 진입을 차단하던 결계 설정 해제는 끝났다. 더불어 한동안 다른 조작은 받아들이지 않도록 설정했어. 이제 그 녀석들을 처벌하기만 하면 된다."

잘된 건가?

목적은 달성했지만, 적에 대한 토벌은 아무런 진척이 없잖아.

그때…….

"이걸 써라!"

우리 등 뒤에서 누군가가 뭔가를 던져 왔다.

그것은 수많은 그림자들…… 반사적으로 받아 든 그 순간, 방패에서 다시 불꽃이 튀었다.

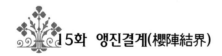 15화 앵진결계(櫻陣結界)

웨폰 카피 작동.

앵천명석 방패의 조건이 해방되었습니다!

앵천명석 방패 0/100 C

능력 미해방……장비 보너스, 「정령구속 한정 해방1」

　　　　　「봉인내성(약)」 스킬 「앵진결계」

전용 효과 「정령의 가호」「스테이터스 체인」「앵력광(櫻力光)」

숙련도 0

그 방패는 지금까지 본 그 어떤 방패보다도 정교한, 완성도가 높은 방패였다.

형상은 음양의 태극 같은 구체에 벚꽃을 흩뿌려 놓은 것 같은 장식을 더한 모양이고, 중앙에는 내 방패처럼 보석이 박혀 있다.

아롱아롱 벚꽃잎이 떠올라 있는, 신비하면서도 아름다운 보석이다……. 마법적인 의미도 있을 것 같다.

혹시 이게 앵천명석이라는 녀석인가?

그냥 들기만 했는데도, 그 뛰어난 성능을 알 수 있었다.

뭐지, 이건? 이런 경험은 지금껏 없었는데.

복용용 방패 자체에서 이런 감각을 느낀 적은 없었다.

복제하는 동시에 항목이 출현한다.

스킬

마법

스테이터스 보너스

성장 보정

숙련도

에너지 부여

희소성

정련

스피리트 인첸트

스테이터스 인첸트

강화

아이템 인첸트

직업 레벨

잔여 4

이 항목들은 모두 어두운 상태였는데, 스킬을 선택하자 항목이 밝아지고, '잔여 4'가 '잔여 3'으로 줄어든다.

……이건 분명, 앵천명석이 발휘하는 용사 무기 봉인 효과를 해제하는 효과일 것이다.

나는 주저 없이 스킬과 마법, 스테이터스 보너스, 성장보정 항목을 체크하고 결정을 선택한다.

그러자 방패가 다시 불꽃을 튀겼고, 힘이 용솟음치는 게 느껴졌다.

문제는, 이 방패의 능력이 미해방이라 다른 방패로 바꿀 수가 없다는 점이지만…….

다시 스테이터스를 확인하니 방패 자체의 능력에 변동이 생긴 것을 깨달을 수 있었다.

아마 스테이터스 체인이라는 전용 효과 때문이리라.

현재 소지한 소재로 강화는…… 불가능해 보인다.

애초에 봉인 상태이기도 하고.

"넌 뭐냐?!"

곰 수인이 우리에게 무기를 던져준…… 뒤에서 온 녀석…… 아까 라프타리아를 꼬시려고 작업을 걸던 녀석을 보면서 경악에 찬 목소리로 소리친다.

뭐 하는 놈이지?

뭐야, 이 녀석……. 이 방패나 도뿐만 아니라, 이런저런 무기를 그 자리에 있던 우리 편 녀석들에게 던져 주고 있다.

"그걸 쓰면 앵천명석의 결계 안에서도 어느 정도는 능력이 오를 거라고."

"그, 그렇군!"

저마다 무기를 움켜쥐고, 곰 수인을 향해 겨눈다.

그것은 라프타리아도 마찬가지였다.

하지만 용사의 무기를 들고 있는 나는, 무기를 복제할 수는 있어도 장비는 불가능하다.

그래서 근처에 있던 아군에게 내가 받은 방패를 건넸다.

"이제 어느 정도 싸울 수 있게 됐어요······. 이번엔 정말로 해치우겠어요!"

"어머? 이 누나도 뭔가 기운이 좀 기운이 나는 것 같은걸."

"흐음······ 그대가 가진 성장 보정의 힘이 다소 회복됐군."

아직 적을 해치우지는 못했지만 상황이 호전됐다는 것만은 분명하다.

이 기세로 몰아붙이는 거다!

"이 자식! 배신하는 거냐!"

곰 수인이, 작업남을 향해 고함친다.

"배신? 아니아니, 착각하지 말라고. 돈이 궁한 상황에서 부탁을 받았기에 만들어 준 건 사실이야. 하지만, 나도 애국심은 있다고."

"그럼 왜 이국의 악신과 가짜 천명에게 힘을 빌려주는 거냐! 대답 여하에 따라서는 중벌에 처하겠다!"

곰 수인은 한없는 살기를 내뿜으며, 우리 뒤쪽에 있는 작업남을 위협한다.

하지만 작업남은 그런 협박 따위는 안중에도 없다는 듯 양손을 들어 보이며 대답한다.

"아직도 이해가 안 되나? 이봐······ 곰곰이 잘 생각해 보라고."

그리고는 척 하고 한 발짝 앞으로 나서서, 주먹을 불끈 움켜쥐고 소리 높여 말했다.

"젖비린내 나는 꼬맹이와 미·소·녀! 어느 쪽 천명님을 숭배할지를 묻는다면, 미소녀를 고르는 게 당연한 거 아니냔 말이다!"

작업남의 우렁찬 절규가 주위 일대에 메아리친다.

주위의 공기가 부자연스러우리만치 고요해졌다.

하나같이 침묵에 잠겨 작업남을 쳐다보고 있다.

분위기 파악을 못하는 건가?

아니, 애초에 이딴 소리를 뭘 그렇게 당당하게 지껄이는 거냐, 이 녀석은?

그리고는 아연실색해 있는 우리 앞에서 느끼하게…… 응?

모토야스가 처음 라프타리아를 만났을 때와 비슷한 포즈를 취하고는, 라프타리아에게 다가가서 손에 키스했다.

"우리, 아까도 만났었죠, 아가씨? 곤경에 처하신 것 같으니, 힘이 될 수 있도록 무기를 빌려드리죠. 부디 난폭한 국가의 개들을 그걸로 베어 죽이십시오."

신사 흉내를 내는 건지도 모르겠지만, 못 배워먹은 티가 풀풀 난다고.

베어 죽이라니, 무슨 말이 그 모양이냐.

"하, 하아……."

뭔가 엄청나게 울화가 치밀지만, 우리에게 대폭적인 원조를 해 주었으니 불평할 수는…… 없기는 무슨!

"넌 또 뭐냐!"

"으음?! 거기 그분은 아까 그 아가씨? 수인 모습도 아름 답군요."

"어머나?"

우와…… 수인 형태의 사디나까지 꼬시려고 들다니 대단 한 놈이네……. 모토야스도 맛이 가기 전에는 필로리알 모 습의 필로까지 꼬시려고 들지는 않았다고.

비슷하기는 하지만, 상위 호환형 같은 느낌이다.

그리고 넋이 나가 있던 곰 수인이 눈에 띄게 부들부들 떨 더니, 새빨갛게 달아오른 얼굴로 소리쳤다.

"이 정신 나간 노오오오오오오오오오오오오오오 오오오오오오오오옴!"

나는 중전차와도 같은 기세로 라프타리아와 작업남에게 돌진하려 하는 곰 수인을 가로막기 위해 앞으로 나서서, 방 패를 내민다.

그리고 시험 삼아 외쳐 보았다.

"에어스트 실드!"

앵천명석의 결계 때문에 작동하지 않았던 스킬이…… 내 눈앞에 발생한다.

"흥!"

곰 수인은 그딴 건 별것도 아니라는 듯이 에어스트 실드 를 깨부순다.

하지만 곰 수인의 무기에서 불꽃이 튀는 걸로 미루어보아, 아까처럼 아무 저항도 없는 상태는 아니라는 걸 알 수 있다. 단순히 스테이터스가 낮아서 파괴당한 것에 불과하다.

그렇다면 내게 주어진 선택지는 하나뿐!

"세컨드 실드! 드리트 실드! 체인 실드! E플로트 실드."

두 장의 방패를 출현시키고, 체인 실드로 방패를 움직여서 사슬로 결박, 플로트 실드를 움직여서 상대의 시야를 봉쇄한다.

"어림없다!"

곰 수인은 속박당한 상태에서도 완력으로 사슬을 찢어발기려 한다.

그나저나…… 아까보다 움직임이 둔해 보이는데?

스테이터스 체인이라는 것 덕분인가?

"천명님을 위해, 이 틈을 놓치지 마라!"

라르바 일당이 일제히 저마다의 기술과 마법을 곰 수인에게 퍼붓는다.

개중에는 움직임을 방해하기 위해, 능력 저하나 얼음 계열 속박 마법을 곰 수인에게 거는 자도 있다.

동료들의 힘을 모조리 한 사람에게로 결집시킨 것이 역효과를 불러온 것이다.

곰 수인의 동료들은 이미 모조리 쓰러져서 지원조차 할수 없다.

"라프타리아."

"왜 그러세요?"

"능력이 상승된 상대에게 효과적으로 먹히는 스킬이나 기술이 있었지? 이제 쓸 수 있어?"

아트라가 주로 사용하는 공격 수단이다.

나는 아직 대처법을 익히고 있는 중이지만, 라프타리아는 최근에 아트라와 자주 대결을 펼치고 있으니, 어느 정도는 습득 단계에 들어간 상태일 것이다.

"네. 스승님이나 아트라 씨보다는 못하지만, 할 수는 있어요!"

내 지시에 라프타리아가 자세를 잡는다.

"좋아!"

지금 필요한 건, 단순한 스테이터스다.

손짓으로 사디나에게 신호를 보내고, 합창마법에 들어간다.

나는 용맥법을 습득한 덕분에, 상당히 빠른 속도로 합창마법을 영창할 수 있게 되었다.

"가엘리온, 너도 거들어. 너도 보좌할 수 있다는 건 알고 있으니까."

"이것 참…… 그렇다면 하는 수밖에."

가엘리온의 목줄 구실을 하고 있던 금줄이 빛났다.

내 시야에 퍼즐 조각이 떠올라서, 엄청난 속도로 조립되어 간다.

그래도 한 명 한 명이 해야 할 일은 많지만.

"흥!"

곰 수인이 방해 마법을 완력으로 벗겨내고 재빨리 달리면서, 라프타리아와 그 뒤에 있는 작업남을 향해 창을 휘두른다.

나는 영창을 마치고 라프타리아를 보호하듯 앞으로 나섰다.

라프타리아 쪽은 도에 기를 불어넣고 있는 것 같다.

"죽어라! 악신과 가짜 천명, 그리고 배신자 놈드으으으으으으으으을!"

"유성방패."

"우오! 왜 나까지?!"

파팟 하고 전개된 유성방패는 곰 수인과 작업남을 내팽개쳐서, 약간의 빈틈을 만든다.

그와 동시에, 나는 완성된 마법을 발동시켰다.

""뇌신강림!""

물론, 지정 대상은 말할 것도 없이 라프타리아다.

"갑니다!"

넘겨받은 도를 복제한 라프타리아가, 유성방패가 파괴되면서 충격과 함께 발생한 빛 때문에 눈이 어두워져 있는 수인을 향해 내지른다.

"변환무쌍류…… 점(点)!"

푹 하고 막 같은 것을 꿰뚫고, 라프타리아가 모은 기가 곰 수인 내부로 쏟아져 들어갔다.

"으윽…… 소용없다!"

뭐 이렇게 튼튼한 놈이 다 있어?! 역시 쿠텐로의 무인답다고 해야 하나?

사디나 같은 녀석들이 지천에 널린 나라이니까.

곰 수인에게 힘을 넘겨주던 자들이 피를 토한다.

"이 누나를 잊으면 곤란하다구."

사디나가 함께 가볍게 뛰어 올라서, 뇌신강림으로 발생한 뇌운을 재이용, 작업남에게서 받은 창에 번개를 떨어뜨린다.

"뇌격섬(雷擊銛)!"

번개를 휘감은 작살이, 마치 뱀처럼 꿈틀거리며 곰 수인에게 명중한다.

"끄아아아아아아아?!"

그럼에도 쓰러지지 않고, 번개를 휘감은 채 라프타리아에게 창을 겨누었다.

"아직 안 끝났어요"

라프타리아가 하이킥을 쓴 필로처럼 잔상을 남기며 도를 치켜든다.

"새로운 스킬을 시험해 볼게요!"

"나를 잊지 말라고—!"

새로이 출현한 스킬을 작동시키기 위해서, 내가 외친다.

"앵진결계(櫻陣結界)!"

발밑에, 나를 중심으로 벚꽃 모양의 마법진이 나타난다.

뭐지? 그것 말고는 아무런 변화도 없잖아?

쓰레기 스킬인가? 할 수 없지!

"어택 서포트!"

라프타리아의 공격을 보좌하기 위해서, 대미지를 배로 늘려 주는 스킬인 어택 서포트를 쏜다.

그러자 스킬을 쏜 순간, 어택 서포트가 다섯 닢의 꽃잎으로 변해서, 표적인 곰 수인에게 명중한다.

"으윽?! 뭐, 뭐야?!"

스킬에 변화를 발생시키는 마법진을 설치하는 스킬인가?!

무슨 스킬이 전제가 이렇게 복잡해?!

그래도 어쨌거나, 벚꽃 꽃잎은 곰 수인의 몸에 달라붙어서 몸을 결박한다.

꼭 방금 파괴된 체인 실드처럼 말이지.

게다가 꼼꼼하게도 벚꽃 꽃잎 모습으로 결박한 느낌이다.

상대를 속박하는 효과까지 있다니, 제법 편리한데.

"갑니다! 앵신락(櫻神樂) 제1형·개화!"

라프타리아가 곰 수인 옆을 스쳐 지나며, 그 순간에 도를 크게 후렸다.

파아아아아앗……하고 곰 수인을 옭아매고 있던 벚꽃 주
박이 깨져 나간다.

그리고 곰 수인을 중심으로 빛과 함께 벚꽃잎이 회오리치
듯 난무한다.

그때 발생한 마법진은 라프타리아가 팔극진 천명검을 내
쏠 때와 같은 문양이었다.

"억……윽……으끄으으으윽! 아직! 아직 나는 쓰러질 수
없단 말이다!"

"칫! 그놈 참 억세네!"

이만큼 맹공을 얻어맞고 언제까지 버티는 거냐!

"끝장내 주마! 가짜 천명!"

곰 수인이 라프타리아를 향해 창을 휘둘러 내린다.

"어림없는 짓!"

나는 라프타리아를 보호하기 위해 뛰쳐나가서 그 공격을
받아낸다.

조금 전 같은 무게감이 없다.

버텨낼 수 있다! 틀림없어!

그때 방패가 빛을 내뿜는다.

"끄억?!"

앵천명석 방패의 전용 효과인 앵력광이 작동한 건가?

어쩐지 몸에 한층 더 힘이 흘러드는 것 같은 느낌이다.

"이건……. 한 번 더 할 수 있을 것 같아요, 나오후미 님!"

"그래!"

라프타리아가 도를 칼집에 꽂고, 발도술 자세를 취한다.

"굉장해요……. 나오후미 님이 쓰신 마법진과 아까 그 빛 덕분에, 곧바로 필살기를 준비할 수 있어요."

"크윽! 끝까지 저항하겠다는 거냐!"

"흐음……. 보아하니 우리의 힘을 강화하고 네놈들의 힘을 약화시키는 효과가 있는 것 같군."

나는 곰 수인의 강력한 힘을 찍어 눌렀다.

"이 누나와 가엘리온, 그리고 우리 편 동료들을 잊지 말라구─."

사디나도 질 수 없다는 듯이 가엘리온과 합창마법에 들어갔다.

"가엘리온, 수룡님의 힘을 조금 빌리고 있잖니? 힘내렴─."

"으음…… 약간 성가시긴 하지만, 지금이 바로 힘을 써야 할 때겠지. 그럼 간다!"

『폐쇄된 천명의 땅, 오래 고인 물을 흘려보내는 청류와도 같은 의지를, 세계를 구하고자 하는 염원을 힘으로. 용맥이여 지금 기적을 바라노라』

『나, 가엘리온이 하늘에 명하고, 땅에 명하고, 이치를 끊고, 연결하여, 고름을 토해내게 하노라. 나의 힘이여, 내 앞에 있는 어리석은 사도를 해치울 힘을 일깨우라!』

사디나와 가엘리온이 합창마법 영창을 마치고 발동시킨다.

『『수룡앵광멸파(水龍櫻光滅波)!』』

가엘리온이 물로 된 작은 용 같은 모습으로 변신해서 고밀도의 물을 뿜어내고, 사디나가 그 흐름에 올라타서 수룡의 형태를 이루어 곰 수인에게 돌격한다.

물론 나도 그 공격에 휘말리는 범위에 있었지만, 사디나와 가엘리온이 돌격과 동시에 나를 낚아채서 퇴각.

"끄아아아아아아아아아아아악!"

용오름이 곰 수인을 가두고 옥죄어든다.

제아무리 곰 수인이라도, 고밀도의 용오름 안에서는 어떻게 해 볼 도리가 없는 모양이다.

"갈게요……. 사디나 언니에게서 배운 유파와 변환무쌍류의 합성기……."

라프타리아가 곰 수인을 향해 도약해서, 한껏 힘을 주어 도를 휘두른다.

"태극진(太極陣)…… 천명참(天命斬)!"

쓰걱 하고, 라프타리아가 재빨리 곰 수인을 베고 든다.

푸슛 하고 용오름이 터지고, 흩어진다.

"엉……?"

곰 수인은 무사히 지면에 착지해 안도감에 가슴을 쓸어내리는 동시에, 라프타리아를 비웃었다.

"기껏 거창한 기술을 써 놓고 불발이라니, 자기가 가짜 천명이라고 실토하는 꼴이군."

"아니요."

라프타리아는 곰 수인에게 등을 돌린 채, 그 등을 향해 창을 휘두르는 곰 수인에게 대꾸한다.

"당신에게 힘을 부여해 주고 있는 흐름을 끊은 거예요. 그 이상 힘을 썼다가는…… 자멸할 걸요?"

"헛소리 마라! 받아——."

곰 수인이 발을 한 발짝 내딛는 것과 거의 동시에.

곰 수인의 가슴에 음양 문양이 떠올라, 그 몸을 휘감는다!

"끄아아아아아아아아아아아아아!"

"그 힘은 다른 분들이 준 힘과 당신의 힘…… 그 양쪽이 충돌하고 있는 거예요. 이제 곧 해제될 거예요."

효과 시간은 10초 정도였을까.

곰 수인을 휘감고 있던 문양은 흩어져 사라졌지만, 동시에 곰 수인은 창을 지팡이처럼 짚고 몸을 기댔다.

"이럴 수가…… 아스트랄 인첸트와 앵천명석의 가호가……."

"네. 눈에 보이기에 서로 이어서 상쇄, 소멸시켰어요. 이제 당신에게는 아무런 축복도 걸려 있지 않아요."

"여, 역시…… 당대 천명님……."

방관하고 있던 라르바가 뇌까린다.

"그딴 소리를 인정할쏘냐아아아아아아아아아아!"

그럼에도 곰 수인은 받아들이지 않고 창을 휘둘러댔지만, 그 움직임에는 아까 같은 날카로운 맛이 없다.

"이제 다 끝이에요! 스타더스트 블레이드!"

라프타리아는 마무리를 짓겠다는 듯, 반짝이는 별을 내뿜으며 상대를 찢어발기는 스킬인 스타더스트 블레이드로 곰 수인을 베고, 도를 칼집에 집어넣었다.

"저희가 이겼어요. 이제 승부는 갈렸어요."

"큭…… 어림없다. 비록 내가 쓰러지더라도 정부가 네놈들을 용서하지 않을 테니…… 네놈들은 이제 끝장이다."

"미안하지만, 우리는 지금까지 그런 정신 나간 놈들을 수없이 해치워 왔거든. 정부? 원하는 대로…… 짓밟아 주지!"

내가 소리 높여 선언하자, 곰 수인은 울분에 찬 얼굴로 앞으로 고꾸라졌다.

그 직후, 환호성이 터져 나온다.

정부를 전복시키기 위해서 우리의 동료로 가담한 자들이 내지른, 승리의 함성이었다.

"이겼다!"

"이건 비록 작은 한 발짝이지만, 우리에게는 위대한 도약이었소."

"어리석은 법을 집행하는 정부에게 한 방 먹인 거라고!"

오오오오오오오오!

그렇게, 그 자리에 있던 자들이 승리의 함성을 내지른다.

그럭저럭 이기긴 했지만…… 전례가 없을 정도로 성가시고 기괴한 놈들이었다.

동료들의 능력을 한 명에게 집중시켜서 능력을 향상시키고, 용사의 힘을 봉인하기까지 하다니, 대체 얼마나 강한 거냐.

만약에 이 곰 수인이 실트벨트의 중진들 같은 상위 귀족이 아니라면, 그야말로 눈물이 날 상황이라고.

앞날이 깜깜하게 느껴질 따름이다.

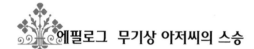

에필로그 무기상 아저씨의 스승

"해내셨군요, 아가씨."

작업남이 라프타리아에게 달려왔기에, 나는 유성방패를 전개해서 가로막는다.

"건방진 놈 같으니. 내가 도와주지 않았더라면 지금쯤 어떻게 됐을지 알고는 있는 거냐?"

게다가 사람에 따라서 태도가 확확 변한다.

불쾌한 듯 나를 노려보지만, 내 알 바가 아니다.

"그렇게 여자가 좋으면 저기 저 범고래녀를 빌려주지. 마음껏 놀아 보라고."

"나오후미 님, 사디나 언니를 그렇게 편리한 여자처럼 말씀하시는 건 좀……."

"어머나-."

내 말에, 작업남은 꿀꺽 마른침을 삼키고 사디나에게 시선을 돌린다.

이 자식, 정말로 여자라면 누구든 상관없는 거냐?

"어머나-? 그건 먼저 나오후미랑 재미있는 걸 한 다음에나 생각해 볼게. 그보다 우선 신나게 술부터 마시자구-."

"맘대로 하라지."

"승전 축하 파티를 하는 거야! 이 누나는 제일 맛있는 술을 마시고 싶은걸-! 나오후미한테는 루코르 열매를 준비해줄게."

"그 형편없는 술을 좋아하는 거요? 이국의 신은 취향도 참 고약하구먼."

라르바의 부하가 분위기에 취해서 소리친다.

"맞아! 놀랍게도, 나오후미는 루코르 열매를 그냥 먹을수도 있다구! 굉장하지 않니-?"

흥분해서 마치 자기 일인 것처럼 자랑하는 사디나의 말에, 주위 녀석들이 깔깔거리며 웃기 시작한다.

"하하하! 아무리 그래도 그건 너무 허풍이 심했어. 아무리 이국의 신이라고 해도 그건 말이 안 된다고."

"술의 신도 맨발로 도망친다는 저질 열매를 그냥 먹을 수

있다고? 그런 녀석이 정말로 있다면 한번 구경이나 해 보고
싶군."

그때 라프타리아가 뺨을 긁적거리며 황당하다는 듯 뇌까
린다.

"승전 파티에서 사디나 언니와 나오후미 님이 무슨 짓을
벌이실지 뻔히 상상이 되네요."

"그러게 말이다."

그 옆에 떠 있던 가엘리온이 팔짱을 끼고 동의한다.

무슨 얘기를 하는 건진 모르겠지만, 그렇게 무서운 건가?

뭐…… 대개는 새파랗게 질린 얼굴로 내빼는 경우가 많
지만 말이지.

사디나는 나의 그런 점이 마음에 든 것뿐이고.

"어찌 됐건 배를 타고 오실 분들을 마중하러 가야죠."

"그래. 그러려고 여기에 온 거니까."

"그럼 지금부터 우리는 정부에 반기를 들고, 진정한 천명
님이 계시다는 것을 선포하고, 배를 맞이하는 거다!"

"""오오-!"""

"자, 자, 아가씨들, 우리 연회나 즐기자고요."

작업남이 끈질기게 라프타리아와 사디나를 유혹하고 있다.

이제 슬슬 넌덜머리가 나는군. 이쯤에서 입을 틀어막아
줘야겠다.

"실드 프리즌!"

"무, 무슨 짓이냐?! 이 자식——."

작업남을 방패 감옥에 가둔다.

라프타리아도 작업남이 집적대는 데 지쳐 있었는지, 딱히 말리지 않는다.

사디나 쪽은…… 범고래 수인의 모습으로 깡충거리면서 내 쪽으로 달려들지 말라고!

"나-오후-미-! 이 누나 헌팅당했어-. 질투 나? 질투 나서 그러는 거야?"

"질투는 무슨! 질쓰리다, 아니 질포다."

이것도 귀찮아서 대충 넘겨 버린다.

"어머나- 그렇게 퉁명스러운 나오후미도 멋지다니까."

"또 무슨 헛소리야?"

"어쨌거나-, 이 누나는 일편단심 나오후미만 보고 있으니까, 너무 퉁명스럽게 굴면 섭섭해진다구-."

"전혀 섭섭한 목소리가 아닌데. 그 이전에, 술이라는 글자가 먼저 보인다고."

사디나의 얼굴과 등 뒤에 '술'이라는 글자가 떠 있는 것처럼 보인단 말이다.

"어머나? 들켰니? 자, 자, 신나고 즐거운 승전 파티를 위해서, 동료들을 마중하러 가자-."

"하아……. 어쩌다가 여기까지 오게 된 건지 모르겠네요."

"그렇게 탄식하지 마, 라프타리아. 네 출생의 비밀과 나라를 손에 넣을 테니까."

"부모님이 어떤 환경에서 자랐는지 좀 궁금하지만, 저는 마을에서 평화로운 나날을 보낼 수만 있다면 만족하는걸요……."

라프타리아는 욕심이 없군.

뭐, 그게 장점이긴 하지만.

"어찌 됐건 라프타리아는 앞으로 영주 대리 역할을 맡을지도 모르니까, 미리미리 여러모로 연줄을 만들어 두는 게 장래를 위해서 좋을 거야."

파도의 위협이 사라지고 나면, 나는 일본으로 돌아갈 것이다.

지금 마을을 개척하고 있는 것도 다 라프타리아를 위한 일이기도 하고 말이지…….

"……."

그런 내 말을, 라프타리아는 어째서인지 아무 말 없이 듣고만 있었다.

"그럼 바로 가 보자고. 쿠텐로의 항구도시는 점거했으니까. 이제 남은 건…… 여기를 거점으로 전력을 결집시켜서 국가를 점령하기만 하면 돼."

후후후후후…… 하고 웃고 있으려니 라프타리아가 황당하다는 듯 쳐다본다.

"어찌 됐든, 이 나라의 문제를 해결해야 한다는 건 사실이니까요. 그럼 여기서 쓸데없는 잡담만 하고 있지 말고, 어서 가요."

"오오!"

이렇게 해서, 우리는 작업남을 혼자 내버려두고 개선행렬을 벌이며 항구 쪽으로 이동했다.

항구도시에서는, 라르바의 지시에 따라 정부에서 세운 간판이 철거되고 있었다. 무녀복을 입은 라프타리아를 필두로 큰길을 나아간다.

쿠텐로 국민은 라프타리아의 무녀복 차림을 보고 뭔가 확신 같은 걸 얻었는지, 하나같이 고개를 깊이 숙이고 있다.

물론 그 위광에 등을 돌리는 자들도 있긴 했지만, 이 도시를 강압적으로 점거하고 있던 정부의 관리들이 처치된 지금, 그것을 소리 높여 주장하는 건 자기 목을 조르는 짓이나 다름없다.

성가신 싸움에 휘말리기를 원치 않는 자는 도시를 떠나고, 반대로 정부의 위광에 반발하는 자들은 항구도시로 몰려드는 게 당연한 흐름이겠지.

하지만 그건 어차피 앞날의 일이니, 우리는 일단 입항한 실트벨트 교역선을 맞아들인다.

"아, 주인님─!"

"라프─!"

라프짱을 머리에 얹은 필로가 배 위에서 손을 흔들며 이쪽으로 내려온다.

오오, 라프짱. 떨어져 있는 동안 좀 외로웠다고.

이 나라 녀석들에게도 라프짱의 매력을 한껏 보이고 싶군.

무녀복 차림의 라프타리아를 그렇게까지 숭상하는 자들 아닌가.

라프짱에게 무녀 코스프레를 시키면 환장할 게 틀림없다.

공감해 줄 사람이 필요해!

"저기, 나오후미 님? 무슨 생각을 하고 계신 거예요?"

"나오후미 님─!"

아트라도 마찬가지로…… 벽을 타고 배에서 내려와 내게 안겨든다.

뭐냐, 그 아크로바틱한 이동법은.

"아트라─!"

포울도 질 수 없다는 듯 뛰쳐나오려다가 바다에 빠졌다……뭔가 좀 불쌍한 놈이군.

"후에에에! 나오후미 씨, 걱정했다구요."

"그러게 말이에요."

리시아와 이츠키가 질서 있게 배에서 내려서 우리 쪽으로 달려온다.

이츠키, 너는 걱정하는 기색이 전혀 안 보이는데.

"라프짱이 사정을 설명해 줬을 줄 알았는데?"

"네. 필로 씨를 통해서, 무사히 저희보다 먼저 쿠텐로에 들어가셨다는 얘기는 들었어요."

"그쪽은 별문제 없었고?"

"시시때때로 습격자들이 왔어요. 라프타리아 씨가 어디로 갔는지 찾고 있는 것 같았어요."

뭐, 이미 입국한 상태일 거라고는 미처 생각하지 못했다는 건가.

"이츠키, 최대한 조심하는 게 좋을 거야. 이 나라에서는 포털을 쓸 수 없는 모양이니까."

"네, 그럼 렌 씨를 어떻게 데려와야 할까요?"

"꽤 성가시겠는걸. 배로 한 번 돌아가서 데려오는 수밖에…… 없으려나?"

"마을 경비도 해야 하니까, 우리 힘만 가지고 싸우는 것도 괜찮을 것 같아요."

그야 그렇긴 하지.

특히 세인은 지금쯤 많이 걱정하고 있을 것 같다.

언제든지 달려올 수 있을 거라고 생각하고 있을 테니, 전이가 불가능하다는 걸 알면 마음고생이 심하리라.

어차피 내가 현장을 떠나기는 힘들고, 배로 입국하는 것자체가 꽤 위험한 일이니, 어딘가 용각의 모래시계가 없는지 찾아보는 수밖에 없으리라.

아트라나 이츠키도 가담한 이상, 아까 그 곰 수인 같은 자들이 공격해 오더라도, 아까보다는 훨씬 잘 대처할 수 있을 테고.

"여어! 형씨, 무사한 모습을 보니 나도 기쁘구먼."

그때 무기상 아저씨가 배에서 내렸다.

"여기가 쿠텐로라는 나라로군……."

"여러모로 별난 문화가 있는 것 같으니까. 아저씨한테도 좋은 공부가 될 거야."

아저씨의 전문분야인지 어떤지는 모르지만, 이 나라에 있는 여러 가지 특이한 것들을 분석해 주면 좋겠다.

그런 얘기를 나누고 있으려니, 작업남이 분개하면서 우리 쪽으로 달려왔다.

"다짜고짜 왜 시비냐, 이 자식!"

"그야 당연히 라프타리아한테 집적대려고 그러니까 그렇지. 너 같은 녀석이 건드리면 때 타잖아."

"뭐야? 미소녀에게 접근하는 것까지 금지할 작정이냐?! 네놈은 대체 뭐 하는 놈이냐?!"

"라프타리아의 부모뻘 되는 사람이다. 몇 번이든 말해 주지. 너 따위 자식에게 귀여운 딸 같은 아이를 넘겨줄 순 없어!"

"뭐가 어째?!"

나와 작업남이 눈싸움을 벌이고 있으려니, 옆에 있던 무기상 아저씨가 경악에 찬 표정으로 작업남을 가리켰다.

"스승님!"

"엉?"

뭐라고?

나는 어리둥절해져서 무기상 아저씨와 작업남을 번갈아 쳐다본다.

"형씨의 영지를 습격한 자들이 갖고 있던 무기가 스승님이 만든 거라는 걸 한눈에 알아보기는 했지만…… 왜 스승님이 쿠텐로에 와 있고, 그것도 형씨 근처에 있는 거야?!"

"아…… 아아! 너, 자세히 보니까 엘하르트잖아. 오랜만이네. 잘 지냈나?"

작업남은 무기상 아저씨를 빤히 관찰한 끝에, 그제야 기억이 난 듯이 손뼉을 치며 반가운 목소리로 말했다.

"잘 지냈긴……. 스승님, 먼저 내 질문에 대답해야 할 거 아냐!"

무기상 아저씨는 약간 불쾌함이 묻어나는 얼굴로 작업남을 다그친다.

"잠깐 기다려 봐, 아저씨. 여자만 보면 치근덕대는 이놈이 아저씨 스승이라고?"

그러고 보니 아저씨가 자신에게 무기 제작을 가르쳐준 스승에 대해 가르쳐 준 적이 있었지.

뭐라고 그랬더라?

"솜씨는 좋지만, 여자를 무지하게 밝히고, 놀기 좋아하고, 빚을 떠넘기고 증발한 바보라고 그랬던가?"

"형씨, 얘기한 장본인인 내가 할 소리는 아니지만, 굳이 정리할 건 없잖수."

"뭐가 어째? 뭐, 여자 밝히는 건 사실이지만."

그 특징들을 종합해 보면, 눈앞에 있는 본인과 일치하는 점이 많긴 하군.

하지만…… 가능하면 마주치기 싫은 스타일의 사람이라는 점도 사실이다.

"이 녀석, 잠입 활동 중에 우리…… 라프타리아와 사디나에게 다짜고짜 치근거리고, 게다가 전투 중에 이 나라 정부를 배신했다고."

"아…… 스승님답구려."

"후……."

아니, 왜 폼을 잡는 건데. 그게 자랑할 일이냐?!

"설마 이분이 스승님이었나요?"

라프타리아가 탄식 섞인 투로 묻는다.

그럴 만도 하지. 웬만하면 얽히고 싶지 않겠지.

여자 밝히는 놈 치고 멀쩡한 놈이 없으니까.

"그래서? 어쩌다가 내 마을을 습격한 놈들의 무기를 네가 만들게 된 거지?"

"그야, 나는 원래 이 나라 출신인데, 견문을 넓히기 위해 쿠텐로를 뛰쳐나가서 대장장이 일을 하면서 여러 나라를 유람하고 있는 와중에 아버지가 돌아가셔서 나라로 강제 송환됐고, 더럽게 재미없는 꼬맹이 천명의 부모가 대장장이 일을 하라고 명령해서 만들게 된 거지. 심지어, 그 부모가 죽어도 꼬맹이의 정권은 계속된다는 거고."

작업남, 아니 아저씨의 스승이 투덜거린다.

요약하자면, 이 녀석은 쿠텐로의 좋은 가문 출신 대장장이라는 모양이다.

타고난 재능 덕분인지, 종족적인 자질 덕분인지, 보기 드문 재능을 가진 주제에 이 녀석은 여자를 워낙 밝혀서, 온 세계의 여자들을 다 만나 보려고 집안을 뛰쳐나가 멋대로 설치고 다니다가, 아버지의 사후에 가문을 계승해 국가의 지시에 따라 무기를 제작해 왔다는 것이다.

국가에서 고용한 대장장이라니, 꽤 굉장한 포지션을 차지하고 있는 것처럼 보이는데.

"오-! 어린 여자애다!"

아저씨의 스승이 이번에는 아트라와 필로를 보고서 말을 건다.

지조가 없는 놈이군. 그나저나 어린 여자애한테까지 집적거리는 거냐.

"뭐죠? 저한테 용건이라도 있나요?"

"으-응?"

"아가씨들, 저와 같이 차 한잔 하시지 않겠습니까?"

"미안하지만 관심 없어요. 저는 나오후미 님과 차를 마시고 싶어요. 그리고 그 분위기를 타서 확……."

"으–응? 주인님– 이 사람, 창 든 사람 옛날 모습 같아."

"필로는 역시 판단력이 뛰어나군. 어떻게 할 거지?"

"있잖아– 메르가 말하길, 이런 소리를 하는 사람은 상대하면 안 된다고 그랬어–."

메르티가 필로 교육을 똑똑히 해 주고 있는 것 같군.

그리고 아트라, 너는 은근슬쩍 무슨 위험한 소리를 하는 거냐.

"있잖아– 필로는 메르랑 주인님이 있으니까 안 돼–라고 메르가 가르쳐 줬어–."

그렇게 말하며, 필로가 나를 가리킨다.

"큭…… 이 자식, 설마 하렘을 만들어 놓은 거냐!"

아저씨의 스승이 울분에 찬 얼굴로 나를 삿대질한다.

무슨 소릴 지껄이는 거야?

하렘이라굽쇼~?

내가 하렘을? 무슨 헛소리야!

"구역질나는 소리!"

다른 사람도 아닌 내가 하렘을 만들 것 같으냐?

오해를 하더라도 좀 그럴싸한 오해를 해 달라고.

라프타리아는 내가 딸처럼 돌봐주고 있는 것뿐이고, 마을 녀석들도 마찬가지다.

필로는 애완동물이고, 메르티는 업무상 동료, 사디나는 일방적으로 나를 애인 취급하고 있는 것뿐이지 않은가.

아트라? 이 녀석도 사디나와 마찬가지로 자기 멋대로 내게 들이대는 것뿐이다.

원래는 노예다. 그것도 전투노예.

"저기…… 될 수 있으면 나오후미 님에게 그런 말씀은 안 하시는 게 좋을 거예요."

슬슬 짜증이 치민다.

"그 말이 맞아. 스승님, 될 수 있으면 이 형씨한테는 그런 얘기는 안 하는 게 좋수. 그런 얘기를 하면 형씨 기분이 점점 더 더러워지……."

"그럼 네 여자를 내가 꼬셔도 된다는 거지?"

"나오후미 님을 불쾌하게 만드는 게 바로 당신이었군요. 죗값을 치르도록 하세요."

아트라가 아저씨의 스승을 찌른다.

"끄아아악?! 나, 난폭한 아가씨군!"

우와, 제법 튼튼한 녀석이군.

"아트라한테 뭘 어쩌려는 거냐!"

"사내놈이 왜 시비야?!"

아저씨는 포울의 주먹을 종이 한 장 차이로 피하고 거리를 벌렸다.

피할 재주가 있으면 아트라의 공격도 피하라고!

"나는 그저 예쁜 여자를 아끼고, 즐기고 싶을 뿐이란 말이다!"

"무기나 만들어, 대장장이."

"시끄러─! 그런 건 마음 내킬 때나 만드는 거라고!"

뭐 이런 개망나니 같은 놈이 다 있어?

"아아, 스승님. 이 형씨의 기분을 풀 방법이 있다우."

"엉? 내가 왜 이 녀석 기분을 풀어야 하는데?"

"스승님을 설치게 놔둘지 이 형씨의 기분을 좋게 만들어 줄지, 둘 중에 하나를 골라야 한다면 당연히 이 형씨 쪽을 선택하는 게 나으니까."

"이 자식! 엘하르트! 그러고도 네가 내 제자냐!"

"제자니까 더더욱 스승의 폭주를 막아야 하는 거 아니겠수? 용사의 영지를 습격한 암살자의 무기를 만든 게 스승님이라는 사실이 알려지면 나도 곤란하니까. 기왕 이렇게 된 거, 내가 스승님을 돌봐줄 테니까 나랑 같이 가지 않겠수?"

그건 이 녀석을 메르로마르크로 데려간다는 건가?

이런 성가신 녀석은 근처에 없는 편이 나은데…….

아저씨의 제안에, 아저씨의 스승은 팔짱을 끼고 생각에 잠긴다.

정말이지, 이 녀석은 대체 뭐 하는 놈이람.

"하긴 이 천명님의 파벌에 붙는다는 건 이미 기정사실이긴 하지. 이 소동이 끝나고 마음대로 여러 나라에 놀러 다닐 수 있다면야······ 나쁜 제안은 아니군!"

"그렇게 나와야지! 스승님한테는 아직 물어볼 게 잔뜩 남았거든. 따라와서 좀 가르쳐 주쇼!"

"뭐, 이 녀석 근처에 있으면 예쁜 여자를 만날 수 있을 것 같은 예감이 드니까 같이 가도록 하지."

그렇게 아저씨의 스승과 아저씨는 굳게 악수했다.

하지만 그 직후, 아저씨의 눈이 번뜩이는 것을 나는 놓치지 않았다.

요컨대 이렇게 바람을 넣은 것도 다 작전이었다는 거군. 아저씨한테 이런 측면도 있었다니.

어쨌거나······ 정말 이 녀석이 스승이었던 거군.

"그나저나 스승님······ 우리한테 떠넘긴 빚, 그 밖에 우리에게 끼친 수많은 피해······ 그것들은 당연히 보상해 주겠지?"

"힉?!"

악수한 손과 아저씨의 얼굴을 번갈아 보다가 도주를 시도하려 했지만, 아저씨에게 붙잡힌 끝에 밧줄로 묶이는 신세가 되었다.

"자, 형씨, 스승님을 생포하게 해 줘서 고맙수다."

"큭! 이거 놔라, 엘하르트! 나는, 나는 자유롭게 연애를 구가할 거란 말이다!"

"그 전에, 이 형씨한테 폐를 끼친 만큼은 일해 줘야지 않겠수? 스승님의 솜씨가 있으면 세계의 위기든 경영 위기든 얼마든지 돌파할 수 있다고, 나는 믿고 있으니까."

"여자가 중요하지 세계의 위기 따위가 뭐 어쨌다는 거냐 아아아아아아아아아아! 이러지 마! 나는, 나는 놀고 싶단 말이 다아아아아아아!"

아저씨는 도시 녀석들에게 대장간 위치를 물어보고, 끈질 기게 절규하는 작업남을 연행해 갔다.

약간 불안하지만…… 아저씨가 같이 갔으니 괜찮겠지.

"어째 좀 별난 분이랑 인연이 생겼네요."

"될 수 있으면 얽히지 않았으면 좋겠지만 말이지. 대장장 이는 아저씨랑 이미아의 숙부만 있으면 충분해."

저런 수상쩍은 놈을 끌어들이는 건 사양하고 싶다고.

"어찌 됐건, 도움을 받은 건 사실이잖아요."

"그건 그렇긴 하지……."

아저씨의 스승은 앵천명석 방패의 힘…… 용사의 힘을 약화시키는 힘에 대항하는 도구에 대한 지식을 갖고 있으니 까, 쿠텐로 정부를 타도하기 위해서는 필수불가결한 인물이 라 할 수 있다.

엄청나게 골치 아픈 문제지만, 받아들이는 수밖에 없겠군.

"자, 그럼…… 오늘은 쿠텐로 공략의 첫걸음을 내딛은 것 과 모두 재회에 성공한 것을 순수하게 기뻐하도록 할까."

"네……. 어째 여러모로 성가신 일들의 연속이긴 하지만, 가는 수밖에 없겠죠."

"그래. 이제부터 라프타리아에게 얽힌 출생의 비밀이 풀려 가는 거니까. 실은 조금 즐겁다는 생각도 들어."

딸처럼 소중하게 여기고 있는 라프타리아에게 어떤 조상이 있었는지를 알아간다는 것이…… 이상하게도 기쁘게 느껴진다.

이미 고인이 된 부모님 얘기를 들으면 불쌍하게 느껴지지만 말이지.

"하아……. 그럼 나오후미 님의 가족 분들 얘기나 혈연에 대한 얘기도 좀 해 주세요."

"내가? 나는 지극히 평범한 일본인 가족 출신이야."

그렇게 얘기했다가 생각에 잠긴다.

잘 생각해 보면, 라프타리아에게는 일본이야말로 이세계다.

컴퓨터니 만화니…… 얘기해도 전혀 실감이 안 나겠지.

"저는 관심 있어요! 나오후미 님의 가족, 핏줄…… 모든 걸 알고 싶어서 못 견딜 정도랍니다! 어린 시절에는 어떤 일을 겪으셨는지, 첫사랑은 누구였는지, 어떤 음식을 먹고 자라셨는지, 교우관계는 어떠셨는지, 그 모든 걸 알고 싶어요."

아트라는 언급할 가치도 없다. 까놓고 반해 그 반응은 완전 스토커잖아.

필로한테는 모토야스라는 스토커가 딸려 있는데, 내 경우는 아트라인가?

그 아트라에게는 포울이라는, 스토커 같은 시스콘 오빠가 있지만.

……이런 상황에서 내가 포울을 싸고돌면 아트라의 의식도 한동안 포울을 향하게 되려나?

문득 그런 생각이 들어서 포울을 쳐다보았다.

그랬더니 포울은 등골이 오싹했는지 허리를 쭉 편 채 주위를 두리번거리고 있다.

"뭐, 뭐지? 소름이…… 응? 가슴이……?"

흐음…….

"복잡한 연애 구도네요, 이츠키 님."

"그러게 말이에요. 리시아 씨는 이런 거 좋아하세요?"

"아, 네……. 어린 시절부터 책 읽는 걸 좋아해서, 연애 이야기도 많이 읽었어요."

리시아랑 이츠키는 또 무슨 얘기를 하고 있는 거람?

"라프-."

"으-응?"

나는 필로의 머리 위에 올라타 있는 라프짱을 쓰다듬으면서 주위를 둘러본다.

"어쨌든, 앞으로의 싸움에 대비해서 다들 푹 쉬도록 해. 이 나라가 낯설게 느껴질지도 모르지만, 라프타리아와 사디나의 고향이야."

"맞아. 좀 더 자유롭게 움직이게 될 수 있게 되면, 나오후미한테 이 누나의 고향을 보여주고 싶은걸."

"어째 그 말에는, '이 나라를 지배하고 나서'라는 주석이 붙어 있는 것처럼 보이는데?"

"어머나? 이 누나는 진심이라구ㅡ."

하아……. 사디나의 대답은 어디까지 진심인지를 도무지 알 수가 없다니까.

그때, 우리 근처에 벚꽃 꽃잎이 하늘하늘 떨어졌다.

정확히 말하자면 벚꽃 꽃잎이 아니라, 앵광수의 꽃잎이었으리라.

나는 흐드러지게 피어난 앵광수를 보고, 아름답다고 생각했다.

"아름다운 꽃이네요."

"그러게 말야……. 가져갈 수만 있다면 마을 근처에 심고 싶을 정도야."

에도 시대로 타임슬립한 것 같이 신비로운 나라, 쿠텐로.

그 나라에서 피는 벚꽃을 본 나는, 일본의 봄을 떠올리고 있었다.

언젠가 일본으로 돌아갈 수 있다면, 일본의 벚꽃을 보며, 아마 분명……지금 이 순간을 떠올리게 되리라.

그런…… 정신없는 나날 속의 평화로운 한 페이지와도 같은 날이었다.

그래……. 조금만 더 참으면 된다.

성가신 습격자들을 완전히 제거할 때까지.

나의 앞날에 엄청나게 성가신 말썽거리가 널려 있다고 해도, 메르로마르크의 음모를 물리쳤을 때처럼 어떻게든 극복하고 말겠노라고, 나는 각오를 굳게 다졌다.

방패 용사 성공담 13

2016년 04월 18일 제1판 인쇄
2016년 04월 25일 제1판 발행

지음 아네코 유사기 ┃ **일러스트** 미나미 세이라 ┃ **옮김** 박용국

펴낸이 임광순 ┃ **제작 디자인팀장** 오태철
담당편집자 엄태진
편집1팀 황건수 · 정해권 · 김동규 · 신채윤
편집2팀 유승애 · 배민영 · 권소현
디자인팀 박진아 · 정연지 · 박창조
국제팀 노석진 · 엄태진 ┃ **마케팅팀** 김원진

펴낸곳 영상출판미디어(주)
등록번호 제 2002-000003호
주소 21311 인천광역시 부평구 평천로 132 (청천동)
전화 032-505-2973(代) ┃ **FAX** 032-505-2982

ISBN 979-11-319-4270-3
ISBN 979-11-319-0033-8 (세트)

던전 디펜스
1~2

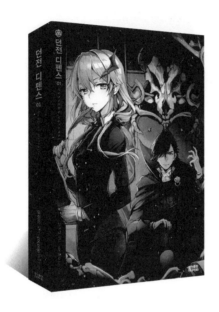

「이 세계의 결말을 알고 있습니까?」

용사가 되어 72인의 마왕을 쓰러트리는, 최악의 난이도를 자랑하는 전략 게임 『던전 어택』.
게임 속에서 모든 것을 이룬 '용사' 였던 나는, 의문의 설문에 대답한 직후 최약의 마왕 「단탈리
안」이 되고 만다. 주어진 건 세 치의 혀, 그리고 공략의 기억뿐———.
단탈리안으로서 살아남기 위해, 이 세계를 물어뜯기 시작한다.

유헌화 지음 / cocorip 일러스트

영상출판
미디어㈜

당신과 나의 어사일럼
1~3

어느 날 이세계로 소환된 주인공. 소환자는 마법을 사용하는 가녀린 미소녀.
그러나 그곳에서 기다리고 있던 것은 꿈과 희망이 넘치는 영웅담이 아니었다.

"혹시 내가 이 세계를 구할 용사의 핏줄이기라도 한 거야?"
"뼁! 아닙니다. 오답! 당신은, 고문용 장난감입니다!!"
조금 위험한 너를, 조금 이상한 내가, 조금 외로운 장소에서 만나게 된 이야기.
_{You} _{Asylum}

〈엔딩 이후의 세계〉의 작가 류세린과 〈노벨 배틀러〉의 일러스트레이터 SALT의
화려한 콤비가 그려내는 신감각 이세계 전기.
원작을 충실히 개고했을 뿐 아니라 매권 마다 새로운 단편이 수록되어
이미 내용을 아는 독자들에게도 새로운 느낌으로 다가간다!

류세린 지음 / SALT 일러스트

영상출판
미디어(주)

마검마탄의 사이드스토리
1~4

「제7회 노블엔진 대상」 장려상 수상작.
클리셰들이 중첩되고 왜곡된 기묘한 모험담, 개막.

【이세계전이 판타지】에 휘말려 온갖 험한 꼴을 겪고 다시 원래 세계로 귀환한, 평범하지 않은
고등학생 김현수. 그 대가로 알게 된 잔실은── '나'는 단순한 '조역'이라는 것뿐.
하지만 돌아오고 채 석 달도 지나기 전에 또 다른 이야기에 휘말린다.
그것은 다름 아닌, 【이능력 배틀물】.
그리고 이전과 마찬가지로 그의 배역은 '주인공의 친구'라는 '조역'이었다.
"또 이런 거냐. 망할."
어디서 많이 본 모습의 괴물. 그 괴물에 맞서기 위해 얻은 힘은 이미 예전부터 익숙한 것.
이미 터무니없는 경험이 있기에 비일상에의 적응은 생각보다 훨씬 쉬웠다.
하지만──그때 그의 앞에 나타난 것은 이세계에서부터 찾아온 악연이었다.

***

4FOUR 지음 / **kylin** 일러스트

영상출판
미디어(주)

유녀전기(幼女戰記) 1~4

세계를 상대로 싸우는 제국의 전쟁 영웅은 열 살 소녀!?
일본 웹소설 연재 사이트 Arcadia를 뜨겁게 달군 화제작!

전쟁의 영웅, 그녀는…… 나이 어린 소녀의 탈을 뒤집어쓴 괴물. 전장의 최전선에 있는 어린 소녀. 금발, 벽안, 그리고 투영하리만치 새하얀 피부를 지닌 소녀가 하늘을 날며 사정없이 적을 격추한다. 소녀답게 혀 짧은 말로 군을 지휘하는 그녀의 이름은 타냐 데그레챠프. 하지만 그 안에 든 것은 신의 폭주 탓에 여자로 다시 태어난 엘리트 샐러리맨. 일의 효율과 자신의 출세를 무엇보다 중시하는 데그레챠프는 제국군 마도사 중에서도 가장 위험한 존재가 되어가고, 시대는 바야흐로 '세계대전' 에 돌입하는데——.

© 2013 Carlo Zen
Illustration:Shinobu Shinotsuki
PUBLISHED BY KADOKAWA CORPORATION ENTERBRAIN

카를로 젠 지음 / 시노츠키 시노부 일러스트 / 한신남 옮김

영상출판
미디어(주)